AGATHA CHRISTIE COMPLETE COLLECTION

A POCKET FULL OF RYE

A POCKET FULL OF RYE

Copyright © 1953 Agatha Christie Limited.
All rights reserved.

AGATHA CHRISTIE, MARPLE and the Agatha Christie Signature
are registered trademarks of
Agatha Christie Limited in the UK and elsewhere.
All rights reserved.
www.agathachristie.com

Korean Translation Copyright © Minumin 2013, 2024

Korean translation edition is published by arrangement with
Agatha Christie Limited through Shinwon Agency.

이 책의 한국어판 저작권은 신원 에이전시를 통해
Agatha Christie Limited와 독점 계약한 ㈜민음인에 있습니다.

저작권법에 의해 한국 내에서 보호를 받는 저작물이므로
무단 전재와 무단 복제를 금합니다.

정식 한국어 판 출간에 부쳐

나는 한국에서 우리 할머니의 작품을 정식으로 출간한다는 소식을 듣고 무척 기뻤다. 할머니가 1920년부터 1970년 무렵까지 오랜 세월에 걸쳐 집필한 작품들은 21세기인 지금 읽어도 신선하고 재미있다. 등장 인물들이 워낙 자연스러워서 요즘 사람들과 다를 바 없고 이들이 등장하는 상황과 장소가 전 세계 사람들의 애정과 향수를 자극하기 때문이다. 한국 독자들은 이번에 새로 나온 정식 한국어 판을 통해 그동안 접하지 못했던 애거서 크리스티의 일부 작품들을 읽을 수 있을 것이다. 덕분에 한국에 새로운 세대의 애거서 크리스티 팬들이 탄생할지도 모르겠다는 생각을 하면 가슴이 벅차다.

애거서 크리스티는 대표적인 두 명의 주인공으로 기억되는 작가이다. 14권의 작품에 등장하는 마플 양은 영국의 작은 시골 마을에서 평온한 나날을 보내며 뜨개질과 수다로 소일하는 미혼의 할머니

이지만, 놀라운 기억력과 날카로운 두뇌 회전으로 주변에서 벌어진 살인 사건을 해결한다.

그리고 마플 양과 상반되는 성격을 지닌 에르퀼 푸아로는 자신만만하고 콧수염을 포함한 자신의 외모와 벨기에라는 국적에 대한 자부심이 상당하다. 그는 이집트와 이라크를 비롯한 세계 각지에서 수수께끼를 해결하며 『오리엔트 특급 살인 Murder On The Orient Express』, 『나일 강의 죽음 Death On The Nile』, 『애크로이드 살인 사건 The Murder Of Roger Ackroyd』 등 애거서 크리스티의 여러 대표작에 모습을 드러낸다.

황금가지의 대담하고 참신한 표지와 전반적인 디자인 덕분에 작품의 성격이 잘 살아난 것 같아 기쁘다. 또한 한국 독자들이 할머니의 원작이 지닌 참된 묘미를 느낄 수 있도록 충실한 번역을 위해 애써 준 점도 높이 사고 싶다.

할머니의 작품이 20세기의 그 어떤 작가들보다 많이 팔리고 있는 이유는 나이와 국적에 상관없이 읽을 수 있는 재미와 감동을 갖추었기 때문이다. 모쪼록 한국 독자들도 황금가지에서 선보이는 애거서 크리스티 작품들을 즐겁게 감상하기를 바란다.

매튜 프리처드
애거서 크리스티의 손자
ACL 이사장

내 초기 단편들을 읽고 재미있다며 책으로 출간해 주었던

브루스 잉그럼에게

차례

정식 한국어 판 출간에 부쳐 — 5

1장 — 11	15장 — 165
2장 — 18	16장 — 174
3장 — 34	17장 — 187
4장 — 41	18장 — 199
5장 — 59	19장 — 208
6장 — 64	20장 — 217
7장 — 70	21장 — 226
8장 — 78	22장 — 237
9장 — 90	23장 — 244
10장 — 98	24장 — 262
11장 — 106	25장 — 274
12장 — 120	26장 — 280
13장 — 134	27장 — 287
14장 — 151	28장 — 298

1장

 이번에는 소머스 양이 차를 끓일 차례였다. 소머스 양은 타이피스트 중에서 가장 신참이었고, 가장 실력이 떨어졌다. 나이는 어리지 않았고, 양처럼 온순하고 살짝 수심이 어린 얼굴을 하고 있었다. 소머스 양은 아직 끓지도 않은 물을 찻주전자에 부었다. 딱하게도 그녀는 물이 끓는 순간을 알아맞히는 법이 없었다. 이것도 평생 그녀를 괴롭히는 여러 가지 걱정 중에 하나였다.
 소머스 양은 차를 따르고, 축축하고 달짝지근한 비스킷 한두 개를 찻잔마다 올린 다음 들고 나갔다.
 연합 투자 기금에서 16년째 근무 중인 유능한 수석 타이피스트 그리피스 양이 날카롭게 쏘아붙였다.
 "소머스, 또 미지근한 물을 부었잖아!"
 유순하고 수심이 어린 소머스 양의 얼굴이 벌겋게 변했다.

"어머나, 이번에는 분명히 잘 끓인 줄 알았는데."

그리피스 양은 속으로 생각했다.

'일이 많은 다음 달까지만 붙어 있다 잘리겠지. 하지만 저 바보가 동부 개발에 보내는 편지를 망쳐 놓은 걸 생각하면 정말이지! 그렇게 쉬운 일 하나 못하고, 차도 제대로 못 끓이잖아. 똑똑한 타이피스트 구하기가 왜 이렇게 어려운지. 지난번엔 비스킷 깡통 뚜껑도 제대로 안 닫은 모양이야. 정말…….'

그리피스 양의 혼잣말은 거의 항상 그렇듯 이번에도 흐지부지하게 끝났다.

바로 그때, 그로브너 양이 포티스큐 씨에게 내갈 차를 끓이러 타이피스트실로 들어왔다. 포티스큐 씨는 타이피스트들과 다른 차를 다른 찻잔에 담아서 특별한 비스킷을 곁들여 마셨다. 휴게실 수돗물을 똑같은 주전자에 담아서 끓이는 것만 같았다. 하지만 이번에는 포티스큐 씨가 마실 찻물인 만큼 펄펄 끓였다. 그로브너 양이 그것만큼은 확실히 했다.

그로브너 양은 눈부실 만큼 매력적인 금발의 미녀였다. 옷은 몸에 딱 맞는 값비싼 검은색 정장을 입었고, 암시장에서 가장 비싸게 팔리는 최고급 나일론 스타킹으로 늘씬한 다리를 감쌌다.

그녀는 타이피스트실을 지나 뒤쪽으로 가는 동안 어느 누구하고도 말을 섞거나 쳐다보지 않았다. 그들이 바퀴벌레라도 되는 듯한 분위기였다. 그로브너 양은 포티스큐 씨의 개인 비서였다. 그 이상의 관계라는 불쾌한 소문이 항상 끊이지 않았지만, 사실 헛소문이었다. 포티스큐 씨는 얼마 전에 재혼했다. 매력적이고 부유한 두 번째 부인은 그의 관심을 독차지하고도 남았다. 포티스큐 씨 입장에서 그로브너 양은 고급스럽고 사치스러운 사무실 인테리어에 꼭 필요한 일부분일 따름이었다.

그로브너 양은 제물이 담기기라도 한 것처럼 쟁반을 받쳐 들고 다시 타이피스트실로 들어섰다. 그녀는 내실(內室)과 좀 더 중요한 고객들만 이용할 수 있는 대기실과 자신이 쓰는 곁방을 지나, 가볍게 문을 두드리고 지성소인 포티스큐 씨의 사무실로 들어갔다.

그의 사무실은 조각 나무를 세공해서 반질반질하게 닦은 바닥이 널따랗게 펼쳐져 있고, 그 위로 값비싼 오리엔탈 양식의 카펫이 군데군데 깔려 있는 널찍한 공간이었다. 벽은 옅은색 나무 패널을 정성스럽게 이어 붙였고, 곳곳에 큼지막하고 푹신푹신한 담황색 가죽 의자가 놓여 있었다. 그리고 이 사무실의 중심이자 초점인 대형 단풍나무 책상이 포티스큐 씨의 자리였다.

포티스큐 씨는 이 사무실과 어깨를 나란히 할 만큼 근사하지는 못했지만, 그래도 나름대로 최선을 다했다. 그는 살이 축 늘어진 거대한 몸집과 반짝이는 대머리가 특징이었다. 금융 회사 사무실에서 헐렁하고 촌스러운 트위드 옷을 입는 것은 특유의 허세였다. 그로브너 양이 백조처럼 미끄러지듯 다가갔을 때 포티스큐 씨는 미간을 찌푸린 채 책상 위에 놓인 신문을 읽고 있었다. 그로브너 양은 팔꿈치 옆에 쟁반을 내려놓고 지극히 사무적인 목소리로 "차 가지고 왔습니다, 사장님."이라고 나지막이 말한 다음 밖으로 나갔다.

포티스큐 씨는 끙끙거리는 소리를 내고 그만이었다.

그로브너 양은 자리에 앉아서 하던 일을 계속했다. 전화를 2통 걸고, 포티스큐 씨의 사인을 받아야 하는 편지 몇 통을 수정하고, 걸려 오는 전화를 받았다.

"지금은 곤란한데요. 사장님께서 회의 중이시라서요."

그녀는 도도한 말투로 이렇게 대답하고 수화기를 내려놓으면서 시계를 흘끗 훔쳐보았다. 11시 10분이었다.

바로 그때, 거의 완벽하게 방음이 되다시피 하는 포티스큐 씨의 사무실에서 심상치 않은 소리가 들렸다. 입을 가리고 목을 졸린 채 울부짖는 듯한 소리였다. 그와 동시에 그로브너 양의 책상에 달린 버저가 미친 듯이 길게 울렸다. 그로브너 양은 깜짝 놀라서 잠깐 멍하니 앉아 있다 주춤주춤 일어섰다. 뜻밖의 일을 당하는 바람에 평소의 자세가 흐트러졌다. 하지만 그녀는 여느 때처럼 우아하게 포티스큐 씨의 사무실 쪽으로 걸어가 문을 두드리고 들어갔다.

눈앞에 펼쳐진 광경에 그녀는 더욱 당황했다. 책상 뒤에 앉아 있는 포티스큐 씨의 얼굴이 고통을 못 이기고 일그러진 것처럼 보였다. 온몸을 어찌나 심하게 떠는지 보기 오싹할 정도였다.

그로브너 양은 "어머나 세상에. 사장님, 어디 편찮으세요?"라고 묻자마자 그것이 얼마나 어리석은 질문인지 깨달았다. 포티스큐 씨의 상태가 심각하다는 건 누가 봐도 알 수 있었다. 그녀가 다가가는 동안에도 온몸이 간헐적으로 경련을 일으켰다.

포티스큐 씨가 꺽꺽거리며 띄엄띄엄 내뱉었다.

"차에…… 도대체…… 뭘 넣은…… 당장…… 의사를 불러……."

그로브너 양은 쏜살같이 밖으로 달려 나갔다. 그녀는 이제 도도한 금발의 비서가 아니라 완전히 겁에 질려서 정신을 놓은 여자였다.

그로브너 양이 타이피스트실로 달려 들어가 큰 소리로 외쳤다.

"사장님이 발작을 일으켰어요. 돌아가실 것 같아요. 의사를 불러야 해요. 끔찍해라. 정말 돌아가실 것 같다고요."

그 즉시 다양한 반응들이 튀어나왔다.

가장 어린 벨 양이 말했다.

"간질이면 입에 코르크를 물려야 하는데. 코르크 가지고 있는 분 없어요?"

아무도 없었다.

소머스 양은 이렇게 말했다.

"그 연세면 뇌출혈일지도 몰라요."

그리고 그리피스 양이 말했다.

"당장 의사를 불러야겠다."

하지만 이번에는 평소처럼 유능한 모습을 발휘할 수 없었다. 16년을 이 회사에서 근무하는 동안 의사를 부른 적이 한 번도 없었기 때문이다. 그녀의 주치의가 있었지만, 스트리트햄 힐에 살았다. 가까운 데 어디 의사가 있을까?

아는 사람이 아무도 없었다. 벨 양이 전화번호부를 움켜쥐고 D 항목에서 의사를 찾기 시작했다. 하지만 직업별로 나뉜 전화번호부가 아니라 의사 이름이 택시처럼 일렬로 나란히 정리되어 있지 않았다. 누가 병원을 운운했다. 하지만 어느 병원에 연락을 해야 하는지 깜깜했다.

소머스 양이 말했다.

"엉뚱한 병원에 전화하면 오지 않을 거예요. 국민건강보험 때문에 이 근처에 있는 병원이라야 해요."

누가 응급 의료 서비스인 999를 부르자고 했지만, 그리피스 양이 펄쩍 뛰면서 그럼 경찰까지 출동할 테니 절대 안 된다고 했다. 나라에서는 의료 혜택을 충분히 제공하고 있는데, 제법 똑똑하다는 여자들이 정확한 절차도 모르고 우왕좌왕했다. 벨 양이 전화번호부 A 항목에서 구급차를 찾기 시작했다. 그리피스 양이 말했다.

"사장님 주치의가 있을 거야. 분명히 주치의가 있을 거야."

누군가 달려가서 개인 주소록을 가지고 왔다. 그리피스 양은 사환에게 달려 나가서 의사를 불러오라고 시켰다. 어떻게든 아무데서나 불러오라고 했다. 개인 주소록을 뒤졌더니 할리가(街)에 에드윈 샌드맨 경이 있었다.

그로브너 양은 의자에 털썩 주저앉더니 평소보다 촌스러운 말투로 울먹였다.

"평소처럼 차를 끓였는데…… 정말이에요…… 그게 잘못됐을 리는 없다고요."

"그게 잘못됐다니?"

그리피스 양이 전화를 걸다 말고 물었다.

"왜 그런 소리를 하는 거지?"

"사장님이 그러셨어요…… 차 때문이라고……."

그리피스 양의 마음이 웰벡과 999 사이에서 흔들렸다. 어리고 낙천적인 벨 양이 말했다.

"사장님한테 당장 겨자하고 물을 먹여야 해요. 사무실에 겨자 없어요?"

사무실에는 겨자가 없었다.

잠시 후 베스널 그린의 아이적스 선생과 에드윈 샌드맨 경이 엘리베이터에서 만났고, 그와 동시에 구급차 2대가 건물 앞에 멈추어 섰다. 전화와 사환이 제 몫을 한 것이다.

2장

포티스큐 씨의 지성소를 찾은 닐 경위는 대형 단풍나무 책상을 차지하고 앉았다. 부하 직원 1명은 공책을 들고 문가 쪽 벽에 기대서 얌전히 앉아 있었다.

닐 경위는 똑똑하고 절도 있는 분위기를 풍겼으며, 갈색 고수머리를 뒤로 빗어 넘겨 조금 좁은 듯한 이마를 드러냈다. 그가 평소처럼 하면 된다고 중얼거리면 그 소리를 들은 사람은 속으로 '그것 말고는 할 줄 아는 게 없겠지!' 생각하며 콧방귀를 뀌곤 했다. 하지만 그건 착각이었다. 닐 경위는 고지식해 보이는 외모와 다르게 상상력이 아주 풍부했고, 근사한 추리를 한 다음 피의자를 심문하며 검증하는 수사 방식에 도가 텄다.

그는 사건의 경위를 간단하게 설명해 줄 가장 적합한 인물로 한눈에 그리피스 양을 지목했다. 그녀는 아침에 벌어졌던 일을 아주 훌륭하게 요약해서 전하고 나간 참이었다. 닐 경위는 타이피스트실의 성실한 고참이 사장의 차에 독약을 넣었을 이유를 생각해 냈다가, 가능성이 없다는 판단을 내리고 폐기 처분했다.

그가 보기에 그리피스 양은 첫째, 독약을 넣을 만한 타입이 아니었고, 둘째, 사장을 흠모하지 않았고, 셋째, 정신적으로 불안해 보이지도 않았고, 넷째, 앙심을 품고 있지도 않았다. 따라서 그녀의 역할은 정확한 정보원으로 한정지을 수 있을 것 같았다.

닐 경위가 전화기를 흘끗 쳐다보았다. 성유다 병원에서 언제라도 전화가 올 수 있었다.

포티스큐 씨가 갑작스럽게 자연사했을 가능성도 있었지만, 베스널 그린의 아이적스 선생은 그렇게 생각하지 않았고 할리가의 에드윈 샌드맨 경도 마찬가지였다.

닐 경위는 마침 왼손 가까이 설치된 버저를 눌러 포티스큐 씨의 개인 비서를 들여보내도록 했다.

그로브너 양은 안정을 좀 되찾기는 했지만, 완전히 회복한 상태는 아니었다. 백조처럼 우아하게 움직이던 모습은 온데간데없었고, 불안해하는 얼굴로 들어오자마자 대뜸 자기변호를 했다.

"제가 한 거 아니에요!"

닐 경위가 지나가는 투로 중얼거렸다.

"그래요?"

그가 의자를 가리켰다. 그로브너 양이 포티스큐 씨가 불러 주는 편지 내용을 받아 적으러 수첩을 가지고 들어올 때마다 앉던 자리였다. 그녀는 어쩔 수 없이 그 자리에 앉아서 놀란 토끼 눈을 하고 닐 경위를 빤히 쳐다보았다. 유혹? 협박? 법정에 선 금발 미녀? 이런 식으로 온갖 상상의 나래를 펴고 있는 닐 경위는 위협적이라기보다 조금 멍청해 보였다.

그로브너 양이 말했다.

"차에는 아무 문제 없었어요. 분명 아무 문제 없었다고요."

"그렇군요. 이름하고 주소 부탁합니다."

"그로브너, 아이린 그로브너예요."

"철자가 어떻게 되죠?"

"그로브너 광장하고 똑같아요."

"그리고 주소는?"

"머스웰 힐, 러시무어가(街) 14번지요."

닐 경위는 만족스러운 듯 고개를 끄덕이며 속으로 생각했다.

'유혹도 아니고 밀회도 아니야. 어엿한 집에서 부모님과 함께 살고 있군. 협박도 아니야.'

그럴듯했던 가설이 또 하나 배제되었다.

"차를 끓인 사람이 아가씨였나요?"

그가 사근사근하게 물었다.

"네, 제 담당이에요. 포티스큐 씨의 차는 늘 제가 끓여요."

닐 경위는 아침마다 포티스큐 씨의 차를 어떤 식으로 끓이는지 자세히 재연하도록 했다. 찻잔과 접시와 찻주전자는 이미 잘 싸서 분석팀으로 보냈다. 이야기를 듣고 보니 그 찻잔과 접시와 찻주전자를 만진 사람은 아이린 그로브너밖에 없었다. 물 주전자는 회사 직원들이 마실 차를 끓이는 데 사용했고, 그로브너 양이 그 주전자에 휴게실 수돗물을 받아서 다시 끓였다.

"차는요?"

"사장님만 마시는 중국차였어요. 문을 열면 나오는 제 사무실 선반에 보관해 둔 거였고요."

닐 경위가 고개를 끄덕였다. 설탕에 대해서 물었더니 포티스큐 씨는 설탕을 넣지 않는다고 했다.

전화벨이 울렸다. 수화기를 든 닐 경위의 표정이 살짝 바뀌었다.

"성유다 병원?"

그는 이제 나가도 좋다는 뜻에서 그로브너 양을 향해 고개를 끄덕였다.

"지금은 이 정도로 하죠. 고맙습니다, 그로브너 양."

그로브너 양은 밖으로 쌩하니 나갔다.

닐 경위는 성유다 병원 담당자의 가늘고 사무적인 목소리에 귀를 기울였다. 그러면서 앞에 놓인 압지 구석에다 뭔지 모를 상형 문자를 몇 개 끄적였다.

"5분 전에 사망했다고요?"

그가 이렇게 물으면서 손목시계 쪽으로 시선을 돌렸다. 그러고는 12시 43분이라고 압지에 적었다.

사무적인 목소리가 번스도프 선생이 직접 닐 경위와 이야기를 나누고 싶어 한다고 했다.

"좋습니다. 연결시켜 주세요."

딸깍하는 소리와 윙윙하는 소리와 멀리서 유령들이 웅얼거리는 듯한 소리가 이어졌다. 닐 경위는 가만히 앉아서 기다렸다.

그러다 갑자기 낮고 우렁찬 목소리가 들리자 닐 경위는 수화기를 귀에서 살짝 떨어뜨렸다.

"여어, 닐, 이 욕심 많은 친구. 또 자네가 보낸 시첸가?"

닐 경위와 성유다 병원의 번스도프 교수는 1년 전에 일어난 독살 사건 때문에 만난 적이 있었고, 그 이후로 가깝게 지내고 있었다.

"우리 친구가 죽었다면서요?"

"그래. 여기 도착했을 때 이미 손쓸 방법이 없었지."

"사인은요?"

"부검을 해 봐야겠지. 아주 흥미진진한 케이스야. 아주 흥미진진해. 나도 동참할 수 있어서 얼마나 기쁜지 몰라."

번스도프의 굵직한 목소리에서 풍기는 직업적인 호기심으로 미루어 짐작했을 때 적어도 한 가지 사실만큼은 분명했다.

"자연사가 아닌 것 같다는 말씀이로군요."

닐 경위가 무미건조하게 말했다.

"자연사일 가능성은 눈곱만큼도 없지."

번스도프 선생은 호언장담하더니 "물론 비공식적인 이야기지만." 하면서 뒤늦게 몸을 사렸다.

"예, 예. 이해합니다. 그런데 독살인가요?"

"응. 게다가…… 이건 정말 비공식적인 이야기인데…… 자네만 알고 있어야 해……. 어떤 독극물이 쓰였는지 내기를 해도 되겠어."

"그래요?"

"탁신이야, 이 친구야. 탁신이라고."

"탁신? 그런 독극물은 처음 듣는데요."

"당연하지. 그래서 아주 특이한 사건인 거야. 기분 좋을 만큼 특이한 사건이라고. 삼사 주 전에 있었던 일이 아니면 나도 몰랐을 거야. 소꿉장난을 하던 아이들 몇 명이 주목 열매를 따다 그걸로 차를 끓였거든."

"거기 들어 있는 겁니까? 주목 열매에?"

"열매 아니면 잎에 들었지. 아주 유독해. 물론 알칼리성이고. 이 독극물이 사용된 사건은 들어 본 적이 없어. 그러니 정말 흥미진진하고 특이한 사건 아닌가……. 허구한 날 제초제만 다루다 보면 얼마나 지겨운지 널 자네는 모를 거야. 탁신은 고마운 선물이지. 물론 내 짐작이 틀릴 수도 있으니까 절대 다른 데 옮기지는 말아 줘. 하지만 거의 확실해. 자네한테도 흥미진진한 사건이 되겠군. 일상의 변화 아닌가!"

"모두에게 즐거운 시간이라는 건가요? 희생자만 빼고?"

"그렇지, 그렇지. 희생자만 딱하게 됐지. 아주 운이 안 좋았던 거야."

번스도프 선생은 건성으로 대답했다.

"고인이 죽기 전에 남긴 말이 있나요?"

"글쎄? 자네 부하 직원 하나가 공책을 들고 옆에 앉아 있었으니 자세한 건 그 사람한테 듣도록 해. 차가 어쩌고 했는데…… 사무실에서 마신 차 속에 뭐가 들어 있었다고 말이지……. 하지만 말도 안 되는 소리야."

"왜 말이 안 된다는 겁니까?"

닐 경위는 매력적인 그로브너 양이 차를 끓인 다음, 그 속에 주목 열매를 넣는 장면을 곰곰이 따져 보았다. 하지만 이내 앞뒤가 안 맞는다는 결론을 내리고 날카롭게 물었다.

"그렇게 금세 효과가 나타날 수 없거든. 듣기로는 차를 마시자마자 증상이 나타났다고 하던데?"

"그랬다고 들었습니다."

"그런 식으로 금세 효과가 나타나는 독극물은 거의 없어. 예외라고 할 수 있는 게 청산가리하고…… 순수 니코틴인데……."

"그런데 청산가리나 니코틴은 분명 아니었고요?"

"이봐, 그랬다면 구급차가 도착하기도 전에 이미 죽었을 거야. 청산가리나 니코틴은 분명 아니었어. 스트리크닌인가 의심하긴 했는데, 스트리크닌의 경우에는 그런 식으로 경련을 일으키지 않아. 비공식적이기는 하지만, 탁신이라는 데 내 이름을 걸어도 좋아."

"시간이 얼마나 지나야 효과가 나타나는 거죠?"

"상황에 따라 다르지. 1시간? 혹은 2시간에서 3시간도 가능해. 죽은 사람을 보아하니 대식가였던 것 같던데, 만약 아침을 푸짐하게 먹었다면 그 때문에 시간이 좀 걸렸겠지."

"아침이라……."

닐 경위가 생각에 잠긴 채 중얼거렸다.

"예, 아침일 것 같네요."

"범인과의 아침 식사였던 셈이지. 아무튼 잘 찾아보게, 친구."

번스도프 선생이 껄껄대며 웃었다.

"고맙습니다. 끊기 전에 경사하고 통화를 좀 하고 싶은데요."

딸각하는 소리와 윙윙하는 소리와 멀리서 유령들이 웅얼거리는 듯한 소리가 다시 이어졌다. 그러더니 숨을 헐떡이는 소리가 들렸다. 헤이 경사의 등장을 알리는 서곡이었다.

"부르셨습니까?"

그가 다급한 투로 물었다.

"나야. 고인이 특별히 남긴 말 있었나?"

"차 때문이라고 했습니다. 사무실에서 마신 차 때문이라고요. 하지만 의사 선생님 말로는 그럴 리가 없다고……."

"그래, 나도 그 소리 들었어. 다른 건 없었고?"

"예. 그런데 이상한 게 한 가지 있습니다. 입고 있는 양복 주머니 속에 뭐가 있는지 봤거든요. 손수건, 열쇠, 잔돈, 지갑, 여기까지는 평범한데, 특이한 게 한 가지 있었어요. 재킷 오른쪽 주머니에 곡식이 들어 있는 겁니다."

"곡식?"

"예."

"곡식이라니? 옥수수나 보리, 뭐 그런 거 말인가?"

"예, 맞습니다. 제가 보기에는 호밀 같았는데, 제법 많이 들어 있었습니다."

"그렇단 말이지……. 희한한 일이로군……. 하지만 샘플이나 뭐 그런 것일 수도 있겠지. 사업과 관련 있는 물건이거나."

"예, 맞습니다. 하지만 말씀드리는 게 좋을 것 같아서요."

"잘했네, 헤이."

닐 경위는 앞쪽을 물끄러미 바라보다 수화기를 내려놓았다. 그의 논리 정연한 두뇌가 수사의 1단계에서 2단계로 넘어갔다. 독살을 의심하던 단계에서 독살을 확신하는 단계로 넘어간 것이다. 번스도프 교수는 비공식적이라고 강조했지만, 교수는 쉽게 착각하는 사람이 아니었다. 렉스 포티스큐 씨는 독살당했고, 독극물은 첫 번째 증상이 나타나기 1시간에서 3시간 전에 그의 몸속으로 들어갔다. 따라서 회사 직원들은 결백하다고 보아도 될 것 같았다.

닐은 자리에서 일어나 바깥쪽 사무실로 나갔다. 이런저런 일들이 진행 중이었지만, 타이피스트들이 열심히 매달려 있지는 않았다.

"그리피스 양? 다시 한번 이야기를 좀 나눌 수 있을까요?"

"네, 닐 경위님. 그런데 직원들이 나가서 점심 식사를 해도 될까요? 평소대로라면 점심시간이 훨씬 지났거든요. 아니면 시켜 먹을까요?"

"아뇨. 나가서 먹어도 됩니다. 하지만 반드시 돌아와야 합니다."

"물론이죠."

그리피스 양은 닐을 따라 포티스큐 씨의 개인 사무실로 들어갔다. 그러고는 차분하게 자리에 앉았다.

닐 경위가 단도직입적으로 말했다.

"성유다 병원에서 연락이 왔어요. 포티스큐 씨가 12시 43분에 사망했답니다."

그리피스 양은 이 소식을 듣고 놀라지 않았다. 그저 고개만 저을 따름이었다.

"상태가 아주 심각했던 모양이네요."

그녀는 슬퍼하는 기색이 전혀 없었다.

"포티스큐 씨 집안과 가족에 대해 자세히 알 수 있을까요?"

"예. 안 그래도 사모님한테 연락을 드리려고 했는데, 골프를 치러 나가신 모양이에요. 점심 이후에나 들어오신대요. 어느 골프장으로 갔는지도 잘 모른다고 하고요."

그녀는 잠깐 말을 멈추었다 설명을 덧붙였다.

"집이 베이든 히스거든요. 유명한 골프장 세 군데가 모여 있는 곳 말이에요."

닐 경위는 고개를 끄덕였다. 베이든 히스는 부유한 금융업자들이 주로 사는 곳이었다. 런던에서 30킬로미터밖에 안 되는 거리라 기차를 이용하기 편리했고, 출퇴근 시간대에도 비교적 쉽게 차로 오갈 수 있었다.

"정확한 주소하고 전화번호가 어떻게 되죠?"

"베이든 히스 3400번지예요. 집 이름은 주목 오두막집이고요."

"예? 주목 오두막집이라고요?"

닐 경위 자신도 모르는 새 날카로운 질문이 튀어나왔다.

"예."

그리피스 양이 언뜻 호기심을 보였지만, 닐 경위는 다시 이성을 되찾았다.

"가족 소개를 부탁드려도 될까요?"

"지금 사모님은 두 번째 부인이에요. 사장님하고 나이 차이가 많이 나죠. 2년쯤 전에 결혼했어요. 첫 번째 부인은 오래전에 돌아가셨고요. 첫 번째 부인과의 사이에 2남 1녀가 있어요. 따님과 이 회사 공동 사장인 큰아드님이 사장님과 같이 살아요. 그런데 오늘은 아드님이 잉글랜드 북부로 출장 중이에요. 내일 돌아오세요."

"언제 떠났습니까?"

"그제요."

"그분에게는 연락을 했나요?"

"예. 사장님을 병원으로 옮긴 다음, 맨체스터 미드랜드 호텔에 계시지 않을까 싶어서 연락했더니 아침 일찍 떠났다고 하더라고요. 셰필드와 레스터도 들른다고 한 것 같은데, 잘은 모르겠어요. 아드님이 셰필드와 레스터에서 들를 만한 회사 이름을 알려 드릴 수 있어요."

정말 유능한 직원이었다. 이런 여자가 살인을 저지르기로 마음먹었다면 유능하게 해치울 것이다. 하지만 닐 경위는 이런 억측들을 애써 떨치고, 포티스큐 씨의 후방을 파악하는 데 집중했다.

"작은 아들도 있다고 했죠?"

"예. 하지만 사장님하고 사이가 안 좋아서 외국에 살아요."

"두 아들 모두 결혼했습니까?"

"예. 큰아드님이신 퍼시벌 씨는 3년 전에 결혼했어요. 지금은 부인과 함께 주목 오두막집의 한 층을 쓰고 있는데, 조만간 베이든 히스의 다른 집으로 분가할 예정이에요."

"오늘 아침에 전화했을 때 퍼시벌 포티스큐 부인하고도 통화했나요?"

"오늘 런던에 갔다고 했어요. 작은아드님은 랜슬롯 씨로, 결혼한 지 1년이 안 됐어요. 부인은 프레더릭 앤스티스 경의 미망인이죠. 경위님도 그분 사진을 봤을 거예요. 말들과 함께 찍은 사진이 《태틀러》에 실렸거든요. 크로스컨트리 경마장에서 찍은 사진도 그렇고."

그리피스 양의 목소리가 조금 숨 가쁘게 들렸고, 두 뺨에 살짝 홍조가 들었다. 눈치 빠른 닐 경위는 두 사람의 결혼이 그리피스 양의 속물적이고 낭만적인 성격에 불을 질렀음을 알 수 있었다. 그래도 상류층의 벽이 있는지, 고인이 된 프레더릭 앤스티스 경이 스포츠계에서 얼마나 악명이 높았는지 그리피스 양은 모르는 눈치였다. 프레디 앤스티스는 경마 협회에서 그의 말을 조사하러 나서자 그 직전에 권총으로 머리를 날려 자살한 인물이었다. 닐 경위는 그의 아내에 대해 들은 이야기가 어렴풋이 생각났다. 아일랜드 귀족의 딸이었고, 영국 공습 때 전사한 공군의 미망인이기도 했다.

그런데 이제는 포티스큐 집안의 말썽꾸러기와 결혼한 모양이었다. 그리피스 양이 깔끔하게 정리했다시피 아버지하고 사이가 안 좋았다는 걸 보면, 랜슬롯 포티스큐의 이력에 오점이 있었다는 뜻이니 말썽꾸러기로 간주해도 무방하리라.

'랜슬롯 포티스큐라니! 무슨 이름이 그럴까? 또 다른 아들은 이름이 뭐였더라? 퍼시벌?'

닐 경위는 포티스큐 씨의 첫 번째 부인이 어떤 사람이었을지 궁금해졌다. 이름을 고르는 취향이 참 독특했다.

그는 전화기를 잡아당겨 805를 누르고, 베이든 히스 3400번지와 연결을 부탁했다.

이내 어떤 남자의 목소리가 들렸다.

"베이든 히스 3400번지입니다."

"포티스큐 부인이나 포티스큐 양과 통화 좀 할 수 있을까요?"

"죄송하지만 두 분 다 안 계십니다."

닐 경위의 귀에는 살짝 술에 취한 목소리처럼 들렸다.

"집사인가요?"

"그렇습니다."

"포티스큐 씨가 지금 많이 편찮으신데요."

"들었습니다. 회사에서 전화로 알려 주었어요. 하지만 저도 어쩔 도리가 없습니다. 벌 도련님은 북부로 출장 중이시고, 포티스큐 사모님은 골프를 치러 나가셨어요. 벌 도련님의 사모님은 저녁 전까지 돌아오시겠다는 말씀만 남기고 런던에 가셨고, 일레인 아가씨는 브라우니(미국의 걸스카우트에 해당하는 소녀단 중에서도 8~11세의 단원 — 옮긴이)들이랑 같이 나가셨고요."

"포티스큐 씨의 질환에 대해 상의할 사람이 집에 아무도 없단 말인가요? 중요한 일인데요."

"글쎄요……."

집사는 애매한 말투였다.

"램스버텀 양이 있긴 한데 전화 통화는 절대 안 하실 겁니다. 그리고 관리인이라 할 수 있는 도브 양이 있고요."

"그럼 도브 양을 좀 바꿔 주십시오."

"어디 있는지 한번 찾아보겠습니다."

멀어져 가는 집사의 발자국 소리가 수화기 너머에서 들렸다. 누가 다가오는 소리 없이 잠잠하더니 잠시 후 어떤 여자의 목소리가 들렸다.

"전화 바꿨습니다."

나지막하고 침착하며 발음이 분명한 목소리였다. 닐 경위의 머리에 좋은 인상이 남았다.

"이런 소식 전해 드려서 죄송하지만, 포티스큐 씨가 조금 전 성유다 병원에서 숨을 거두었습니다. 회사에서 갑자기 발작을 일으켰어요. 가족분들께 연락을 드리고 싶은데……."

"아, 네. 저는 몰랐어요……."

여자는 말을 하다 말고 멈추었다. 목소리가 떨리거나 하지는 않았지만, 놀란 듯했다.

"참 유감스러운 일이 벌어졌네요. 퍼시벌 포티스큐 씨한테 연락하시면 돼요. 도련님이 모든 절차를 알아서 처리하실 거예요. 맨체스터의 미드랜드나 레스터의 그랜드로 전화하면 돼요. 아니면 레스터의 시어러 앤드 본즈로 전화하시든지요. 전화번호는 모르지만, 도

런님이 그 회사로 연락을 할 테니 오늘 어디에 묵으시는지 그쪽에서 알려 줄 거예요. 포티스큐 사모님은 오늘 저녁 전에 돌아오실 거예요. 어쩌면 차 마시는 시간 전에 돌아오실 수도 있어요. 소식 들으시면 굉장히 충격을 받으시겠네요. 갑자기 돌아가신 거죠? 사장님, 오늘 아침에 출근하실 때만 해도 괜찮아 보이셨는데."

"출근하실 때 뵈었나요?"

"그럼요. 뭣 때문에 돌아가셨어요? 심장 마비?"

"심장이 안 좋으셨습니까?"

"아뇨…… 아뇨……. 그런 소리는 못 들었어요……. 갑자기 돌아가셨다고 하기에……."

도브 양이 말을 멈추었다가 다시 이었다.

"성유다 병원에서 전화 주신 건가요? 의사선생님이세요?"

"아뇨, 의사는 아니에요. 런던에 있는 포티스큐 씨의 회사에서 전화드리는 겁니다. 저는 런던 경시청 수사과의 닐 경위라고 하는데요, 그쪽으로 건너가는 대로 도브 양을 뵙고 싶습니다."

"경위님이시라고요? 그럼…… 어쩐 일로?"

"돌연사의 경우 저희가 현장으로 출동합니다. 특히 고인이 최근에 병원을 찾은 적 없을 때는 더욱 그렇죠. 포티스큐 씨도 그런 경우였을 것 같습니다만?"

아주 살짝 말끝을 올렸을 뿐인데도 도브 양은 질문으로 받아들이고 대답했다.

"예. 퍼시벌 도련님이 예약을 2번이나 잡아 드렸는데도 가지 않으셨어요. 도무지 말이 안 통해서 다들 걱정했는데…….”

그녀는 말을 멈추었다 다시 당당한 태도로 돌아갔다.

"경위님이 오시기 전에 사모님이 돌아오시면 뭐라고 말씀드릴까요?"

더없이 사무적인 관리인이었다.

"돌연사의 경우 몇 가지 조사를 한다고 전해 주십시오. 일상적인 조사라고요."

닐 경위는 전화를 끊었다.

3장

닐은 전화기를 멀찌감치 치우고 그리피스 양을 노려보았다.

"요즘 다들 걱정을 했다는군요. 병원 예약도 했고요. 그리피스 양한테 그런 이야기는 못 들었는데 말이죠."

"전 그런 줄 몰랐어요. 몸이 편찮으신 것 같지는 않았는데……."

"아니면…… 뭐죠?"

"그냥 좀 이상했어요. 평소 같지 않고 묘했어요."

"뭘 걱정하는 것 같던가요?"

"아유, 그건 아니에요. 걱정은 저희가 했죠."

닐 경위는 참을성 있게 기다렸다.

"말로 표현하기가 참 어렵네요. 사장님은 변덕이 좀 있으셨어요. 가끔 상당히 난폭해지시곤 했죠. 솔직히 술을 드신 게 아닐까 싶은 적도 한두 번 있었어요. 말도 안 되는 이야기를 자랑처럼 늘어놓고 그러셨거든요. 제가 이 회사에서 근무한 내내 사장님은 아주 비밀스러웠어요. 속내를 보이는 법이 없었죠. 그런데 요즘 들어서는 전과 다르게 호방한 성격으로 바뀌고, 돈도 펑펑 쓰시더라고요. 평소하고 180도 달라지신 거예요. 사환의 할머니가 돌아가셨을 때도 사장님이 그 아이를 불러 5파운드짜리 지폐를 쥐여 주고는 두 번째 우승 후보한테 걸라면서 껄껄 웃으셨다니까요? 아무튼…… 평소 같지 않으셨어요. 제가 드릴 수 있는 말씀은 그게 전부예요."

"무슨 속셈이 있는 것 같았단 말이죠?"

"그렇다기보다는 뭔가 신나고…… 짜릿한 일을 기다리는 사람 같았어요."

"엄청난 계약이 성사되기 직전 같은?"

그리피스 양이 좀 더 강하게 맞장구를 쳤다.

"예, 맞아요. 그쪽에 가깝겠네요. 이제 모든 게 상관없다는 듯 흥분 상태였죠. 그리고 아주 묘하게 생긴 사람들이 찾아온 적도 있어요. 한 번도 본 적 없는 사람들이었죠. 그 때문에 퍼시벌 씨가 얼마나 걱정했는지 몰라요."

"그 때문에 걱정을 했다고요?"

"예. 퍼시벌 씨는 사장님의 두터운 신임을 받는 아들이었죠. 사장님이 많이 의지했어요. 그런데 요즘 들어서는……."

"요즘 들어서는 좀 삐걱거렸군요."

"사장님께서 퍼시벌 씨가 보기에 어리석은 일을 많이 하셨거든요. 퍼시벌 씨는 아주 신중하고 조심스러운 성격이에요. 그런데 아버지가 갑자기 자기 말을 듣지 않으니 퍼시벌 씨도 상당히 언짢아 했죠."

"두 분이 그 때문에 언쟁을 벌인 적도 있나요?"

닐 경위는 계속 탐문하는 중이었다.

"언쟁에 대해서는 잘 모르겠고…… 이제 와서 생각해 보니까 그렇게 소리를 지르신 걸 보면 사장님이 이상했던 게 분명해요."

"소리를 질렀다고요? 뭐라고 소리를 질렀습니까?"

"타이피스트실로 달려 나오시더니……."

"그럼 그리피스 양도 다 들었겠군요?"

"예, 그렇죠. 퍼시벌 씨한테 상소리를 퍼붓고…… 욕을 하고…… 악담하고 그랬어요."

"퍼시벌 씨가 무슨 짓을 했다고 그러던가요?"

"무슨 짓을 한 게 아니라 안 한 거 가지고 뭐라 그러셨어요. 시시하고 한심한 좀생원이라는 둥, 시야가 좁다는 둥, 사업을 크게 벌이는 게 뭔지 모른다는 둥……. 그러면서 이러셨죠. '랜스를 다시 불러야겠다. 그 녀석이 너보다 10배는 나아. 게다가 결혼까지 했지. 한번 형사 처벌을 당할 뻔하긴 했어도 배짱 있는 녀석이야…….' 어머나, 이 말은 하지 말았어야 하는 건데!"

닐 경위의 능수능란한 수법에 당하면 누구든 넋이 빠지기 마련이었다. 그리피스 양도 그랬다가 갑자기 정신을 차리고 당황스러워했다.

닐 경위가 달래듯 말했다.

"걱정 마세요. 지나간 일은 지나간 일이니까요."

"그럼요. 아주 오래전 일인걸요. 그때 랜스 씨는 젊고 혈기왕성해서 자기가 무슨 짓을 하는지도 잘 몰랐을 거예요."

닐 경위는 예전에도 그런 소리를 들은 적 있었고, 동조하지 않는 입장이었다. 하지만 따지지 않고 다른 질문으로 넘어갔다.

"여기 직원들에 대해 좀 더 자세히 듣고 싶은데요."

그리피스 양은 말실수를 얼른 덮으려고 회사에 다니는 여러 직원들에 대한 정보를 줄줄 쏟아 놓았다. 닐 경위는 고맙다고 인사한 다음 그로브너 양을 다시 만나고 싶다고 이야기했다.

웨이트 순경은 연필을 깎으면서 부러운 듯 회사가 참 근사하다고 말했다. 그의 시선이 큼지막한 의자와 대형 책상과 간접 조명 사이를 움직였다.

"사람들 이름도 다 근사하지 뭡니까. 그로브너…… 이건 어떤 공작하고 상관이 있는 것 같고. 포티스큐…… 이것도 고급스럽잖아요."

닐 경위가 빙그레 웃었다.

"그의 아버지 성은 포티스큐가 아니라 폰테스쿠였고, 중유럽 어느 나라 출신이었지. 렉스 씨는 포티스큐라는 발음이 더 괜찮다고 생각한 모양이야."

웨이트 순경이 감탄하는 표정으로 상사를 쳐다보았다.

"벌써 파악이 끝나신 겁니까?"

"호출받고 출동하기 전에 몇 가지 찾아봤지."

"전과가 있는 건 아니죠?"

"아, 그건 아니야. 그 정도로 멍청한 사람은 아니었어. 암시장과 모종의 관계가 있고 의심스러운 일을 한두 번 벌인 적은 있지만, 법의 테두리를 벗어난 적은 없지."

"그래요? 질이 좋은 사람은 아니었군요?"

"사기꾼이야. 하지만 증거가 없어. 국세청에서 오래전부터 뒤를 쫓고 있었는데, 보통내기가 아니야. 상당한 금융 천재였지."

"그런 사람이라면 원한 관계가 있지 않을까요?"

웨이트 순경이 희망 어린 목소리로 물었다.

"물론 있겠지. 하지만 집에서 독살당했잖은가. 아직까지는 그런 가정에서 출발해야 한단 말이지. 난 말이야, 웨이트 순경, 어떤 패턴이 보여. 시대에 뒤떨어진 통속적인 패턴이 보인단 말이지. 착한 남자 퍼시벌, 여자들한테 인기가 많은 나쁜 남자 랜스, 남편보다 한참 어리고 어느 골프장으로 갔는지 행방이 묘연한 부인. 이 모든 게 아주 통속적이야. 그런데 혼자서 눈에 확 띄는 게 하나 있어."

웨이트 순경이 "그게 뭡니까?" 하고 묻는 순간, 문이 열리더니 안정을 완전히 되찾고 매력적인 예전 모습으로 돌아간 그로브너 양이 도도하게 물었다.

"저를 보고 싶다고 하셨다고요?"

"사장님에 대해서 몇 가지 묻고 싶은 게 있어서요. 그러니까…… 돌아가신 사장님 말이죠."

"정말 유감이에요."

그로브너 양은 이렇게 말했지만, 빈말인 티가 났다.

"사장님이 요즘 들어 달라 보이던가요?"

"예. 맞아요. 달라 보이셨어요."

"어떤 식으로요?"

"뭐랄까…… 말도 안 되는 이야기를 많이 하셨어요. 저는 하시는 말씀의 절반도 안 믿었죠. 그리고 툭하면 화를 냈어요. 특히 퍼시벌 씨한테요. 저한테는 화를 안 내셨죠. 저는 한 번도 왈가왈부한 적이 없으니까요. 사장님이 무슨 이상한 소리를 하시건 저는 무조건 '알겠습니다, 사장님.' 하고 말았어요."

"포티스큐 씨가 그로브너 양한테…… 애정 공세를…… 편 적은 없나요?"

"예. 없었다고 말씀드릴 수 있어요."

이렇게 대답하는데, 조금 섭섭해하는 말투였다.

"마지막으로 한 가지만 더 묻겠습니다, 그로브너 양. 포티스큐 씨가 주머니에 곡식을 넣고 다니는 습관이 있었나요?"

그로브너 양이 깜짝 놀란 표정을 지었다.

"곡식을요? 주머니에요? 비둘기 모이나 뭐 그런 걸로 말인가요?"

"그런 용도로 쓸 수도 있었겠죠."

"아뇨. 절대 그럴 리 없어요. 사장님이 비둘기한테 모이를 줘요? 말도 안 돼요."

"그럼, 특별히 오늘 주머니 속에 보리나 호밀을 넣을 만한 이유가 있었나요? 샘플을 받았다든지, 곡식 매매 계약을 맺었다든지……."

"아뇨. 오늘 오후에는 아시아틱 오일 사람들과 약속이 잡혀 있었어요. 그리고 애티쿠스 주택 금융 조합 회장님하고요. 그분들 말고는 없어요."

"알겠습니다."

닐은 이쯤에서 대화를 접고, 나가도 좋다는 뜻에서 그로브너 양에게 손을 흔들었다.

웨이트 순경이 한숨을 내쉬었다.

"다리 끝내주네요. 거기다 슈퍼 나일론······."

"잘빠진 다리는 지금 아무짝에도 쓸모없어. 도무지 진전이 없네. 주머니 속의 호밀······ 이걸 설명할 방법이 없단 말이지."

4장

　메리 도브는 아래층으로 내려가다 말고 계단 옆에 달린 커다란 창문 밖을 내다보았다. 방금 전에 멈추어 선 차에서 두 남자가 내리고 있었다. 둘 중에서 키가 큰 쪽이 집을 등지고 잠시 서서 주변을 둘러보았다. 메리는 두 남자의 정체를 생각해 보았다. 닐 경위와 부하 직원인 것 같았다.
　그녀는 고개를 돌리고, 계단이 구부러지는 곳에 걸린 전신 거울을 들여다보았다. 새하얀 칼라와 커프스가 달린 회색 원피스를 입은, 얌전한 분위기의 아담한 여자가 서 있었다. 가운데로 가르마를 탄 검은 머리는 반짝이며 뒤로 구불구불 이어지다 목덜미에서 하나로 동그랗게 묶였다. 립스틱은 옅은 장미색이었다.
　전체적으로 마음에 드는 외모였다. 메리 도브는 희미한 미소를 지으면서 계단을 마저 내려갔다.

닐 경위는 집 주변을 살피면서 속으로 생각했다.

'이게 오두막집이라고? 주목 오두막집? 돈 많은 사람들의 허세는 정말이지!'

닐 경위가 보기에 그 집은 대저택이라고 불러도 될 만한 규모였다. 경위는 오두막집이 어떤 곳인지 알고 있었다. 그가 바로 오두막집에서 자란 사람이었다! 그가 살던 오두막집은 하팅턴 공원, 그러니까 방이 29개나 되고 문화재 보호재단에서 관리하는 그 으리으리하고 거추장스러운 팔라디오식 저택의 입구에 있었다. 겉보기에는 아담하고 예쁘지만, 안으로 들어가 보면 축축하고 불편하고 아주 원시적인 수준의 위생 설비 말고는 아무것도 없는 곳이었다. 그런데 다행스럽게도 닐 경위의 부모님에게는 바람직하고 알맞은 거처였다. 월세를 낼 필요가 없고, 필요한 때 공원의 문을 열고 닫기만 하면 되고, 사방이 토끼 천지인 데다 가끔은 꿩까지 잡아먹을 수 있었으니 말이다. 닐의 어머니는 전기다리미, 서서히 연소되는 스토브, 세탁물 건조 선반, 냉수와 온수가 나오는 수도, 손가락으로 누르기만 하면 불이 켜지는 스위치 같은 문명의 혜택을 한 번도 누리지 못했다. 닐의 가족은 겨울이면 석유등을 켰고, 여름에는 해가 떨어지면 잠을 잤다. 시대에 철저히 뒤떨어지긴 했어도 건강하고 행복한 가족이었다.

그래서 오두막집이라는 단어를 들었을 때 닐 경위는 어렸을 때 기억을 떠올렸다. 그런데 주목 오두막집이라는 잘난 이름이 붙은 이곳은, 막상 와 보니 돈 많은 사람들이 지어 놓고 '시골의 조그만

별장'이라고 부르는 대저택이었다. 게다가 닐 경위의 기준에 따르면 시골도 아니었다. 이 집은 높다기보다 넓고, 박공이 너무 많고, 납틀 유리창이 숱하게 달린, 커다랗고 튼튼한 빨간 벽돌집이었다. 정원은 인위적인 냄새가 물씬했다. 장미 화단과 덩굴시렁과 작은 못이 규칙적으로 배치되어 있었고, 집 이름에 걸맞게 짧게 자른 주목 울타리가 많았다.

누구든 마음만 먹으면 탁신을 손에 넣을 수 있겠다 싶을 만큼 주목이 많았다. 오른쪽 장미 덩굴 뒤로, 그나마 보존된 자연 그대로의 모습이 보였다. 교회에나 있음 직한 거대한 주목이 사방으로 뻗은 가지를 말뚝에 걸친 채 모세처럼 서 있었다. 그 나무는 새로 지은 빨간 벽돌집들이 이 일대를 점령하기 훨씬 전부터 거기 있었을 것이다. 골프장이 설계되고, 유행의 첨단을 걷는 건축가들이 돈 많은 고객들과 이리저리 걸어 다니면서 여러 부지의 장점을 가르쳐 주기 전부터 말이다. 워낙 값진 골동품이다 보니 잘리지 않고 새로운 구조 속에 편입되었고, 새로 지은 으리으리한 저택에 자리 이름을 빌려줄 수 있었으리라.

'주목 오두막집. 어쩌면 저 나무의 열매에서……'

닐 경위는 쓸데없는 상상을 이쯤에서 접었다. 이제 일에 전념해야 할 때였다. 그는 초인종을 눌렀다.

전화 통화를 했을 때 닐 경위가 상상했던 모습과 상당히 비슷한 중년의 남자가 그 즉시 문을 열었다. 겉멋이 잔뜩 들고, 눈빛은 교활하며, 손을 살짝 떠는 남자였다.

닐 경위는 부하 직원과 자기를 소개하고, 깜짝 놀라는 집사의 얼굴을 보며 속으로 즐거워했다. 하지만 그의 태도에 별다른 의미를 부여하지는 않았다. 렉스 포티스큐의 죽음과 연관이 있다기보다 지극히 무의식적인 반응일 가능성이 높았다.

"포티스큐 부인은 아직 외출 중입니까?"

"예. 그렇습니다."

"퍼시벌 포티스큐 씨나 포티스큐 양도요?"

"예. 그렇습니다."

"그럼 도브 양을 만나고 싶습니다만."

집사가 고개를 살짝 돌렸다.

"마침 내려오네요."

닐 경위는 널찍한 계단을 침착하게 내려오는 도브 양을 찬찬히 살펴보았다. 이번에는 상상과 실제가 서로 달랐다. 관리인이라는 단어 때문에 덩치가 크고, 고압적인 분위기의 검은색 옷 속 어딘가에 열쇠 꾸러미를 감추어 둔 여자를 무의식적으로 상상했던 것이다.

닐 경위는 계단을 내려오는 작고 말쑥한 아가씨를 보고 당황했다. 옅은 비둘기색 원피스와 새하얀 칼라와 커프스, 단정한 고수머리, 모나리자를 닮은 희미한 미소. 이 모든 게 조금은 비현실적이라 30살도 안 된 이 아가씨가 연극을 하고 있는 것 같았다. 관리인이 아니라 메리 도브 역할을 맡아서 연극을 하고 있는 게 아닌가 싶을 만큼 이름과 분위기가 완벽하게 일치했다.

메리 도브가 침착하게 인사를 건넸다.

"닐 경위님 되시죠?"

"그렇습니다. 이쪽은 헤이 경사고요. 전화로 말씀드렸지만 포티스큐 씨가 12시 43분에 성유다 병원에서 돌아가셨습니다. 오늘 아침에 드신 뭔가를 사망 원인으로 추정하는데요. 오늘 아침 식탁에 올린 음식을 조사할 수 있도록 헤이 경사를 부엌으로 안내해 주시면 감사하겠습니다."

메리 도브가 닐 경위의 눈을 물끄러미 바라보다 고개를 끄덕였다.

"그러시죠."

그녀는 불안한 듯 근처를 서성이던 집사 쪽으로 고개를 돌렸다.

"크럼프, 헤이 경사님을 모시고 가서 뭐든 원하시는 대로 보여 주세요."

두 사람이 자리를 떴다. 메리 도브가 이번에는 닐에게 말했다.

"이쪽으로 오시겠어요?"

도브 양은 어느 방문을 열고 안으로 안내했다. 나무 패널과 화려한 가구와 큼지막하고 푹신푹신한 의자를 배치하고, 과시용 그림들을 적당히 걸어 놓은, 별 특징 없는 끽연실이었다.

"앉으세요."

닐 경위와 메리 도브가 마주 보고 앉았다. 도브 양은 햇빛이 정면으로 비치는 자리를 선택했다. 여자치고 의외의 선택이었다. 뭔가 감추는 게 있는 여자라면 더더욱 의외의 선택이었다. 메리 도브는 감추는 게 아무것도 없는 걸까?

"가족분들이 아무도 안 계셔서 유감스럽네요. 큰 사모님은 이제 곧 돌아오실 거예요. 작은 사모님도 그렇고요. 퍼시벌 도련님한테는 여러 곳으로 전보를 보내 놓았어요."

"고맙습니다, 도브 양."

"사장님이 아침에 드신 음식 때문에 돌아가셨다고요? 그러니까 식중독 때문에 돌아가셨다는 말씀이신가요?"

"그럴 수도 있죠."

닐 경위가 메리 도브를 예의 주시했다.

그녀는 침착하게 말을 이었다.

"그럴 리 없어요. 오늘 아침에는 베이컨, 스크램블드 에그, 커피, 마멀레이드를 바른 토스트를 드셨는걸요. 사이드테이블에 햄도 차려 놓았지만 어제 자른 거였고, 먹어서 탈 난 사람은 아무도 없었어요. 생선도 없었고, 소시지도 없었죠. 식중독을 일으킬 만한 음식은 없었어요."

"식단을 정확히 기억하시는군요."

"당연하죠. 제가 식단을 짜니까요. 어제 저녁에는……."

"아뇨."

닐 경위가 말허리를 잘랐다.

"어제 저녁은 논외로 간주해도 됩니다."

"24시간이 지난 뒤에 식중독 증상이 나타날 수도 있다고 들었는데요."

"이번 경우는 그렇지가 않아요. 포티스큐 씨가 오늘 아침 출근 전에 뭘 먹고 마셨는지 정확히 알려 주시겠습니까?"

"8시에 침실에서 차를 드셨어요. 아침 식사는 9시 15분에 하셨고요. 말씀드렸다시피 스크램블드 에그, 베이컨, 커피, 마멀레이드를 바른 토스트를 드셨죠."

"시리얼은요?"

"시리얼은 안 좋아하세요."

"커피하고 같이 준비한 설탕은 각설탕이었나요, 아니면 일반 과립 설탕이었나요?"

"각설탕요. 하지만 사장님은 설탕을 넣지 않으셨어요."

"포티스큐 씨가 아침마다 복용하던 약은 없습니까? 소금이라든지 강장제라든지 소화제 같은 것 말입니다."

"예. 없었어요."

"아가씨도 같이 식사를 했나요?"

"아뇨, 저는 따로 먹습니다."

"아침 식사는 누구하고 같이 했죠?"

"큰 사모님과 일레인 아가씨, 작은 사모님요. 퍼시벌 도련님은 출장 중이셨고요."

"그러면 포티스큐 부인과 포티스큐 양도 같은 걸 먹었나요?"

"큰 사모님은 커피와 오렌지 주스, 토스트만 드세요. 작은 사모님과 일레인 아가씨는 늘 푸짐하게 먹는 편이고요. 스크램블드 에그하고 햄에 시리얼까지 드셨을 거예요. 작은 사모님은 커피가 아니라 차를 드시죠."

닐 경위는 곰곰이 생각해 보았다. 이로써 용의자가 줄어든 셈이었다. 고인과 함께 아침을 먹은 사람은 아내와 딸과 며느리, 이렇게 단 세 사람이었다. 세 사람 모두 포티스큐 씨의 커피에 탁신을 넣을 수 있었다. 커피의 쓴맛이 탁신의 쓴맛을 가려 주었을 것이다. 침실에서 마신 차도 있지만, 번스도프 선생이 말하길 차에 섞였으면 티가 났을 거라고 했다. 하지만 아침에 일어나자마자 아직 감각이 무딘 상태에서 마신 거라면……. 고개를 들어 보니 메리 도브가 닐 경위를 예의 주시하고 있었다.

"강장제나 약에 대해서 물어보신 게 좀 이상하네요, 경위님. 약이 잘못됐거나 누가 약에 뭘 섞었을지 모른다는 뜻이잖아요. 어느 쪽이건 식중독하고는 거리가 있지 않은가요?"

닐이 그녀를 똑바로 쳐다보았다.

"저는 포티스큐 씨가 식중독으로 죽었다고 이야기한 기억이 없는데요. 포티스큐 씨의 사망 원인은 식중독이 아니라 독극물 중독입니다."

그녀는 경위의 말을 듣고 나지막이 중얼거렸다.

"독극물 중독……."

메리 도브는 놀라거나 당황스러워하기는커녕 호기심을 비쳤다. 새로운 경험을 접한 사람 특유의 반응이었다.

심지어 잠깐 생각하더니 이런 소리까지 했다.

"지금까지 독극물 중독으로 죽은 사람은 한 번도 본 적이 없네요."

"별로 유쾌한 일은 아니죠."

닐이 무미건조하게 말했다.

"예. 그렇겠죠……."

메리 도브는 잠깐 생각에 잠겼다가, 갑자기 환하게 웃으면서 닐 경위를 쳐다보았다.

"저는 범인 아니에요. 하지만 모두들 범인이 아니라고 말하겠죠?"

"누가 범인 같습니까, 도브 양?"

그녀는 어깨를 으쓱했다.

"솔직히 사장님은 밉살스러운 구석이 있었어요. 누구라도 그런 짓을 저지를 수 있겠죠."

"하지만 밉살스럽다는 이유 하나 때문에 독살당하는 사람이 있을까요? 살인에는 상당히 확실한 동기가 있기 마련이죠."

"예. 그렇겠죠."

메리 도브는 곰곰이 생각하는 눈치였다.

"이 집 식구들이 어떤 사람들인지 이야기해 주시겠습니까?"

경위의 말에 메리 도브가 그를 쳐다보았다. 놀랍게도 그녀는 태연할 뿐더러 재미있어하는 표정이었다.

"지금 진술서를 작성하는 건 아니죠? 부하 직원께서 집사의 심기를 어지럽히느라 바쁜 상황에 그럴 리는 없겠죠? 제가 한 이야기가 법정에서 공개되는 건 싫거든요. 하지만 비공식적으로 제 생각을 이야기할 마음은 있어요. 말하자면 비공개로 말이죠."

"그럼 말씀하십시오. 아까 도브 양도 말씀하셨다시피 여긴 증인도 없습니다."

메리 도브는 의자에 기대고 앉아서 얇은 한쪽 발을 흔들며 실눈을 떴다.

"먼저 제가 이 집 식구들한테 충성심이 전혀 없다는 말씀부터 드릴게요. 제가 이 집에서 일하는 이유는 보수가 많기 때문이에요. 저는 무조건 보수 많은 일이 좋아요."

"도브 양이 이런 일을 하는 게 저로서는 조금 뜻밖인데요. 그 정도 머리와 학벌이면······."

"사무실에 갇혀 있어야 한다고요? 아니면 정부에서 자료를 정리해야 하나요? 이것 보세요, 닐 경위님. 이건 완벽한 일자리예요. 다들 집안일에 대한 걱정을 접을 수만 있다면 아낌없이 투자하거든요. 새 식구를 찾고 길들이는 게 얼마나 신경 쓰이는 일인지 아세요? 소개소에 편지를 보내고, 광고를 내고, 면접을 하고, 면접 날짜를 잡고, 그 모든 걸 차질 없이 진행시키려면 이 동네 사람들한테는 없는 능력이 필요하답니다."

"그런데 기껏 뽑아 놓은 사람이 나가 버리면 어떻게 합니까? 그런 경우도 있다고 들었는데요."

메리가 빙긋 웃었다.

"저도 침대 정리, 청소, 식사 준비를 남들만큼 잘해요. 물론 대놓고 자랑하지는 않죠. 그랬다가는 저한테 그 일거리가 돌아올 수도 있으니까요. 어쨌든 제 능력으로 공백을 메울 수 있어요. 하지만 공백이 생기는 경우가 많지 않답니다. 저는 편안하게 지낼 수만 있다면 비용은 신경 쓰지 않는 부잣집에서만 일하거든요. 늘 최상의 조건을 제시하기 때문에 가장 실력이 좋은 사람을 채용할 수 있죠."

"집사도 그런 경우인가요?"

그녀는 재미있어하는 표정으로 닐 경위를 흘끗 쳐다보았다.

"크럼프 부부는 항상 좀 골치가 아파요. 크럼프가 이 집에서 지내는 이유는, 크럼프 부인이 내가 지금까지 본 중에 몇 손가락 안에 꼽을 만큼 솜씨가 좋은 요리사이기 때문이에요. 그런 보물을 붙잡아 놓을 수만 있다면 큰 희생이라도 감수할 수 있죠. 포티스큐 사장님은 식탐이 있거든요. 아니, 이제는 '있었다고' 해야 할까요? 이 집 식구들은 아쉬운 거 하나 없고 돈은 남아나죠. 버터, 달걀, 크림 등등 크럼프 부인은 필요하면 뭐든 마음대로 주문할 수 있어요. 크럼프의 경우에는 그럭저럭 합격점이에요. 은식기도 잘 다루고, 식사 시중도 그 정도면 괜찮고요. 제가 포도주 창고 열쇠를 꼭 쥔 상태에서 위스키와 진을 철저하게 관리하고, 집사 역할을 잘하는지 감독하고 있죠."

닐 경위가 눈썹을 추켜세웠다.

"이거야 원, 존경스러운 크리턴 양이로군요.(스코틀랜드의 웅변가, 언어학자, 토론가, 문필가, 학자였던 제임스 크리턴은 재주가 많다고 해서 '존경스러운' 크리턴이라고 불렸는데, 그 사람처럼 팔방미인이라는 뜻의 농담이다 — 옮긴이)"

"이것저것 다 배워 두어야 나중에 남을 시킬 수 있더라고요. 그나저나 이 집안사람들에 대한 평가를 내려 달라고 하셨죠?"

"괜찮으시다면요."

"다들 밉상이에요. 돌아가신 포티스큐 씨는 돌다리도 두드리고 건너는 사기꾼이었어요. 자기가 약삭빠르게 벌인 여러 가지 일들을 떠벌리고 다녔죠. 교양 없고, 고압적이고, 힘없는 사람들을 괴롭히는 깡패였어요. 아델 포티스큐 부인은 두 번째 부인이고, 포티스큐 씨보다 30살쯤 어려요. 브라이턴에서 만났는데, 한몫 잡으려고 혈안이 된 손톱관리사였죠. 아주 예뻐요. 정말 섹시한 물건이에요."

닐 경위는 깜짝 놀랐지만, 티를 내지는 않았다. 메리 도브 같은 아가씨가 그런 식으로 얘기하는 것이 충격이었다.

그녀는 침착하게 하던 이야기를 계속했다.

"두말하면 잔소리지만 포티스큐 부인은 돈 때문에 결혼했어요. 퍼시벌 씨와 일레인은 그걸 가지고 난리도 아니었죠. 그래서 최대한 못되게 굴었는데, 포티스큐 부인은 신경 쓰지도 않았고 심지어 그런 줄도 몰랐죠. 자기 필요한 때 영감을 동원할 수만 있으면 되니까요. 어머, 또 포티스큐 씨가 살아 있는 것처럼 말했네. 죽었다는 게 아직도 적응이 안 되네요……."

"아드님 이야기 좀 들어 볼까요?"

"퍼시벌 씨요? 부인은 '벌'이라고 부르는데, 말만 번드르르한 위선자예요. 깐깐하고 음흉하고 간사하죠. 아버지를 무서워해서 항상 휘둘리지만, 아주 교묘하게 자기 생각을 관철시켜요. 포티스큐 씨와 다르게 돈에 관한 한 쫀쫀하죠. 근검절약이 철학이에요. 자기 집을 찾는 데 그렇게 시간이 오래 걸린 것도 그 때문이죠. 여기서 한 층을 차지하고 살면 생활비가 절약되니까요."

"그 부인은 어떤가요?"

"제니퍼는 고분고분하고 아주 멍청해 보여요. 잘은 모르겠어요. 결혼 전에는 간호사였대요. 퍼시벌이 폐렴에 걸렸을 때 간호하다 로맨틱한 관계로 발전했죠. 영감님은 결혼 상대를 보고 실망했어요. 워낙 속물이라 퍼시벌이 소위 말하는 '훌륭한 짝'을 만나길 바랐거든요. 그래서 딱한 며느리를 무시하고 편잔을 주었죠. 벌 부인은 시아버지를 아주 질색했을 거예요. 부인의 주요 관심사는 쇼핑과 영화예요. 가장 슬픈 일은 남편이 용돈을 많이 주지 않는 거고요."

"따님은 어떻습니까?"

"일레인요? 일레인을 생각하면 좀 딱하네요. 기본적으로 나쁜 사람은 아니에요. 철이 안 든 인기 만점 여학생 타입이랄까? 게임을 아주 잘하고, 소녀단이니 브라우니니 하는 일로 늘 바쁘죠. 얼마 전에 세상에 불만이 많은 학교 선생하고 사귄 적이 있는데, 공산주의적인 성향이란 걸 알고 포티스큐 씨가 박살내 버렸죠."

"아버지한테 반항할 용기도 없었나요?"

"일레인이야 있었죠. 그 남자가 배신한 거예요. 돈 때문에 사귄 게 아닌가 싶어요. 안됐지만, 일레인은 남자들이 보기에 그다지 매력적인 스타일이 아니거든요."

"그리고 둘째 아드님은요?"

"한 번도 본 적이 없어요. 이야기를 들어 보면 잘생긴 불한당인 것 같던데. 예전에 수표를 위조한 사건이 있었나 보더라고요. 지금 동아프리카에 살아요."

"아버지하고 사이가 틀어졌다죠?"

"예. 회사 부사장으로 만들어 놓는 바람에 돈 몇 푼 주고 의절하지는 못했지만, 몇 년째 소식을 끊은 상태죠. 포티스큐 씨는 랜스라는 이름만 나와도 늘 이런 식이었어요. '내 앞에서 그 자식 이야기 하지 마. 나는 그런 아들 둔 적 없어.' 하지만……."

"하지만 뭡니까?"

메리가 느릿느릿 말을 이었다.

"하지만 포티스큐 씨가 랜스를 다시 불러들일 준비를 하고 있었대도 난 놀라지 않겠어요."

"어째서요?"

"왜냐하면 한 달쯤 전에 포티스큐 씨가 퍼시벌 씨와 엄청난 언쟁을 벌인 적이 있거든요. 퍼시벌 씨가 자기 몰래 저지른 짓을 발견하고, 그게 뭔지는 나도 모르겠지만, 노발대발 난리도 아니었어요. 퍼시벌 씨는 하루아침에 아버지의 총애를 잃어버린 거죠. 그러고 보면 요즘 들어서 많이 달라졌어요."

"포티스큐 씨가 많이 달라졌다고요?"

"아뇨. 퍼시벌 씨요. 전전긍긍하는 눈치였어요."

"하인들은 어떻습니까? 크럼프 부부 이야기는 이미 들었고, 또 누가 있죠?"

"잔심부름을 하는 글래디스 마틴이 있어요. 요즘은 그런 친구들을 웨이트리스라고 부르더군요. 1층을 정리하고, 식탁을 차리고, 접시를 치우고, 크럼프를 도와서 식사 시중을 들죠. 상당히 괜찮은 아이기는 한데, 머리가 비었어요. 아데노이드(편도선이 증식해서 커지는 병 — 옮긴이)를 앓고 있기도 해요."

닐이 고개를 끄덕였다.

"가정부 이름은 엘런 커티스예요. 나이가 많고 날카롭고 심술궂지만 일은 잘해요. 1급 가정부죠. 나머지는 외부에서 어쩌다 한 번씩 부르는 사람들이에요."

"이 집에서 사는 사람들은 그걸로 끝입니까?"

"램스버텀 양도 계세요."

"그분은 누군가요?"

"포티스큐 씨의 처형이에요. 전 부인의 언니요. 전 부인이 포티스큐 씨보다 훨씬 나이가 많았고, 램스버텀 양이 그 부인보다 훨씬 나이가 많으니 지금 일흔도 넘었을 거예요. 2층의 자기 방에서 기거하는데 요리도 손수 다 해요. 가끔 누가 들어가서 청소만 해 주고요. 좀 괴팍하죠. 제부를 탐탁치 않게 생각했는데, 동생이 살아 있을 때 같이 살기 시작해서 죽은 뒤에도 눌러앉았죠. 포티스큐 씨는 처형을 별로 신경 쓰지 않아요. 하지만 정말 괴짜예요."

"여기까지로군요."

"여기까지예요."

"그럼 이제 도브 양, 당신 차례인가요?"

"자세한 이야기를 듣고 싶으세요? 전 고아예요. 세인트앨프레드 비서대학 비서학과를 졸업했고요. 어느 회사에 속기사로 취직했다 그만두고 또다시 다른 회사에 취직했죠. 하지만 그 길이 아니라는 결론을 내리고 지금 이 일을 시작했어요. 지금까지 거친 곳은 세 군데예요. 1년에서 18개월 정도 일을 하다 싫증이 나면 옮기는 식이었죠. 이 집에서 일한 지는 1년이 조금 넘었어요. 지금까지 일했던 집주인 이름과 주소를 적어서 추천서 사본과 함께 헤이 경사님께 드릴게요. 그럼 될까요?"

"완벽합니다."

닐은 잠자코 앉아서 도브 양이 포티스큐 씨의 아침에 손을 대는 상상을 했다. 한 걸음 더 나아가자 주목 열매를 정성스럽게 따서 조그만 바구니에 넣는 모습까지 그려졌다. 경위는 한숨을 쉬며 현실로 돌아왔다.

"이제 그 아가씨…… 그러니까 글래디스와 가정부 엘런을 만날 수 있을까요?"

그러고는 자리에서 일어서며 덧붙였다.

"그나저나 도브 양, 포티스큐 씨의 주머니 속에 곡식이 들어 있는 이유를 혹시 아십니까?"

"곡식요?"

그녀는 정말로 놀란 표정이었다.

"예. 혹시 짐작 가는 거 없으신가요?"

"전혀 없는데요."

"포티스큐 씨의 옷은 누가 관리합니까?"

"크럼프요."

"알겠습니다. 포티스큐 씨 부부는 한방을 쓰나요?"

"예. 드레스 룸과 욕실은 물론 따로 쓰지만요……."

메리 도브가 손목시계를 흘끗 내려다보았다.

"이제 정말 부인이 돌아오실 시간이 되었네요."

자리에서 일어난 닐 경위는 명랑한 목소리로 말했다.

"그런데 말입니다······. 이 일대에 골프장이 세 군데 있다지만 포티스큐 부인이 어디 있는지 찾지 못했다는 게 저로서는 이해가 안 되는군요."

"부인이 골프를 치지 않았다면 이해가 안 될 것도 없죠."

메리 도브가 냉담한 목소리로 대답했다. 경위가 날카롭게 쏘아붙였다.

"골프를 치고 있다고 들었습니다만."

"골프 클럽을 들고 나가면서 골프를 치러 간다고 하셨죠. 물론 손수 차를 몰고 나가셨고요."

닐은 그 말에 숨은 뜻을 깨닫고 메리를 물끄러미 쳐다보았다.

"누구하고 같이 치러 나갔는지 혹시 아십니까?"

"비비안 뒤부아 씨가 아닐까 싶은데요."

닐은 "그렇군요."라고 대답하는 데 그쳤다.

"글래디스를 들여 보낼게요. 아마 잔뜩 겁에 질려 있을 거예요."

메리 도브가 문가에서 잠깐 걸음을 멈추더니 이렇게 덧붙였다.

"제가 한 말을 다 믿지는 마세요. 제가 워낙 심술이 있거든요."

그녀는 이 말을 끝으로 문을 나섰다. 닐은 닫힌 문을 쳐다보며 생각에 잠겼다. 심술이 나서 한 이야기건 아니건 간에 시사하는 바가 많았다. 만약 렉스 포티스큐가 독살된 거라면(거의 확실했다.) 주목 오두막집의 식구들 중 범인이 있을 가능성이 농후했다. 그럴 만한 동기가 사방에 깔려 있는 것 같았다.

5장

 마지못해 방 안으로 들어선 아가씨는 겁에 질린 평범한 얼굴을 하고 있었고, 키가 컸다. 깔끔한 자주색 유니폼을 입고 있는데도 어딘지 헤퍼 보이는 인상이었다.
 그녀는 방 안으로 들어서자마자 애원하는 표정으로 닐 경위를 쳐다보며 말했다.
 "저는 안 그랬어요. 정말이에요. 저는 아무것도 몰라요."
 "걱정 마요."
 닐은 전보다 조금 더 밝고 스스럼없는 말투로 따뜻하게 말을 건넸다. 겁에 질린 글래디스의 긴장을 풀어 주고 싶어서였다.
 "이쪽으로 와서 앉아요. 오늘 아침 식사에 대해 물어볼 게 좀 있어서 그런 거니까."
 "저는 아무 짓도 안 했어요."

"아가씨가 아침을 차렸죠?"
"예."

이 대답조차 마지못해 하는 기색이 역력했다. 그녀는 죄책감과 공포가 뒤섞인 표정을 하고 있었다. 닐 경위도 익히 아는 표정이었다. 그는 긴장을 풀어 주려고 애쓰면서 밝은 목소리로 이런저런 질문을 했다. 누가 제일 먼저 내려왔는지. 그다음은 누구였는지.

아침 식사를 하러 제일 먼저 내려온 사람은 일레인 포티스큐였다. 그녀는 크럼프가 막 커피 주전자를 내갔을 때 식당으로 들어왔다. 그다음으로 포티스큐 부인, 또 다음으로 벌 부인이 내려왔고, 포티스큐 씨가 제일 마지막이었다. 그들은 손수 아침을 가져다 먹었다. 따뜻한 그릇에 담긴 차와 커피와 음식이 사이드테이블에 차려져 있었다.

이미 알고 있었던 사실에 추가된 게 거의 없었다. 뭘 먹고 마셨는지 메리 도브가 말한 그대로였다. 포티스큐 부부와 일레인 양은 커피를 마셨고, 벌 부인은 차를 마셨다. 모든 게 평소와 다름없었다.

글래디스 본인의 신상에 대해서 물었더니 그녀는 좀 더 쉽게 대답했다. 처음에는 가정집에서 일을 하다 여러 식당을 옮겨 다녔다고 했다. 그러다 다시 가정집으로 돌아갈 생각을 했고, 지난 9월에 이곳으로 오게 되었다. 그러니까 일을 시작한 지 두 달째였다.

"일은 마음에 듭니까?"
"뭐, 괜찮아요. 몸은 힘든 게 없는데…… 자유가 거의 없죠……."
"포티스큐 씨의 양복에 대해서 물어봅시다. 누가 관리를 하나요?

먼지를 털고 그런 거 말이에요."

글래디스는 살짝 분한 표정을 지었다.

"원래 크럼프 씨 일인데, 저한테 시킬 때가 많아요."

"오늘 포티스큐 씨가 입은 옷은 누가 먼지를 털고 다림질을 했나요?"

"어떤 옷을 입으셨는지 기억이 안 나네요. 옷이 워낙 많거든요."

"포티스큐 씨의 주머니에서 곡식이 나온 적이 있나요?"

"곡식요?"

글래디스가 어리둥절해하는 표정을 지었다.

"좀 더 정확히 말하면 호밀이에요."

"호밀요? 그거 빵이잖아요. 시커먼 빵 말이에요. 맛도 없던데."

"그건 호밀빵이죠. 그 재료가 호밀이라는 곡식이에요. 포티스큐 씨의 외투 주머니에 그게 들어 있었어요."

"외투 주머니에요?"

"예. 어쩌다 그게 거기 들어 있었는지 혹시 알아요?"

"모르겠는데요. 저는 본 적이 없어요."

더 이상은 없었다. 닐은 그녀가 뭘 숨기고 있는 게 아닐까 잠깐 고민했다. 분명 당황스러워했고 수세를 취했다. 하지만 경찰이라고 하면 본능적으로 겁을 내다 보니 그런 것 같았다.

이제 그만 나가도 좋다고 했을 때 글래디스가 물었다.

"정말인가요? 사장님이 돌아가셨다는 게?"

"맞아요. 돌아가셨어요."

"갑자기 돌아가신 거 맞죠? 회사에서 전화하길 무슨 발작을 일으켰다던데."

"맞아요. 발작 비슷한 걸 일으켰죠."

"예전에 알고 지내던 아이도 발작을 일으켰어요. 수시로 일으켜서 겁이 나고 그랬는데."

옛 생각이 나면서 경계심이 잠깐 풀린 눈치였다.

닐 경위는 부엌으로 건너갔다. 곧장 깜짝 놀랄 만한 환영식이 벌어졌다.

덩치가 산만 한 여자가 시뻘건 얼굴에 밀방망이로 무장을 하고, 닐을 향해 위협적으로 다가왔던 것이다.

"경찰 나부랭이가 찾아와서 그런 소리를 지껄여? 내가 그런 짓을 했을 줄 알아? 난 제대로 된 음식만 식당으로 내보내는 사람이야. 이리 와서 내가 사장님한테 독약을 먹였다고 어디 지껄여 보시지. 경찰이건 뭐건 확 고발해 버릴 테니까. 이 집에서 이상한 음식이 나간 적은 없다고."

닐 경위는 한참을 노력한 뒤에야 성난 요리사를 달랠 수 있었다. 식료품 창고에서 헤이 경사가 씩 웃으면서 고개를 내미는 것으로 미루어 보건대 이미 크럼프 부인한테 한바탕 시달린 모양이었다.

이 소동은 전화벨 소리와 동시에 끝이 났다.

닐이 현관으로 나가 보니 전화를 받은 메리 도브가 메모지에 뭔가를 받아 적고 있었다. 그녀가 어깨 너머로 고개를 돌리면서 말했다.

"전보예요."

그녀는 통화를 마치자 수화기를 내려놓고 메모지를 닐 경위에게 건넸다. 발신지는 파리였고, 내용은 다음과 같았다.

서리 베이든 히스 주목 오두막집 포티스큐. 편지를 뒤늦게 받음. 내일 오후 차 마시는 시간쯤 도착 예정. 저녁은 구운 송아지가 좋겠음. 랜스.

닐 경위가 눈썹을 추켜세웠다.
"탕자가 정말로 호출을 받은 모양이로군요."

6장

렉스 포티스큐가 생애 최후의 차를 마시고 있었을 때 랜스 포티스큐 부부는 샹젤리제의 나무 밑에서 지나가는 행인들을 구경하고 있었다.

"'설명'한다는 게 말처럼 쉬운 일이 아니야, 팻. 난 설명이라면 젬병이거든. 어떤 걸 알고 싶어? 아버지는 사기꾼 노인네야. 하지만 그런 데 너무 신경 쓰지 마. 익숙해져야지."

"그래, 알아. 나도 당신 말처럼 적응했어."

팻은 말투에 배어 있는 쓸쓸한 분위기를 떨쳐 버리려고 애를 썼다. 어쩌면 온 세상이 사기꾼 천지일지 모른다는 생각이 들었다. 그게 아니면 그녀가 운이 없었던 걸까?

그녀는 늘씬한 키와 긴 다리를 자랑했고, 예쁘지는 않지만 발랄하고 따뜻한 성격이 매력적이었다. 그런가 하면 몸놀림이 유연했고,

긴 밤색 머리는 윤기가 흘렀다. 오랫동안 말들과 함께 지내서 그런지 서러브레드 암망아지 같은 분위기를 풍겼다.

경마계의 사기꾼이라면 그녀도 잘 알고 있었는데, 이제는 금융계의 사기꾼을 만나야 할 판이었다. 그런데 아직 만나 보지 못한 시아버지는 법적인 기준에서 보면 정직의 상징인 듯했다. '솜씨'를 자랑하고 다니는 사람들은 다 똑같았다. 법의 테두리 안에서 교묘하게 움직였다. 하지만 그녀가 사랑하는 랜스는, 예전에 법의 테두리를 벗어난 적도 있었지만, 합법적인 사기꾼들과 달리 정직했다.

랜스가 말했다.

"정말 사기꾼이라는 소리는 아니야. 그런 건 아니야. 하지만 쉽게 돈을 버는 방법을 알고 계시지."

"가끔은 쉽게 돈을 버는 사람들이 미울 때도 있어."

팻은 잠깐 말을 멈추었다가 덧붙였다.

"아버님을 좋아하지?"

사실 묻는 게 아니라 일종의 선언이었다.

랜스가 곰곰이 생각하더니 아주 달콤한 목소리로 대답했다.

"당신도 알다시피 아마 그런 것 같아."

팻은 웃음을 터트렸다. 랜스는 고개를 돌리고 그녀를 쳐다보았다. 눈이 부셨다. 어쩌면 이렇게 사랑스러울 수가 있을까? 랜스는 팻을 사랑했다. 이 모든 게 그녀를 위한 일이었다.

"돌아가면 지옥이기는 해. 도시 생활이잖아. 5시 18분에 퇴근하는 생활은 사실 내 취향이 아니야. 나는 소박하게 지내는 게 더 편하거든. 하지만 가끔은 자리를 잡아야 할 때도 있는 거잖아. 당신과 함께라면 그런 생활도 상당히 행복할 거야. 그리고 영감님 화가 풀렸다는데 기회를 잡아야지. 아버지 편지를 받고 깜짝 놀랐지……. 다른 사람도 아니고 형이 아버지의 이름에 먹칠을 하다니. 말 잘 듣는 모범생이었던 형이 말이야. 하지만 형은 예전부터 음흉한 사람이었어. 그래, 예전부터 음흉한 사람이었지."

"나는 아주버님을 좋아하게 될 것 같지 않아."

"나 때문에 그러지는 마. 형하고 나는 물과 기름처럼 겉돌았어. 그뿐이야. 나는 용돈이 생기면 펑펑 쓰는 쪽이었고, 형은 저금하는 쪽이었어. 나는 악명 높지만 재미있는 친구들과 어울려 다녔고, 형은 소위 말하는 '바람직한 친구들'을 사귀었고. 서로 극과 극이었지. 나는 형을 딱하게 생각했는데, 형은 어떨 때 보면 나를 죽도록 미워했던 것 같아. 왜 그랬는지는 모르겠지만……."

"나는 왜 그랬는지 알 것 같아."

"그래? 당신은 역시 똑똑하다니까? 예전부터 궁금했던 게 한 가지 있는데…… 참 근거 없는 생각이기는 하지만……."

"뭔데? 말해 봐."

"그 수표 사건 말이야. 노인네가 나를 쫓아낸 사건. 그 사건의 배후가 형이 아니었을까, 나한테 회사 지분을 떼어 주는 바람에 유산을 독차지하지 못하게 돼서 길길이 날뛴 게 아니었을까 하는 생각이 들어. 왜냐하면 나는 그 수표를 위조한 적이 없거든. 내가 서랍에 들어 있던 국채를 훔쳐서 말을 산 다음이었으니 내 말을 믿을 사람이 없긴 했었지. 하지만 국채는 다시 사서 채울 생각이었고, 그것도 따지고 보면 내 돈이었거든. 그런데 수표는 정말 모르는 일이야. 어쩌다 형의 짓이라는 말도 안 되는 생각이 들었는지 모르겠지만, 왠지 그런 것 같단 말이지."

"하지만 형님은 위조해서 득 볼 게 없었잖아. 돈은 어차피 당신 계좌로 들어가게 되어 있었다면서."

"응. 그러니까 말도 안 되는 상상이겠지?"

팻이 랜스 쪽으로 고개를 홱 돌렸다.

"그러니까…… 당신을 회사에서 쫓아내려고 그랬다는 거야?"

"그럴 수도 있었겠다 싶거든. 에이, 이런 말 하니까 우울해진다. 잊어버리자. 그나저나 탕자가 돌아온 걸 보고 형이 뭐라고 할지 궁금해. 끓인 구스베리처럼 생긴 눈이 튀어나올지도 몰라!"

"당신이 가는 거 알아?"

"전혀 모른대도 난 놀라지 않겠어! 노인네 유머 감각이 남다르거든."

"그런데 형님이 무슨 짓을 했기에 아버님이 그렇게 화가 난 걸까?"

"나도 그게 궁금하다니까? 뭔지 몰라도 노인네가 폭발한 게 분명해. 그런 식으로 나한테 편지를 보내신 걸 보면."

"처음으로 아버님 편지를 받은 게 언제였지?"

"4개월…… 아니 5개월 전. 대놓고 말은 안 했지만, 화해하고 싶다는 뜻이 분명히 들어 있었어. '너희 형이 여러 면에서 못마땅하다.' '너도 이제 정신 차리고 자리를 잡은 것 같구나.' '경제적으로 아주 부족함이 없을 게다.' '너희 부부를 환영하마.' 내가 당신하고 결혼한 게 많은 영향을 미친 것 같아. 내가 나보다 수준 높은 여자랑 결혼을 하니까 노인네가 감동을 받은 거지."

팻은 웃음을 터트렸다.

"뭐라고? 별 볼 일 없는 귀족이랑 결혼한 게?"

랜스가 씩 웃었다.

"응. 별 볼 일 없는 건 상관없고 귀족이라는 점이 중요하거든. 형수가 어떤 사람인지 당신이 몰라서 그래. '거기 있는 잼 좀 주세요.' 하고 말하고, 우표 이야기나 늘어놓는 타입이거든."

팻은 이 말을 듣고 웃지 않았다. 그녀는 시댁의 여자들에 대해 생각하는 중이었다. 랜스는 그런 부분에 대해 신경을 쓰지 않았다.

"여동생은 어떤 사람이야?"

"일레인? 괜찮은 아이야. 내가 집을 나올 당시엔 아직 꼬맹이였어. 진지한 아이였는데, 바뀌었겠지. 뭐든 열심히 하는 성격이야."

이것도 그다지 희망적인 발언이 아니었다. 팻이 물었다.

"당신이 집을 나온 뒤에 편지 1통 보낸 적 없었지?"

"내가 주소를 안 남겼잖아. 하지만 주소를 알았대도 편지를 쓰지는 않았을 거야. 우리 집안이 그렇게 애틋한 분위기가 아니잖아."

"그렇지."

랜스가 팻을 흘끗 쳐다보았다.

"우리 집 식구들 때문에 겁나? 그럴 것 없어. 같이 살거나 그럴 것도 아닌데 뭐. 우리 둘만의 작은 공간이 생길 거야. 거기서 말이건 개건, 뭐든 당신 마음대로 키울 수 있어."

"그래도 5시 18분에 퇴근하는 건 여전할 거 아냐."

"나야 그렇지. 양복 입고 런던으로 출퇴근해야겠지. 하지만 걱정 마. 런던 근교이긴 해도 시골이니까. 그리고 요즘 나는 한참 금융업에 대한 관심이 무럭무럭 솟는 참이야. 양쪽 집안에서 물려받은 천성 아니겠어?"

"어머니에 대한 기억은 거의 안 나지?"

"정말 할머니 같았던 기억만 나. 물론 연세가 많으시긴 했지. 일레인이 태어났을 때 거의 50살에 가까웠으니까. 짤랑거리는 장신구를 잔뜩 달고 소파에 누워서 기사며 귀부인이 등장하는 이야기를 읽어 주셨는데, 지겨워서 죽는 줄 알았지. 테니슨이 쓴 『왕에 대한 찬가』 뭐 이런 걸 읽어 주셨거든. 나는 어머니를 좋아했던 것 같아……. 어머니는 참…… 재미없는 분이었어. 이제 와서 생각해 보니까 그래."

"당신은 누굴 딱히 좋아하고 그런 게 없더라."

팻이 못마땅한 투로 말했다.

랜스가 그녀의 팔을 잡고 꼭 눌렀다.

"당신은 좋아하잖아."

7장

닐 경위가 아직 전보를 들고 있을 때 자동차 1대가 현관으로 다가 오더니 끼익하는 브레이크 소리와 함께 멈추어 섰다.

메리 도브가 말했다.

"포티스큐 부인일 거예요."

닐 경위는 현관 쪽으로 다가갔다. 메리 도브가 배경 속으로 스르르 녹아들더니 사라지는 게 곁눈으로 보였다. 앞으로 벌어질 일에 낄 의사가 없는 것이 분명했다. 상당히 눈치 빠르고 이성적인 선택이었으며, 또 한편으로는 상당히 호기심이 결여된 선택이기도 했다. 다른 여자들 같으면 남아 있었을 텐데…….

현관문 쪽으로 손을 내미는데, 현관 뒤쪽에서 집사인 크럼프가 다가오는 게 느껴졌다. 그도 차 소리를 들은 모양이었다.

차는 롤스로이스 벤틀리 스포츠 모델 쿠페였다. 차에서 두 사람이 내려 집 쪽으로 걸어왔다. 그들이 손을 내밀었을 때 문이 열렸다. 깜짝 놀란 아델 포티스큐가 닐 경위를 말똥말똥 쳐다보았다.

닐 경위는 포티스큐 부인의 미모를 한눈에 감지했고, 처음 들었을 때 충격이었던 메리 도브의 평가가 얼마나 정확한지도 알 수 있었다. 아델 포티스큐는 정말 섹시한 물건이었다. 외모와 분위기는 금발인 그로브너 양과 비슷했지만, 그로브너 양이 겉은 섹시하지만 속은 조신한 반면, 아델 포티스큐는 처음부터 끝까지 성적 매력으로 넘쳤다. 그녀가 풍기는 성적 매력은 은은하지 않고 노골적이었다. 모든 남자들에게 '나 여기 있어요. 나 여자예요.'라고 말하는 식이었다. 말투도, 움직임도, 숨소리도 섹시했다. 그런데 그 속에서도 눈빛만큼은 날카로웠다. 닐 경위가 판단하건대 아델 포티스큐는 남자를 좋아하는 여자였다. 물론 그보다는 돈을 더 좋아했고.

아델의 골프 클럽을 들고 있는 뒷사람에게 닐의 시선이 옮아갔다. 닐은 그런 부류를 너무나도 잘 알고 있었다. 돈 많고 나이 많은 남자들의 젊은 부인을 전문적으로 상대하는 인간들. 비비안 뒤부아가 본명인지 모르겠지만, 좌우간 그는 본모습과 다르게 억지로 남성미를 강조하고 있었다. 여자들을 '이해'하는 그런 인간이었다.

"포티스큐 부인 되십니까?"

아델 포티스큐가 파란 눈을 동그랗게 뜨고 경위를 쳐다보았다.

"예. 그런데……"

"저는 닐 경위라고 합니다. 유감스럽지만 안 좋은 소식이 있습니다."

"그러니까…… 강도가 들었다든지…… 그런 건가요?"

"아뇨, 그런 건 아닙니다. 남편분 때문인데요. 오늘 아침에 위독한 증상을 보이셨습니다."

"렉스가요? 아프다고요?"

"오늘 아침 11시 30분부터 부인께 계속 연락을 드리려고 했습니다만."

"지금 어디 있나요? 집에 있어요? 아니면 병원에?"

"성유다 병원으로 이송되었습니다. 마음의 준비를 단단히 하시는 게 좋겠습니다."

"설마…… 죽은 건 아니겠죠?"

그녀는 비틀거리며 앞으로 걸어오더니 경위의 팔을 움켜쥐었다. 경위는 무대에 선 연극배우가 된 듯한 기분을 느끼며 그녀를 부축해 현관으로 안내했다. 근처에서 배회하고 있던 크럼프가 말했다.

"브랜디를 드셔야 할 것 같은데요."

뒤부아 씨가 낮고 굵은 목소리로 말했다.

"그래야겠어요. 크럼프, 브랜디를 가지고 와요."

그러고는 경위를 향해 "이쪽으로."라고 했다.

뒤부아 씨가 왼쪽 방문을 열자 모두들 일렬로 들어갔다. 경위와 아델 포티스큐, 비비안 뒤부아, 마개 달린 유리병과 잔 2개를 든 크럼프 순이었다.

아델 포티스큐는 한 손으로 눈을 가린 채 안락의자에 털썩 주저앉았다. 그 상태에서 경위가 내민 브랜디를 한 모금 살짝 마시더니 잔을 밀었다.

"됐어요. 괜찮아요. 그나저나 어떻게 된 건가요? 뇌출혈이었겠죠? 딱한 사람."

"뇌출혈이 아니었습니다, 부인."

"아까 경위라고 하셨습니까?"

뒤부아 씨의 질문이었다.

닐은 그쪽으로 고개를 돌리고 기분 좋은 목소리로 대답했다.

"그렇습니다. 런던 경시청 수사과의 닐 경위라고 합니다."

뒤부아 씨의 눈빛이 점점 불안해졌다. 그는 런던 경시청 소속 경위의 출현을 환영하지 않았다. 전혀 환영하지 않았다.

"무슨 일입니까? 뭐가 잘못된 모양이죠?"

뒤부아 씨가 무의식적으로 살짝 뒷걸음질쳤다. 닐 경위는 그의 움직임을 알아차렸다.

닐이 포티스큐 부인을 향해 말했다.

"죄송하지만 신문을 좀 해야겠습니다."

"신문이라고요? 그게…… 그게 무슨 소리죠?"

"무척 심란하신 줄 알고 있습니다, 부인. 하지만 포티스큐 씨가 오늘 아침 출근 전에 무얼 먹었는지 가능한 한 빨리 파악하는 게 좋을 것 같아서요."

대사가 술술 이어졌다.

"그 사람이 뭘 잘못 먹는 바람에 죽었단 말씀인가요?"

"예, 그런 것 같습니다."

"말도 안 돼. 아…… 식중독이라는 소리구나."

'식중독'이라는 단어에서 그녀의 목소리가 반 옥타브쯤 떨어졌다. 닐 경위는 무표정한 얼굴로 침착하게 계속 말을 이었다.

"부인, 제가 식중독을 의심하는 것 같습니까?"

그녀는 질문을 무시한 채 허둥지둥 엉뚱한 대답을 했다.

"하지만 우리는 아무 이상 없어요. 다들 그래요."

"가족 전체를 대신해서 장담할 수 있으신가요?"

"그게…… 아니요…… 그건 아니에요."

뒤부아 씨가 야단스럽게 시계를 쳐다보았다.

"아델, 난 이제 가 봐야겠어요. 정말 미안해요. 괜찮겠죠? 하녀들도 있고, 도브 양도 있고 하니……."

"비비안, 안 돼요. 가지 마요."

이 소리는 울부짖음에 가까웠고 오히려 역효과를 냈다. 뒤부아 씨가 철수를 서두르게 된 것이다.

"정말 미안해요. 중요한 약속이 있어서 그래요. 그나저나 경위님, 전 도미 하우스에서 묵고 있습니다. 저기…… 뭐 필요하신 일이 있으면……."

닐 경위가 고개를 끄덕였다. 그는 뒤부아 씨를 붙잡아 둘 생각이 없었다. 하지만 뒤부아 씨가 떠나는 이유는 알고 있었다. 성가신 일을 피해 달아나는 것이었다.

아델 포티스큐가 어색한 분위기를 떨쳐 내려고 변명을 꺼냈다.

"집에 왔는데 경찰이 기다리고 있으니까 너무 놀라서 말이에요."

"당연히 그러시겠죠. 하지만 식료품, 커피, 차, 기타 등등의 샘플을 확보하려면 신속하게 움직여야 합니다."

"차하고 커피요? 설마 그게 상했겠어요? 가끔 식탁에 오르는 끔찍한 베이컨 때문이 아닐까 싶은데요. 어떨 때는 정말 못 먹을 지경이거든요."

"저희가 알아보겠습니다. 걱정 마세요. 얼마나 황당한 경우들이 있는지 안다면 부인도 놀랄 겁니다. 한번은 디기탈리스 중독 사건도 있었습니다. 고추냉이인 줄 알고 딴 디기탈리스가 원인이었죠."

"이번 일도 그런 경우란 말씀인가요?"

"부검을 하면 좀 더 자세히 알 수 있을 겁니다."

"부검…… 그렇군요."

아델이 말하며 몸을 부르르 떨었다.

닐 경위가 하던 이야기를 계속했다.

"집 주변에 보니 주목이 많던데요. 그 열매나 잎이 음식에 섞이거나…… 뭐 그랬을 가능성이 없을까요?"

그는 이렇게 묻고 상대방의 반응을 예의 관찰했다. 아델은 말똥말똥 쳐다볼 따름이었다.

"주목 열매요? 그 열매에 독이 들었나요?"

눈을 지나치게 동그랗게 뜨기는 했지만, 정말 아무것도 모르는 눈치였다.

"그걸 먹었다가 잘못된 아이들도 있죠."

아델이 두 손으로 머리를 감싸 쥐었다.

"더 이상은 이런 얘기 못 견디겠어요. 가서 좀 누워야겠네요. 더 이상은 못 견디겠어요. 퍼시벌이 모든 걸 알아서 처리할 거예요. 난 몰라요…… 난 모른다고요……. 왜 나한테 이러세요?"

"가능한 한 빨리 퍼시벌 포티스큐 씨와 연락을 취할 겁니다. 그런데 지금 북부로 출장 중이라서요."

"아, 맞다. 깜빡했네."

"한 가지만 더 묻겠습니다. 부군의 주머니에 곡식이 들어 있었는데요. 혹시 어떻게 된 일인지 아십니까?"

아델은 고개를 저었다. 정말 영문을 모르겠다는 표정이었다.

"누가 장난삼아 넣은 걸까요?"

"그런 장난을 뭐 하러 하겠어요?"

닐 경위도 대답할 말이 없었다.

"지금 당장은 이쯤에서 마무리를 짓겠습니다, 부인. 하녀를 불러 드릴까요? 아니면 도브 양을 불러 드릴까요?"

"예?"

아델이 멍한 얼굴로 되물었다. 경위는 그녀가 무슨 생각을 하고 있었을지 궁금했다.

그녀는 핸드백 속을 뒤지더니 손수건을 꺼냈다. 그러고는 떨리는 목소리로 말했다.

"끔찍해라. 방금 전까지는 멍했는데 이제야 실감이 나기 시작하네요. 가엾은 렉스, 가엾은 우리 남편."

그녀는 아주 그럴듯하게 흐느껴 울었다.

닐 경위는 잠깐 동안 공손하게 지켜보았다.

"워낙 갑작스러운 일이다 보니 그랬겠죠. 사람을 불러 드리겠습니다."

그는 문을 열고 밖으로 나갔다. 그리고 1초쯤 기다렸다 뒤를 돌아보았다.

아델 포티스큐는 눈가에 손수건을 계속 대고 있었다. 손수건 한쪽 끝이 늘어뜨려져 있었지만, 입을 가리지는 못했다. 그 입가엔 아주 희미한 미소가 걸려 있었다.

8장

I

헤이 경사가 보고를 시작했다.

"남아 있는 걸 최대한 가지고 왔습니다, 경위님. 마멀레이드, 햄 일부분, 차와 커피와 설탕 샘플입니다. 실제로 우려낸 원두 찌꺼기는 이미 폐기 처분됐지만, 한 가지 중요한 사실이 있습니다. 커피가 제법 많이 남아서 오전 11시 간식 시간에 하인용 방에서 다같이 나누어 마셨다는 겁니다. 그게 중요한 부분인 것 같습니다."

"그래, 중요한 부분이지. 만약 커피가 원인이라면 포티스큐 씨의 잔에다 독극물을 넣었겠군."

"좀 더 정확히 말하자면 같이 식당에 있었던 사람이 넣었겠죠. 주목에 대해서도 조심스럽게 조사해 보았는데, 열매나 잎을 집 안에서 본 적 있다는 사람은 없었습니다. 주머니 속에 들어 있던 곡식에 대해서도 아는 사람이 없었고요. 다들 무슨 헛소리인가 하는 반응이더군요. 사실 제가 생각하기에도 헛소리 같습니다. 고인이 모든 걸 날로 먹는 별종도 아니었고요. 우리 매제가 그렇거든요. 당근, 완두콩, 순무…… 그래도 곡식까지 날로 먹지는 않아요. 곡식을 날로 먹으면 배 속에서 불어 이상해지지 않겠어요?"

그때 전화벨이 울렸고, 경위가 고개를 한 번 끄덕이자 헤이 경사가 쏜살같이 달려가 받았다. 닐 경위가 그 뒤를 쫓아가면서 들어 보니 본부에서 걸려온 전화였다. 퍼시벌 포티스큐 씨가 연락을 받자마자 런던으로 돌아오고 있다는 소식이었다.

경사가 수화기를 내려놓았을 때 자동차 1대가 현관 쪽으로 다가왔다. 크럼프가 걸어가서 현관문을 열었다. 한 아름 가득 꾸러미를 든 여자가 서 있었다. 크럼프가 짐을 받았다.

"고마워요, 크럼프. 택시비 좀 내 줘요. 차 마실 거니까 준비해 주고요. 어머님이랑 일레인 아가씨는 들어왔어요?"

집사가 머뭇거리며 어깨 너머를 흘끗 쳐다보았다.

"사모님, 안 좋은 소식이 있습니다. 사장님이……."

"아버님이 왜요?"

닐이 앞으로 나섰다. 크럼프가 말했다.

"퍼시벌 도련님의 사모님이십니다."

"뭔데요? 무슨 일이에요? 사고라도 났어요?"

경위는 대답을 하면서 여자를 훑어보았다. 퍼시벌 포티스큐 부인은 부루퉁한 사람처럼 입술 끝이 처지고 통통했다. 나이는 30살쯤 되어 보였다. 그녀는 열심히 질문을 던졌다. 사는 게 따분했던 모양이었다.

"이런 소식을 전하게 돼서 유감스럽지만, 포티스큐 씨가 오늘 아침에 위독한 증상을 보여 성유다 병원으로 이송됐는데 곧 숨을 거두었습니다."

"돌아가셨다고요? 아버님이 돌아가셨다고요?"

생각했던 것보다 훨씬 놀라운 소식인 모양이었다.

"어머나…… 깜짝이야. 지금 남편은 출장 중이에요. 그이한테 연락을 하셔야 될 거예요. 북부 어딘가에 있을 텐데, 회사에서 정확히 알 거예요. 그이가 다 알아서 처리하겠죠. 항상 제일 난처한 때 일이 터진다니까요."

퍼시벌 부인은 잠시 말을 멈추고 이런저런 생각을 하는 듯했다.

"그런데 장례식을 어디서 치를 건지 그것부터 결정해야겠네요. 여기서 치를 것 같긴 한데. 아니면 런던이 될까요?"

"그야 유족분들께서 결정하실 문제죠."

"그렇겠죠. 그냥 궁금해서 여쭤본 거예요."

그녀는 그제야 상대방을 알은체했다.

"회사 직원이세요? 의사 선생님은 아니죠?"

"경찰입니다. 포티스큐 씨가 워낙 갑작스럽게 돌아가셔서……."

벌 부인이 말허리를 자르고 나섰다.

"그러니까, 살해당하셨단 말씀이신가요?"

살해라는 단어가 처음으로 등장하는 순간이었다. 닐은 열심히 캐묻는 그녀의 얼굴을 유심히 관찰했다.

"왜 그런 생각을 하셨나요, 부인?"

"간혹 그런 경우도 있잖아요. 갑작스럽게 돌아가셨다고 했고, 경찰이라면서요. 그분한테 말씀드렸어요? 뭐라고 하시던가요?"

"누구 말씀인가요?"

"누구긴 누구겠어요, 어머님이지. 한참 어린 여자랑 결혼을 하다니 아버님도 제정신이 아니라고 우리 남편한테 몇 번을 말했다고요. 늙으면 고집만 세진다더니 그 한심한 여자한테 완전 빠지셔서는……. 그러다 어떻게 됐는지 보라고요. 모두 골치 아프게 됐잖아요. 신문에 사진이 실리고 기자들이 몰려오고 그럴 거 아니에요."

벌 부인이 말을 하다 말고 멈추었다. 양념을 잔뜩 섞어서 앞으로 벌어질 일들을 상상하는 게 분명했다. 닐 경위가 보기에 그녀의 입장에서 앞으로 벌어질 일들이 불쾌하지만은 않을 것 같았다. 벌 부인이 다시 경위를 쳐다보았다.

"원인이 뭐예요? 비소인가요?"

닐 경위는 목소리를 낮게 깔고 대답했다.

"사인은 아직 밝혀지지 않았습니다. 부검과 조사를 거쳐야 알 수 있습니다."

"하지만 이미 알고 계시잖아요. 안 그랬으면 여기까지 찾아오지도 않았을 거 아니에요."

통통하고 조금은 멍청해 보이는 얼굴에 느닷없이 총기가 돌았다.

"아버님이 뭘 드셨는지 물어보셨겠죠? 어제 저녁이랑 오늘 아침에 말이에요. 뭘 마셨는지도 물어보셨을 테고."

그녀가 머릿속으로 온갖 가능성을 망라하는 게 보였다. 닐 경위는 조심스럽게 대답했다.

"포티스큐 씨는 아침에 뭘 잘못 드시고 돌아가신 것 같습니다."

"아침요?"

벌 부인은 놀란 얼굴이었다.

"그럼 어려워지는데. 무슨 수로……."

그녀는 말끝을 흐리면서 고개를 저었다.

"그럼 무슨 수로 범행을 저질렀는지 모르겠네요……. 일레인 아가씨하고 내가 딴 데를 보고 있을 때 커피에 뭘 넣었나?"

뒤에서 누군가 부드러운 목소리로 조용히 말했다.

"서재에 차 준비해 놓았습니다, 사모님."

벌 부인은 펄쩍 뛰었다.

"아, 고마워요, 도브 양. 그래, 차 한잔 마셔야겠어요. 어찌나 놀랐는지. 경위님은……."

"말씀은 감사하지만, 전 됐습니다."

그녀는 머뭇거리다 천천히 발걸음을 옮겼다.

벌 부인의 모습이 문간 너머로 사라지자 도브 양이 나지막이 중얼거렸다.

"명예 훼손이라는 단어도 모르는 모양이에요."

닐 경위는 아무 대답도 하지 않았다.

"제가 도와 드릴 일이 있을까요?"
"어디 가면 가정부를 만날 수 있죠?"
"제가 모셔다 드릴게요. 조금 전에 2층으로 올라갔거든요."

II

엘런은 무뚝뚝하면서도 태연한 태도를 보였다. 험상궂고 쭈글쭈글한 얼굴로 의기양양하게 경위를 쳐다보았다.

"충격적인 사건이죠. 내가 사는 집에서 그런 일이 벌어질 줄은 꿈에도 몰랐네요. 하지만 어떻게 보면 놀랄 일도 아니에요. 사실 나는 진작부터 그만두고 싶었어요. 이 집에서 오가는 대화도 마음에 안 들고, 술을 그렇게 많이 마셔 대는 것도 마음에 안 들고, 그 추태도 못마땅했거든요. 크럼프 부인한테는 아무 유감 없지만, 크럼프하고 그 글래디스라는 여자아이는 바람직한 서비스가 뭔지 좀 배워야 돼요. 하지만 내가 가장 신경 쓰였던 건 그 추태라고요."

"추태라니요?"

"아직 못 들었으면 조만간 알게 될 거예요. 사방에서 수군대고 있으니까요. 그 인간들 여기저기, 안 가는 데가 없어요. 골프를 치네, 아니면 테니스를 치네 하는데…… 내가 이 집 안에서, 이 두 눈으로 똑똑히 봤어요. 서재 문이 열려 있기에 들여다보았더니 둘이서 껴안고 입을 맞추고 있더라고요."

노처녀의 원한은 치명적이었다. 닐은 '누구 말입니까?' 하고 물을 필요성도 못 느꼈지만, 그래도 확인차 물었다.

"누구 말이냐고요? 사모님하고 그 남자 말이죠. 두 사람은 부끄러운 줄도 몰라요. 하지만 사장님이 눈치채고 감시병을 붙여 놨을 거예요. 결국에는 이혼했겠죠. 그런데 그 대신 '이런 일'이 벌어졌네요."

"그러니까……."

"사장님이 누구한테 뭘 받아먹었는지 물어보고 다녔죠? 그 두 사람의 합작품이에요. 그 남자가 어디에선가 독약을 구해 왔고, 사모님이 그걸 사장님한테 먹인 거예요. 그랬을 거예요. 확실해요."

"집 안이나 기타 다른 곳에서 주목 열매를 본 적 있습니까?"

엘런의 작은 눈이 호기심으로 번득였다.

"주목요? 독이 든 고약한 녀석이죠. 어렸을 때 그 열매는 손도 대지 말라는 소리를 어머니한테 귀가 따갑도록 들었어요. 그게 사용된 건가요?"

"아직은 확실치 않습니다."

"사모님이 주목을 만지는 건 본 적이 없는데. 주목 열매 비슷한 것도 본 적 없어요."

엘런은 실망한 목소리였다.

닐은 포티스큐 씨의 주머니에 들어 있던 곡식에 대해서도 물었지만, 이번에도 허탕이었다.

"아뇨. 저는 전혀 모르는 일이에요."

그는 몇 가지를 더 물어보았지만, 이렇다 할 소득은 없었다. 결국

그는 램스버텀 양을 만나고 싶다고 말했다.

엘런이 미심쩍은 표정을 지었다.

"이야기는 전하겠지만, 아무나 만날 수 있는 분이 아니에요. 아주 나이가 많고, 좀 특이하시거든요."

닐이 다시 한번 청하자 엘런은 마지못한 듯 복도를 지나서 짧은 계단 위쪽으로 그를 안내했다. 원래는 간호사 침실로 만들어진 곳이 아닌가 싶었다.

뒤를 따라가면서 복도에 달린 창을 흘끗 내다보았더니 헤이 경사가 주목 옆에서 정원사인 게 분명한 남자와 이야기를 나누고 있었다.

엘런은 문을 두드렸고, 안에서 대답이 들리자 문을 열고 말했다.

"경찰 나리께서 뵙고 싶다는데요."

긍정적인 대답이 들렸는지 그녀는 뒤로 물러서더니 닐에게 들어가라고 손짓했다.

방 안은 세간으로 넘쳐났다. 에드워드 시대를 넘어서 빅토리아 시대까지 거슬러 올라간 듯한 분위기였다. 한 노부인이 가스난로 옆 테이블에서 페이션스 카드놀이를 하고 있었다. 밤색 원피스 차림이었고, 듬성듬성한 흰머리가 얼굴 양옆에서 반질거렸다.

노부인은 닐 쪽을 쳐다보지도 않고 카드놀이를 계속하면서 서둘러 말했다.

"들어와, 들어와. 앉고 싶으면 앉고."

의자마다 종교 관련 소책자나 잡지가 얹혀 있었기 때문에 앉고 싶어도 자리를 찾을 수가 없었다.

닐이 잡지를 옆으로 살짝 밀었더니 램스버텀 부인이 날카롭게 물었다.

"선교에 관심 있어?"

"아뇨, 죄송하지만 별로 관심 없습니다."

"쯧쯧. 그러면 안 되지. 요즘은 그리스도교 정신이 아프리카 오지에 집중돼 있는데. 지난주에도 젊은 목사가 여길 찾아왔지. 지금 자네가 쓰고 있는 모자만큼이나 까만 친구였어. 하지만 진정한 그리스도교도였다고."

닐 경위는 뭐라고 대답하면 좋을지 난감할 따름이었다.

당황스럽게도 램스버텀 부인이 또다시 엉뚱한 소리를 했다.

"난 무선 수신 장치 없어."

"예?"

"무선 통신 면허 때문에 온 거 아니야? 아니면 한심한 서류 때문에 왔든지. 말해 봐. 뭐야?"

"이런 소식 전하게 돼서 유감스럽습니다만, 제부인 포티스큐 씨가 오늘 아침에 갑작스럽게 돌아가셨습니다."

램스버텀 부인은 동요하는 기색이라고는 전혀 없이 페이션스를 계속했다. 스스럼없는 투로 이렇게 이야기하고는 그만이었다.

"그렇게 잘난 체하고 거만하게 굴더니 결국은 한 방 먹었군. 그럴 때도 됐지."

"충격받으신 건 아닌지 모르겠습니다."

누가 봐도 아닌 게 뻔했지만, 경위는 그래도 확실한 대답을 듣고 싶었다.

노부인이 안경 너머로 닐을 날카롭게 쏘아보았다.

"슬프냐고 묻는 거라면 당연히 아니지. 렉스 포티스큐는 예전부터 몹쓸 인간이었고, 난 원래 그 인간을 좋아한 적이 없으니까."

"워낙 갑작스러운 죽음이라……."

"괘씸한 인간한테 어울리는 죽음이지."

그녀는 만족스러워하는 말투였다.

"독살당했을 가능성도 있는데요……."

경위는 독살이라는 단어가 어떤 여파를 낳는지 살피기 위해 말을 멈추었다.

하지만 여파랄 게 없었다. 램스버텀 부인은 혼잣말을 중얼거리고는 그만이었다.

"검은색 8 밑에 빨간색 7. 이제 킹을 옮길 수 있겠구나."

경위가 아무 말도 없는 게 신경 쓰였는지 노부인이 카드를 손에 쥔 채 날카롭게 쏘아붙였다.

"내가 무슨 소리를 할 거라고 생각한 거야? 난 범인이 아니야. 그게 궁금한 건지 모르겠지만."

"누가 범인일까요?"

"그것참 부적절한 질문이로군. 이 집에는 죽은 내 동생이 낳은 아이 둘이 살고 있어. 램스버텀가(家)의 피가 흐르는 사람이 살인을 저지를 수 있다고는 생각하고 싶지 않아. 자네 말대로라면 살인이라는 뜻이잖아?"

"저는 그렇게 말한 적 없습니다."

"당연히 살인이겠지. 죽기 전에 렉스를 해치우고 싶어 한 사람들이 얼마나 많다고. 아주 비양심적인 인간이었거든. 그리고 오래된 죄는 그림자가 길다는 속담도 있잖아."

"그중에서 특히 짚이는 사람이 있습니까?"

램스버텀 부인은 카드를 싹 거두고 자리에서 일어섰다. 알고 보니 키가 상당했다.

"자네, 이제 그만 나가 보는 게 좋겠어."

화가 난 목소리는 아니었지만, 싸늘한 최후통첩이었다.

"내 의견이 궁금하다면 하인 중 1명일 거라고 말하겠어. 내가 보기에 집사는 파렴치하고, 잔심부름하는 하녀는 분명 저능아거든. 잘 가시게."

닐 경위는 고분고분 물러날 수밖에 없었다. 범상치 않은 노부인이었다. 그녀에게서는 캐낼 수 있는 정보가 아무것도 없었다.

계단을 내려간 닐 경위는 네모난 현관 입구에서 키가 크고 까무잡잡한 아가씨와 갑작스럽게 맞닥뜨렸다. 그녀는 축축한 레인코트를 입은 채 멍한 표정으로 닐의 얼굴을 빤히 들여다보았다.

"지금 막 들어왔는데, 소식 들었어요. 아버지가…… 돌아가셨다면서요?"

"유감스럽지만 그렇습니다."

그녀는 붙잡을 만한 물건을 마구잡이로 찾는 사람처럼 손을 뒤로 뻗었다. 그러다 떡갈나무 궤짝에 손이 닿자 천천히 뻣뻣하게 그 위에 앉았다.

"말도 안 돼. 그럴 리가……."

눈물 두 줄기가 천천히 뺨을 타고 흘러내렸다.

"이럴 수는 없어요. 난 아버지를 좋아하지 않는 줄 알았는데…… 싫어하는 줄 알았는데…… 그렇지 않았나 봐요. 그랬다면 아무렇지도 않을 텐데, 그렇지가 않네요."

그렇게 앉아서 멍하니 앞을 쳐다보는 그녀의 뺨을 타고 또다시 눈물이 흘러내렸다.

얼마 안 있어 그녀는 다시 입을 열었고, 이번에는 조금 숨 가쁘게 말을 이었다.

"이로써 모든 게 해결됐다는 게 끔찍해요. 이제 나는 제럴드하고 결혼을 할 수 있게 됐잖아요. 뭐든 마음대로 할 수 있잖아요. 하지만 이런 식은 싫어요. 아버지가 돌아가시는 건 싫어요…… 싫어요. 아빠…… 아빠……."

닐 경위는 주목 오두막집에 도착한 이후 처음으로 고인의 죽음을 정말로 슬퍼하는 사람을 보고 깜짝 놀랐다.

9장

"내가 보기엔 부인 같은데?"

부청장이 닐 경위의 보고를 듣고 내린 결론이었다.

보고는 나무랄 데 없이 훌륭했다. 간결하면서도 빼먹은 부분이 하나도 없었다.

"맞아. 부인 같아. 닐, 자네 생각은 어떤가?"

부청장이 물었다.

닐 경위는 자기도 부인이 의심스럽다고 대답했다. 보통 부인 아니면 남편 아니겠느냐고 냉소적으로 말했다.

"기회도 있었고 말이야. 그런데 동기는?"

부청장이 말을 잠깐 멈추었다.

"동기도 있나?"

"예, 그런 것 같습니다. 뒤부아 씨가 있지 않습니까?"

"그 사람이 공범이다?"

"아뇨. 그건 아닌 것 같습니다."

닐 경위는 부청장의 의견을 곰곰이 따져 보았다.

"그러기에는 너무 몸을 사리는 성격이라서요. 부인의 계획을 눈치챘겠지만, 부추기지는 않았을 것 같습니다."

"너무 신중한 성격이라는 거군."

"너무 신중한 성격이죠."

"섣부르게 결론을 내리면 안 되겠지만, 그럴듯한 추측인 것 같은데. 기회가 있었던 나머지 두 사람은 어떤가?"

"딸과 며느리인데, 딸의 경우 아버지가 결혼을 반대하는 남자와 만나고 있었습니다. 남자는 돈이 아니라면 그 딸과 결혼할 생각이 없었고요. 이게 딸에게는 동기가 될 수 있습니다. 며느리에 대해서는 말을 아끼겠습니다. 아직 아는 게 많지 않아서요. 하지만 세 사람 모두 포티스큐 씨를 독살할 기회가 있었고, 그 밖의 다른 사람들은 기회가 있었을까 싶습니다. 잔심부름하는 하녀와 집사, 요리사는 모두 아침을 준비하고 식당으로 내갔지만, 포티스큐 씨에게만 탁신을 먹일 방법은 없었거든요. 탁신이 맞는지도 아직 모르겠습니다만."

"탁신이라고 하더군. 좀 전에 사전 보고서에서 확인했어."

"그럼 맞는 거로군요. 수사를 진행시킬 수 있겠습니다."

"하인들은 어때?"

"집사와 잔심부름하는 하녀가 불안해하는 기색을 보였지만, 일반적인 반응이죠. 그런 경우가 많으니까요. 요리사는 씩씩거렸고, 가정부는 소식을 듣고 섬뜩하게 기뻐했죠. 사실 모두 자연스럽고 평범한 반응을 보였습니다."

"달리 의심스러운 사람은 없었나?"

"예, 부청장님."

닐 경위는 자기도 모르게 메리 도브와 그녀의 수수께끼 같은 미소를 떠올렸다. 그 속에는 희미하지만 분명한 적의가 담겨 있었다. 그는 큰 소리로 말했다.

"탁신으로 밝혀졌으니 어떤 식으로 그걸 사들였거나 만들었는지, 분명히 증거가 있을 겁니다."

"그렇겠지. 수사를 진행해 보도록 하게. 참, 퍼시벌 포티스큐 씨가 여기로 찾아왔어. 나하고 한두 마디 나눈 다음 자네를 만나려고 기다리고 있다네. 둘째 아들의 위치도 파악했지. 현재 파리의 브리스톨 호텔에 있는데, 오늘 출발한다더군. 자네가 공항으로 나가기로 했지?"

"예. 제가 그러기로 했습니다……."

"그럼 지금 퍼시벌 포티스큐를 만나는 게 좋겠군. 그 사람, 좀생원이야."

부청장은 이렇게 말하면서 쿡쿡 웃었다.

퍼시벌 포티스큐는 새하얀 피부와 하얀색에 가까운 머리카락과 눈썹, 살짝 현학적인 말투가 특징인 30대의 깔끔한 남자였다.

"경위님도 상상하셨겠지만, 저로서는 무척 충격입니다."

"그러시겠죠, 포티스큐 씨."

"어제 제가 집을 나설 때만 해도 아버지는 아무 이상 없으셨거든요. 식중독인지 뭔지 모르겠지만, 증상이 갑자기 나타난 모양이죠?"

"예, 갑자기 나타났죠. 그런데 식중독이 아닙니다, 포티스큐 씨."

퍼시벌이 경위를 말똥말똥 쳐다보며 미간을 찌푸렸다.

"식중독이 아니라고요? 그래서……."

그가 말끝을 흐렸다.

"아버님은 탁신으로 독살당하셨습니다."

"탁신요? 그런 건 처음 듣는군요."

"들어 본 사람이 거의 없을 겁니다. 아주 갑작스럽게 치명적인 반응을 일으키는 독극물입니다."

퍼시벌의 미간에 잡힌 주름이 한결 깊어졌다.

"그럼 누군가가 저희 아버지를 계획적으로 독살했다는 겁니까?"

"예, 그런 것 같습니다."

"이렇게 끔찍할 데가!"

"그러게 말입니다."

퍼시벌이 중얼거렸다.

"병원 사람들의 태도가 이제야 이해되는군요. 나를 이곳으로 보낸 것도 그렇고."

그는 잠시 말을 멈추었다 다시 이었다.

"장례식은 어쩌죠?"

"내일 검시 후에 배심이 잡혀 있습니다. 배심 절차는 100퍼센트

형식적으로 진행될 테고, 배심이 연기될 겁니다."

"알겠습니다. 보통 그렇게 하는 모양이죠?"

"예. 요즘은요."

"이런 걸 물어봐도 될지 모르겠습니다만, 혹시 용의자랄지……."

퍼시벌이 또다시 말끝을 흐렸다.

"아직은 초기 단계라서요."

닐이 중얼거렸다.

"예, 그렇겠죠."

"그래도 아버님의 유언장 내용을 알려 주시면 도움이 될 것 같습니다. 아니면 아버님의 변호사를 연결시켜 주시든지요."

"아버지 변호사는 베드퍼드 스퀘어에 있는 빌링슬리, 호스로프 앤드 월터스입니다. 유언장이라면, 중요한 부분은 제가 알려 드릴 수 있을 것 같은데요."

"그럼 알려 주시면 감사하겠습니다, 포티스큐 씨. 일반적으로 거치는 과정이니 양해해 주시고요."

"아버지는 2년 전에 재혼하시면서 새로운 유언장을 만드셨습니다. 10만 파운드를 아무 조건 없이 새어머니에게 주고, 제 여동생 일레인에게는 5만 파운드를 준다고요. 그리고 제가 잔여 재산 상속자입니다. 저는 이미 회사의 공동 사장이기도 하고요."

"남동생인 랜슬롯 포티스큐 씨가 받는 유산은 없습니까?"

"예. 오래전부터 연락을 끊은 사이라서요."

닐은 퍼시벌을 흘끗 노려보았다. 하지만 그는 확신하는 표정이었다.

"그러니까 유언장에 따르면 수혜자가 포티스큐 부인, 일레인 포티스큐 양, 그리고 당신, 이렇게 세 사람이로군요."

퍼시벌은 한숨을 쉬었다.

"저는 수혜자라고 할 것도 없을 겁니다. 상속세도 있으니까요. 그리고 아버지가 요즘 들어서 뭐랄까…… 상당히 현명하지 못한 일을 몇 가지 벌이셨거든요."

"얼마 전에 사업상의 문제로 렉스 씨와 정면충돌하는 일이 있었다죠? 툭 까놓고 이야기하면 상당한 언쟁을 벌였다던데요?"

"그렇지 않습니다, 경위님."

짜증스러운 듯 퍼시벌의 이마가 벌겋게 달아올랐다.

"그럼 다른 문제 때문에 언쟁을 벌였습니까?"

"언쟁을 벌인 적 없습니다."

"확실합니까? 뭐, 그렇다고 치죠. 렉스 씨와 동생분은 지금도 여전히 의절한 상태인가요?"

"그렇습니다."

"그럼 이게 무슨 뜻일까요?"

닐은 메리 도브가 받아 적은 전보를 내밀었다.

퍼시벌은 전보를 읽더니 경악과 짜증이 섞인 탄성을 질렀다. 진위를 의심하면서도 화가 난 것 같았다.

"이해가 안 되는군요. 정말 이해가 안 됩니다. 못 믿겠어요."

"사실인 것 같은데요, 포티스큐 씨. 동생분이 오늘 파리에서 도착할 예정입니다."

"하지만 어이없는 일이에요. 정말 어이없는 일이라고요. 아뇨, 이해가 안 됩니다."

"아버님이 아무 말씀 없으셨습니까?"

"전혀요. 정말 기가 막힐 노릇이군요. 이런 식으로 제 뒤통수를 치고 랜스를 부르다니."

"왜 그러셨는지 전혀 모르시는 모양입니다?"

"물론이죠. 안 그래도 요즘 이상하다 싶었어요. 황당하고! 이해 안 되고! 가만 놔두면 안 되겠어요…… 내가……."

퍼시벌이 갑자기 말을 멈추었다. 안 그래도 창백한 얼굴에서 핏기가 사라졌다.

"제가 깜빡했네요. 아버지가 돌아가셨다는 걸 잠깐 깜빡했어요."

닐 경위는 이해한다는 듯이 고개를 저었다.

퍼시벌 포티스큐는 떠날 채비를 서둘렀다. 그가 모자를 집어 들면서 말했다.

"제가 필요한 일이 있으면 언제든지 연락 주십시오. 하지만 아무래도……."

그가 말을 멈추었다 다시 이었다.

"경위님이 저희 집으로 오시겠죠?"

"예, 책임자를 1명 배치해 놓았습니다."

퍼시벌이 까다롭게 몸을 부르르 떨었다.

"정말 불쾌하군요. 우리 집안에서 그런 일이 벌어지다니, 생각만 해도……."

그는 한숨을 내쉬면서 문 쪽으로 발걸음을 옮겼다.

"저는 거의 하루 종일 회사에 있을 겁니다. 처리할 일이 많아서요. 하지만 오늘 저녁에는 집으로 갈 겁니다."

"알겠습니다."

퍼시벌 포티스큐가 밖으로 나갔다.

"듣던 대로 깐깐하시군."

닐이 중얼거렸다.

벽에 기대고 가만히 앉아 있던 헤이 경사가 "경위님?" 하고 불렀다. 아무 대답이 없자 경사가 닐에게 질문했다.

"어떻게 생각하십니까?"

"글쎄."

닐은 이렇게 대답하고 저택에서 들었던 말을 떠올렸다.

"다들 밉상이에요."

헤이 경사가 어리둥절한 표정을 지었다.

"이상한 나라의 앨리스. 자네, 앨리스가 누군지 알고 있나?"

"고전 명작 아닙니까? 서드 프로그램(영국 BBC 방송국의 라디오 방송—옮긴이)에서 하는 작품이죠? 저는 그 프로그램 안 듣는데요."

10장

I

르 부르제를 출발한 지 5분쯤 지났을 때 랜스 포티스큐는《데일리 메일》을 펼쳤다. 그리고 일이 분쯤 뒤에 비명을 질렀다. 옆에 앉아 있던 팻이 무슨 일이냐고 묻는 표정으로 고개를 돌렸다.

"노인네가 죽었대."

"돌아가셨다고? 당신 아버님이?"

"응. 회사에서 갑자기 위독한 증상을 보여서 성유다 병원으로 옮겨졌는데, 도착하자마자 세상을 떠났다는군."

"어머, 어떡해. 무슨 병으로? 뇌출혈?"

"그런가 봐. 그런 것 같아."

"전에도 뇌출혈을 일으키신 적이 있었어?"

"아니, 내가 아는 한 그런 적 없어."

"처음 뇌출혈을 일으켜서 죽는 경우는 없는 줄 알았는데."

"가엾은 양반. 아버지를 딱히 좋아한다고 생각한 적은 없었는데, 돌아가셨다는 걸 알게 되니까……"

"좋아했으면서 무슨 소리야."

"모든 사람들이 당신처럼 성격이 좋은 건 아니야. 그나저나 이번에도 운이 안 따라 준다, 그렇지?"

"그러게. 그런데 지금 이런 일이 벌어지는 건 이상해. 하필이면 당신이 집으로 돌아가려는 시점에 말이야."

랜스가 이 소리를 듣더니 팻 쪽으로 홱 하니 고개를 돌렸다.

"이상하다니? 그게 무슨 소리야?"

팻이 살짝 놀란 표정으로 랜스를 쳐다보았다.

"희한한 우연의 일치라고."

"일이 잘못되도록 내가 무슨 술수라도 썼다는 거야?"

"아니야, 그런 뜻이 아니라……. 그런데 재수 없는 일이 겹치는 경우가 있긴 있나 보다."

"그러게 말이야."

팻은 아까 했던 말을 반복했다.

"어떡해."

히스로 공항에 도착하여 비행기에서 내리기를 기다리고 있는데, 항공사 직원이 큰 소리로 외쳤다.

"랜슬롯 포티스큐 씨 계십니까?"

"전데요."

랜스가 대답했다.

"이쪽으로 와 주시겠습니까?"

랜스와 팻은 다른 승객들을 제치고 직원을 따라 비행기에서 내렸다. 마지막 자리에 앉아 있던 부부 옆을 지날 때, 남편이 아내에게 속삭이는 소리가 들렸다.

"유명한 밀수범 일당이 현장에서 붙잡힌 모양이야."

II

"황당한데요. 정말 황당합니다."

랜스가 테이블 맞은편의 닐 경위를 뚫어져라 쳐다보며 말했다.

닐 경위는 이해한다는 듯이 고개를 끄덕였다.

"탁신이니, 주목 열매니…… 모든 게 무슨 드라마처럼 느껴지네요. 이런 것들이 경위님한테는 일상적인 일이겠죠? 늘 하는 일 말입니다. 하지만 우리 집안에서 독살이라니, 정말 가당치 않습니다."

"그럼 누가 범인일지 전혀 모르시겠군요?"

"당연하죠. 노인네가 업계에 원수를 많이 만들어 놓았을 테니, 산 채로 껍질을 벗기거나 알거지로 만들고 싶어 한 사람이 많았겠죠. 하지만 독살이라뇨. 아무튼 저는 감이 전혀 안 잡힐 수밖에요. 오랫동안 외국에 나가 있어서 집안이 어떻게 돌아가는지 아는 게 거의 없으니까요."

"제가 묻고 싶었던 게 바로 그겁니다, 포티스큐 씨. 형님께서 말씀하시길 오랫동안 아버님과 연락을 끊고 살았다고 하던데요. 어떻게 지금 이 시점에 집으로 돌아오게 됐는지 전후 사정을 좀 들을 수 있을까요?"

"물론이죠. 아버지한테서 연락이 왔어요. 지금으로부터 그러니까…… 약 6개월쯤 전에요. 제가 결혼한 직후였죠. 아버지가 편지에서 지난 일은 지난 일로 묻고 싶다는 식으로 말씀을 하시더라고요. 그러고는 집으로 돌아와서 회사에 들어가라고 하셨죠. 그런데 아버지가 좀 애매모호한 표현을 썼기 때문에 아버지 말대로 할 것인지, 말 것인지 결정을 내릴 수가 없었죠. 그러다 결정적인 계기가 된 때가 언제냐면…… 지난 8월, 그러니까 3개월 전에 제가 영국으로 건너왔을 때였어요. 집으로 아버지를 만나러 갔더니 저한테 아주 유리한 제안을 하시더라고요. 생각 좀 해 보겠다고, 집사람이랑 의논을 해야 된다고 했죠. 아버지는 이해한다고 하셨어요. 나는 다시 동아프리카로 돌아가서 팻하고 이야기를 나누었죠. 그러다 노인네의 제안을 받아들이기로 결정을 내린 거예요. 그쪽에서 하던 일을 정리하는 게 문제였지만, 지난달 말까지 정리하기로 약속했죠. 영국에 도착하는 정확한 날짜는 전보로 알리기로 했고요."

닐 경위가 헛기침을 했다.

"당신이 돌아온다는 소리를 듣고 형님은 좀 놀란 것 같던데요."

랜스가 갑자기 씩 웃었다. 잘생긴 얼굴 가득 장난기가 번졌다.

"퍼시는 전혀 몰랐을 거예요. 노르웨이로 휴가를 떠나고 없었거든요. 노인네가 일부러 그때를 선택했을 거예요. 형의 심기를 좀 건드리려고요. 아버지가 가엾은 퍼시하고(벌이라고 불리는 걸 더 좋아하니까 그렇게 부르죠.) 심하게 싸운 다음 나한테 그런 제의를 한 게 아닐까 의심은 했어요. 벌이 노인네를 마음대로 주무르려고 하지 않았나 싶어요. 하지만 우리 집 노인네가 그런 걸 가만히 두고 볼 사람이 아니거든요. 정확히 무엇 때문에 싸웠는지는 모르겠지만, 아무튼 아버지는 노발대발했어요. 나를 데려다 놓으면 가엾은 벌의 의표를 찌를 수 있으니 기발한 아이디어라고 생각한 것 같아요. 일단 아버지는 퍼시의 부인을 탐탁치 않게 생각했고 속물스럽게도 내 결혼은 은근히 환영했죠. 아버지는 나를 집으로 불러들여 퍼시 앞에서 갑자기 기정사실로 만들어 버리면 재미있겠다고 생각했을 거예요."

"그때 주목 오두막집에는 얼마나 머물렀나요?"

"아, 기껏해야 한두 시간 정도였어요. 자고 가라고 하지 않으시더라고요. 일종의 비밀 공격이었으니까요. 하인들한테도 입막음을 시켰을 거예요. 말씀드렸다시피 저는 생각해 보고 집사람과 의논한 다음 아버지에게 편지로 알리겠다고 했고, 또 그렇게 했어요. 편지로 대강 언제쯤 도착할지 알려 드렸고, 어제 파리에서 전보를 보냈죠."

닐 경위가 고개를 끄덕였다.

"그 전보를 보고 형님이 깜짝 놀랐습니다."

"그랬을 거예요. 하지만 늘 그랬던 것처럼 퍼시가 이겼죠. 제가 한

발 늦었잖아요."

"그러게요. 한 발 늦었네요."

닐 경위는 생각에 잠긴 채 중얼거리다 힘주어 물었다.

"지난 8월, 집에 들렀을 때 다른 식구들도 만났습니까?"

"새어머니와 차를 마셨어요."

"새어머니를 예전에 본 적 있나요?"

랜스가 갑자기 씩 웃었다.

"아니요. 노인네가 여자 고르는 법을 제대로 안다니까요? 나이 차이가 적어도 30살은 될걸요?"

"이런 질문을 드리기는 뭣합니다만, 아버님의 재혼을 불쾌하게 생각했습니까? 형님은 어땠나요?"

랜스는 깜짝 놀란 눈치였다.

"저는 그렇게 생각한 적 없고, 퍼시도 아마 그랬을 거예요. 어머니가 돌아가신 게…… 각각 10살, 12살 때였으니까요. 저로서는 노인네가 진작 재혼하지 않은 게 오히려 놀라웠죠."

닐 경위는 이 소리를 듣고 중얼거렸다.

"너무 어린 여자와 결혼하는 건 다소 위험한 발상일 수도 있죠."

"우리 형이 그런 소리를 하던가요? 형이 했음 직한 말이군요. 퍼시는 암시의 대가죠. 그거, 덫인가요? 우리 새어머니가 아버지를 독살한 혐의를 받고 있는 겁니까?"

닐 경위의 얼굴이 무표정하게 변했다.

"아직은 초기 단계라서 확정된 사항은 아무것도 없습니다. 이제,

앞으로의 계획을 여쭈어봐도 될까요?"

"계획요?"

랜스는 생각에 잠겼다.

"새로 계획을 세워야겠죠. 가족들은 어디 있나요? 다들 주목 오두막집에 있나요?"

"예."

"그럼 당장 거기로 내려가야겠네요."

랜스가 아내 쪽으로 고개를 돌렸다.

"당신은 호텔로 가는 게 좋겠어."

팻은 당장 반대 의사를 보였다.

"아니야, 아니야, 나도 같이 갈게."

"아니야."

"같이 가고 싶어."

"정말 혼자 가고 싶어서 그래. 거기가 어디더라? 런던에서 묵은 지 너무 오래돼서…… 그래, 반스 호텔에 있어. 예전엔 깔끔하고 조용하던 곳인데, 지금도 그렇겠죠?"

"예, 그렇습니다."

"그래, 팻, 당신이랑 같이 가서 방이 있는지 알아본 다음 주목 오두막집으로 내려갈게."

"같이 가면 안 되는 이유가 뭔데?"

랜스의 표정이 갑자기 딱딱해졌다.

"솔직히 환영받을 수 있을지 장담할 수 없거든. 나를 초대한 사람은 아버지인데, 아버지는 돌아가셨잖아. 이제 그 집이 누구 집이 될지 모르겠어. 퍼시나 새어머니 집이 되겠지. 아무튼 사람들이 나를 어떤 식으로 맞이하는지 확인한 다음 당신을 데리고 갈 거야. 그리고……."

"그리고 뭐?"

"독살범이 있는 집에 당신을 데려가고 싶지 않거든."

"무슨 말도 안 되는 소리를 하고 그래?"

하지만 랜스는 단호했다.

"당신에 관한 일이라면 절대 도박을 하지 않을 거야."

11장

*

I

뒤부아는 짜증이 났다. 그는 아델 포티스큐의 편지를 갈가리 찢어서 쓰레기통으로 던졌다. 그랬다가 찢어진 조각들을 조심스럽게 주워서 짜 맞춘 다음 확실하게 태웠다. 뒤부아가 중얼거렸다.

"여자들은 왜 이렇게 구제불능일까? 생각이라고는 눈곱만큼도……."

돌이켜보면 여자들은 원래 생각이 없었다. 예전에는 그 덕을 많이 보았지만, 지금은 그 때문에 짜증이 났다. 그는 조심하고 또 조심했다. 포티스큐 부인의 전화가 오면 집에 없다고 대답하도록 일러두었다. 아델 포티스큐는 벌써 3번이나 전화를 했고, 이제는 편지까지 보냈다. 전화보다 편지가 훨씬 나빴다. 그는 잠시 고민하다 수화기를 들었다.

"포티스큐 부인과 통화할 수 있을까요? 예, 뒤부아입니다."

잠시 후 그녀의 목소리가 들렸다.

"비비안, 드디어 당신이군요!"

"그래요, 그래요, 아델. 하지만 조심해요. 지금 어디서 전화를 받고 있나요?"

"서재요."

"복도에서 누가 엿듣고 있거나 그런 거 아니죠?"

"뭐하러 그러겠어요?"

"그야 모르는 일이죠. 경찰은 아직 있어요?"

"아뇨. 잠깐 어디 갔어요. 아, 비비안, 너무 끔찍해요."

"그래요, 그렇겠죠. 하지만 명심해요, 아델. 우리, 조심해야 한다고요."

"알겠어요, 자기."

"전화로는 자기라고 부르지 말아요. 위험하니까."

"너무 몸 사리는 거 아니에요? 요즘은 다들 자기라고 부르는데."

"그렇죠. 맞아요. 하지만 잘 들어요. 전화도 금물이고, 편지도 금물이에요."

"하지만 비비안……."

"당분간만 이해해 줘요. 조심해야 한다니까요."

"알았어요."

아델은 기분이 상한 목소리였다.

"아델, 내가 보낸 편지들, 다 태웠겠죠?"

아델 포티스큐가 잠시 머뭇거리다 대답했다.

"그럼요. 태운다고 했잖아요."

"그럼 됐어요. 이제 끊을게요. 전화도 금물이고, 편지도 금물이에요. 내가 다시 전화할게요."

뒤부아는 수화기를 내려놓고, 뺨을 쓰다듬으며 생각에 잠겼다. 방금 전 일말의 머뭇거림이 마음에 걸렸다. 아델이 편지를 태웠을까? 여자들은 다 똑같았다. 태우겠다고 약속해 놓고 그러지 않았다.

편지……. 뒤부아는 속으로 생각했다. 여자들은 항상 편지를 바랐다. 그는 조심하려고 노력했지만, 가끔 빠져나올 수가 없었다. 아델 포티스큐에게 보낸 몇 통의 편지에 뭐라고 썼더라? 그는 침울하게 '그렇고 그런 허튼소리였지.' 하고 생각했다. 혹여 경찰이 자기들 입맛대로 해석할 만한 단어나 구절은 없었을까? 그는 에디스 톰슨 사건(에디스 톰슨과 프레더릭 바이워터스가 불륜을 저지르다 바이워터스가 톰슨의 남편을 살해하자 톰슨이 바이워터스에게 보낸 편지 외에는 아무런 증거가 없었음에도 불구하고 공범으로 분류되어 처형된 사건 ─ 옮긴이)을 기억하고 있었다. 뒤부아가 보낸 편지 내용은 순수했지만, 장담할 수 없었다. 그는 점점 초조해졌다. 아델이 아직 편지를 태우지 않았다면 지금쯤은 정신을 차리고 태울까? 편지가 이미 경찰 손에 넘어간 건 아닐까? 그 편지들을 어디 두었을지 궁금해졌다. 2층 거실이 아닐까 싶었다. 루이 14세 시대의 골동품인 척 그럴듯하게 만든 그 모조 책상에 두지 않았을까. 책상 속에 비밀 서랍이 있다는 이야기를 들은 적이 있었다. 아무리 비밀 서랍이 있다 해도 경찰을 속일 수는 없었다. 지금 집에는 경찰이 없다고 했다. 아델이 그렇게 말했다. 아침에는 있었는데 지금은 모두 자취를 감추었다고.

지금까지 경찰은 독극물의 출처를 찾느라 바빴을 것이다. 그렇다면 아직은 방마다 뒤지는 단계는 아닐 테고, 어쩌면 허락을 받거나 수색 영장이 있어야 방을 뒤질 수 있는 건지도 모른다. 그럼 지금 당장 조치를 취하면…….

뒤부아는 집 안의 풍경을 머릿속으로 그려 보았다.

'해질녘이 되면 서재나 응접실에 다과상이 차려질 것이다. 모두들 아래층에 모일 테고, 하인들은 하인용 방에서 차를 마시겠지. 즉, 2층에는 아무도 남지 않게 된다. 훌륭한 방패가 되어 주는 주목 울타리를 따라가면 쉽사리 정원을 가로지를 수 있을 테고. 테라스 옆에는 조그만 문이 달려 있고, 문은 잠자는 시간을 제외하고는 항상 열려 있지. 그 문으로 들어간 다음 아무도 없는 틈을 타서 2층으로 올라가는 거야.'

비비안 뒤부아는 앞으로 어떻게 해야 할지 아주 신중하게 고민했다.

'포티스큐가 뇌졸중이나 심장 마비로 죽었다면 상황이 180도 달랐을 텐데. 하지만 이렇게 되었으니…….'

뒤부아는 혼잣말을 중얼거렸다.

"유비무환이지."

II

메리 도브는 커다란 계단을 천천히 내려가다 층계참에 달린 창문가에서 걸음을 멈추었다. 그 전날 닐 경위가 왔을 때 내다보았던 창문이었다. 그런데 지금은 어스름이 깔린 주목 울타리 근처에서 어떤 남자가 사라지는 게 보였다. 돌아온 탕자, 랜슬롯 포티스큐일까? 어쩌면 대문 앞에 차를 세워 두고, 냉담한 반응을 보일 것 같은 가족들을 상대하기 전에 정원 주변을 서성이며 옛 추억에 잠기고 있을지도 모르는 일이었다. 메리 도브는 랜스가 가엾었다. 그녀는 입가에 희미한 미소를 지으며 아래층으로 내려갔다. 현관에 있던 글래디스가 그녀를 보고 펄쩍 뛰었다.

메리가 물었다.

"조금 전에 전화벨 소리가 들린 것 같은데, 누구 전화야?"

"아, 잘못 걸린 전화였어요. 세탁소냐고 묻더라고요."

글래디스는 숨찬 목소리로 조금 서둘러 대답했다.

"그리고 그 전에는 뒤부아 씨 전화였고요. 사모님을 바꿔 달라고 했어요."

"알았어."

메리는 현관을 걸어가다 고개를 돌리고 물었다.

"지금 차 마실 시간인 것 같은데. 아직 내가지 않은 거야?"

"아직 4시 30분이 안 되지 않았어요?"

"4시 40분이야. 얼른 가지고 들어와."

메리 도브는 서재로 건너갔다. 아델 포티스큐가 소파에 앉아서 벽난로를 물끄러미 쳐다보며 조그만 레이스 손수건으로 손가락을 닦고 있었다. 아델이 초조한 목소리로 물었다.

"차는?"

메리 도브가 말했다.

"지금 가져오고 있어요."

장작개비가 벽난로에서 굴러 나오자 메리가 쇠살대 앞에 무릎을 꿇고 앉아 부젓가락으로 집어서 치우고, 장작개비 하나와 석탄을 조금 넣었다.

부엌에서는 크럼프 부인이 커다란 그릇에 페이스트리 반죽을 하다 말고 화가 나서 시뻘게진 얼굴을 들어 글래디스를 맞았다.

"서재에서 벨이 몇 번 울렸는지 알아? 차 내갈 시간이야."

"알았어요, 알았어."

"오늘 밤에 남편이랑 이야기 좀 해야겠어. 한소리 해야지."

크럼프 부인이 중얼거렸다.

글래디스는 식료품 창고로 갔다. 샌드위치는 만들어 놓지 않았다. 만들지 않을 작정이었다. 샌드위치 말고도 먹을 게 많았다. 케이크 2개, 비스킷, 스콘, 꿀. 그리고 암시장에서 산 신선한 버터. 그러니 토마토나 푸아그라 샌드위치를 만들 필요가 없었다. 그녀는 다른 고민거리가 있었다. 크럼프 부인이 뿔난 이유는 오늘 오후에 크럼프 씨가 외출했기 때문이었다. 쉬는 날이니까 당연한 거 아닌가? 크럼프 부인이 부엌에서 소리를 질렀다.

"주전자 뚜껑이 떨어질 정도로 물이 끓고 있어. 차 안 끓일 거야?"
"가요."
글래디스는 커다란 은색 찻주전자에 찻잎을 대충 털어 넣고 부엌으로 들고 가서 끓인 물을 부었다. 큼지막한 은쟁반에 찻주전자와 물 주전자를 얹어 서재로 들고 가서 소파 옆 작은 테이블에 올려놓았다. 그런 다음 간식거리를 담은 쟁반을 가지러 재빨리 달려갔다. 쟁반을 들고 현관으로 갔을 때 커다란 괘종시계가 종을 칠 준비를 하느라 삐걱 소리를 냈고, 글래디스는 놀라서 펄쩍 뛰었다.

서재에서는 아델 포티스큐가 메리 도브에게 투덜거리고 있었다.
"오늘 오후에는 다들 어디 간 거야?"
"저도 잘 모르겠어요, 사모님. 아가씨는 들어오신 지 좀 됐고요. 퍼시벌 사모님은 방에서 편지를 쓰고 계신 것 같아요."
아델이 뿌루퉁하게 중얼거렸다.
"편지, 편지. 그 아이는 허구한 날 편지만 쓰고 있다니까? 그 부류 인간들은 똑같아. 누가 죽거나 안 좋은 일이 생겼다면 어찌나 좋아하는지. 잔인한 인간들, 정말 잔인한 인간들이야."
메리가 약삭빠르게 중얼거렸다.
"가서 차 준비됐다고 말씀드릴게요."
문 쪽으로 걸어가던 그녀는 문간에서 살짝 뒤로 물러섰다. 일레인 포티스큐가 안으로 들어왔다.
일레인은 "춥네요." 하면서 벽난로 옆에 털썩 주저앉아 불길 앞에서 손을 비볐다.

메리는 현관에서 걸음을 잠깐 멈추었다. 케이크를 얹은 큼지막한 쟁반이 현관 서랍장 위에 놓여 있었다. 그녀는 현관이 점점 어두워지는 것을 보고 전등 스위치를 켰다. 그때 제니퍼 포티스큐가 2층 복도를 걷는 소리가 들린 듯했다. 하지만 계단을 내려오는 사람은 아무도 없었다. 메리는 계단을 올라갔다.

퍼시벌 포티스큐 부부는 집 안의 독립된 공간에서 지냈다. 메리는 거실 문을 두드렸다. 퍼시벌 부인은 노크해 주는 걸 좋아해서 크럼프의 코웃음을 사곤 했다. 안에서 씩씩한 그녀의 목소리가 들렸다.

"들어와요."

메리가 문을 열고 가만히 말했다.

"차 준비됐습니다."

메리는 제니퍼 포티스큐가 외출복 차림인 걸 보고 깜짝 놀랐다. 그녀는 낙타털 롱코트를 막 벗고 있었다.

메리가 말했다.

"외출하신 줄 몰랐어요."

퍼시벌 부인은 살짝 숨이 찬 목소리였다.

"아, 잠깐 정원에 나갔다 왔어. 바람 좀 쐬고 싶어서. 그런데 너무 춥더라. 내려가서 불 좀 쪼여야지. 이 집 난방이 약해진 것 같아. 누가 정원사한테 이야기 좀 해야겠어."

"제가 이야기할게요."

제니퍼 포티스큐는 의자에 외투를 벗어 놓고 메리를 따라나섰다.

메리는 그녀가 앞장설 수 있도록 살짝 뒤로 물러선 다음 뒤따라 계단을 내려갔다. 그런데 현관으로 내려가 보니 간식 쟁반이 그 자리에 그대로 놓여 있었다. 그녀가 식료품 창고로 가서 글래디스를 부르려는 순간, 아델 포티스큐가 서재 밖으로 고개를 내밀더니 짜증 난 목소리로 말했다.

"차랑 같이 먹을 간식은 없는 거야?"

메리는 얼른 쟁반을 들고 서재로 가서 벽난로 옆 나지막한 테이블에 접시들을 내려놓았다. 빈 쟁반을 들고 다시 밖으로 나왔을 때 현관 벨이 울렸다. 메리는 쟁반을 내려놓고 직접 문을 열러 갔다. 탕자가 드디어 돌아온 거라면 만나 보고 싶었다.

'다른 식구들이랑 어떻게 다를까?'

메리는 이렇게 생각하면서 문을 열었다. 얼굴이 까무잡잡하고 홀쭉한 남자가 한쪽 입꼬리를 묘하게 올리고 서 있었다. 그녀가 조용히 물었다.

"랜슬롯 포티스큐 씨 되십니까?"

"맞아요."

메리는 뒤쪽을 찬찬히 살펴보았다.

"짐은요?"

"택시 요금은 냈어요. 짐은 이게 전부고."

랜스가 중간 크기의 지퍼 달린 가방을 들어 보였다. 메리는 조금 놀라워하며 말했다.

"아, 걸어오실 줄 알았는데 택시를 타고 오셨군요. 부인은요?"

랜스가 딱딱하게 굳은 표정으로 대답했다.

"아내는 오지 않을 거예요. 당분간은."

"알겠습니다. 이쪽으로 오세요. 다들 서재에서 차를 드시고 계세요."

메리는 서재 문까지 안내한 다음 돌아 나왔다. 랜슬롯 포티스큐는 아주 매력적인 남자였다. 그런 다음 생각해 보니 그녀와 비슷하게 느끼는 여자들이 많을 것 같았다.

III

"오빠!"

일레인이 달려가서 어린아이처럼 랜스의 목을 끌어안았다. 랜스로서는 상당히 뜻밖의 반응이었다.

"안녕, 나 왔다."

그는 포옹을 살짝 풀면서 말했다.

"이쪽이 형수님?"

제니퍼 포티스큐가 호기심이 가득한 눈빛으로 랜스를 쳐다보았다.

"벌은 지금 런던에 붙들려 있어요. 아시다시피 처리할 일이 너무 많아서요. 해결할 일들이 좀 많아야죠. 물론 당연히 해야 할 일이죠. 벌이 모든 걸 처리해야죠. 서방님은 여기 상황을 전혀 모르실 테니까요."

"형수님이 힘드시겠어요."

랜스는 진지하게 대답한 다음, 스콘 한 조각과 꿀을 들고 소파에 앉아서 아무 말 없이 그를 뜯어보고 있는 여자에게로 고개를 돌렸다.

제니퍼가 큰 소리로 말했다.

"맞다, 어머님은 처음 뵙겠네요?"

랜스는 "아뇨. 그렇지는 않아요."라고 중얼거리며 아델 포티스큐의 손을 잡고 내려다보았다. 그녀의 눈꺼풀이 부르르 떨렸다. 그녀는 왼손에 잡고 있던 스콘을 내려놓고 머리를 만졌다. 여성스러운 분위기를 물씬 풍기는 태도였다. 매력적인 남자가 등장했음을 인정하는 그녀만의 표시이기도 했다. 그녀가 굵고 나지막한 목소리로 말했다.

"여기, 내 옆자리에 앉으렴."

아델이 차를 한 잔 따라 주었다.

"네가 와 줘서 얼마나 기쁜지 모르겠다. 집안에 남자가 더 필요했거든."

"제가 도울 일이 있으면 뭐든 말씀하세요."

"너도 알겠지만…… 아니, 모를 수도 있겠구나……. 경찰이 배치되어 있단다. 그 사람들은…… 그 사람들은……."

그녀는 말을 멈추고 큰 소리로 울부짖었다.

"아, 끔찍하구나! 너무 끔찍해!"

랜스는 이해한다는 듯이 심각한 투로 대답했다.

"그러게요. 런던 공항으로 저를 마중 나왔더라고요."

"경찰이?"

"예."

"뭐라 그러던?"

랜스의 목소리가 비난조로 바뀌었다.

"자초지종을 알려 주던데요."

"그 사람들 말로는 네 아버지가 독살당했다고 했어. 식중독이 아니라 누군가의 손에 독살당했다는 거야. 우리들 중에 범인이 있다고 생각하고 있어."

랜스가 아델을 향해 씩 웃어 보이면서 달래듯 말했다.

"그거야 그 사람들 생각이고요. 우리가 걱정할 이유는 없죠. 차 맛이 기가 막히네요! 영국 고급 차를 마신 게 얼마 만인지 모르겠어요."

나머지도 랜스의 분위기에 쉽게 젖었다. 그러다 문득 아델이 물었다.

"그런데 네 집사람은? 결혼하지 않았니?"

"예, 런던에 있어요."

"같이 데려오지 그랬어."

"앞으로 시간도 많은데요, 뭘. 팻은 거기서 잘 지내고 있어요."

일레인이 날카롭게 캐물었다.

"오빠 설마…… 설마……."

랜스가 얼른 말허리를 잘랐다.

"초콜릿 케이크 정말 맛있게 보인다. 한 입 먹어 봐야지."

그는 케이크를 한 조각 자르고 물었다.

"에피 이모는 아직 살아 계셔?"

"그럼. 여기 내려와서 우리랑 식사를 같이 하시거나 그러지는 않지만 정정하셔. 점점 더 특이해지셔서 그렇지."

"예전부터 그랬잖아. 차 다 마신 다음 올라가서 인사 드려야겠다."

"그 정도 연세가 되시면 집 비슷한 데 있고 싶으실 텐데. 제대로 보살핌을 받을 수 있는 곳에 말이에요."

제니퍼 포티스큐가 중얼거렸다.

"그 연세에 에피 이모만큼 괜찮은 데서 사는 분이 얼마나 되겠어요? 그보다, 아까 문을 열어 준 그 새침한 아가씨는 누구예요?"

랜스가 말했다.

아델은 이 소리를 듣고 깜짝 놀랐다.

"크럼프가 문을 열어 주지 않았니? 집사 말이다. 아, 맞다. 오늘 쉬는 날이지? 그럼 글래디스가……."

"파란 눈, 가운데 가르마, 버터라도 녹인 것처럼 부드러운 목소리. 그 뒤에 뭐가 숨어 있는지는 말하고 싶지 않네요."

랜스가 설명했다.

"그럼 메리 도브겠네요."

제니퍼가 받았다.

"우리 집을 관리해 주는 사람이야."

일레인이 말했다.

"그래?"

랜스가 대꾸했다.

"아주 쓸모 있는 아이란다."

아델이 말했다.

"예, 그럴 것 같아요."

랜스가 생각에 잠긴 투로 말했다.

"가장 큰 장점은 자기 분수를 안다는 거예요. 주제넘게 나서는 법이 없거든요."

제니퍼가 받았다.

"똑똑한 친구네요."

랜스는 이렇게 대답하고 초콜릿 케이크를 한 조각 더 먹었다.

12장

I

"말썽꾸러기처럼 또 나타났구나."
램스버텀 부인이 말했다.
랜스가 그녀를 보며 씩 웃었다.
"그러게요, 에피 이모."
램스버텀 부인은 못마땅한 듯 콧방귀를 뀌었다.
"흥! 어쩌면 이렇게 타이밍도 기가 막힌지. 너희 아버지가 어제 살해당하는 바람에 경찰들이 집 안 곳곳에 깔려서 쓰레기통까지 뒤지고 있단다. 창문으로 봤지."
그녀는 잠시 말을 멈추었다가 다시 콧방귀를 뀌며 물었다.
"부인은 데려왔고?"

"아뇨. 런던에 두고 왔어요."

"웬일로 머리 좀 썼구나. 내가 너라도 이런 데 데려오지 않겠다. 무슨 일이 생길지 모르잖니."

"집사람한테요?"

"아무한테나."

랜스 포티스큐는 곰곰이 노부인을 쳐다보았다.

"뭐 아는 거 있으세요?"

램스버텀 부인은 단도직입적으로 대답하지 않았다.

"어제 형사가 찾아와서 이것저것 물어보더구나. 나한테서 얻어 간 정보는 거의 없었지. 하지만 보기보다 똑똑한 사람이었어. 그것도 상당히."

그녀가 씩씩대면서 말을 이었다.

"경찰이 이 집을 찾아온 걸 알면 너희 할아버지가 뭐라 그러시겠니? 무덤에서 돌아누우실 거다. 평생을 엄격한 플리머스 형제단(보수적인 그리스도교 공동체 — 옮긴이)으로 사신 분인데. 내가 저녁때 성공회 예배에 참석하는 걸 알고 얼마나 난리를 부리셨는지 아니? 살인에 비하면 그 정도는 아무것도 아닌데 말이다!"

평소 같으면 랜스는 이 소리를 듣고 웃었을 텐데 지금은 길고 까무잡잡한 얼굴이 여전히 진지한 표정을 짓고 있었다.

"워낙 오랫동안 멀리 떨어져 있다 보니 아는 게 아무것도 없네요. 요즘 이 집이 어떻게 돌아가고 있었나요?"

램스버텀 부인이 머리 꼭대기까지 눈썹을 추켜세웠다.

"몹쓸 짓거리들이 판을 쳤지."

"예, 예, 그럴 줄 알았어요. 하지만 경찰에서 아버지가 여기 이 집에서 살해당했다고 생각하는 이유가 뭐냔 말이죠."

"간통과 살인은 별개의 문제지. 난 그 여자 생각하고 싶지 않다. 정말 그러고 싶지 않아."

랜스가 귀를 쫑긋 세웠다.

"새어머니요?"

"나는 입 꿰맸다."

"이모, 왜 이러세요. 그런 식으로 말씀하시면 어떡해요. 새어머니한테 남자 친구가 있어요? 새어머니가 남자 친구랑 짜고 아버지가 드신 차에 사리풀 독을 넣은 거예요? 그런 거예요?"

"실없는 소리 못하게 혼 좀 내야겠구나."

"실없는 소리 아닌 거 아시잖아요."

"내가 뭐 하나 알려 주마."

램스버텀 부인이 불쑥 이야기를 꺼냈다.

"그 아이는 뭔가 알고 있는 눈치야."

"그 아이라니요?"

랜스는 깜짝 놀란 표정을 지었다.

"코를 훌쩍이고 다니는 아이 말이야. 오늘 오후에 나한테 차를 갖다 주었어야 하는데, 안 갖다 준 아이. 흔적도 없이 사라졌다던데, 경찰서를 찾아간 건 아닐까 싶어. 누가 문을 열어 주던?"

"메리 도브라는 아가씨가요. 아주 고분고분하고 순해 보이지만,

실제로는 그렇지 않을 것 같던데. 그 아가씨가 경찰서에 갔다는 건가요?"

"그 아이는 경찰서에 갈 리가 없지. 그 아이 말고, 잔심부름하는 작달막하고 멍청한 아이가 있지. 하루 종일 토끼처럼 깜짝깜짝 놀라고 펄쩍 뛰기에 내가 물었지. '왜 그러냐? 무슨 죄라도 지은 게야?' 그랬더니 이렇게 대답하더구나. '전 아무 짓도 안 했어요. 저는 그런 짓 안 해요.' 그래서 내가 말했지. '그래, 그래야지. 그런데 무슨 걱정거리가 있잖아. 안 그래?' 그랬더니 코를 훌쩍이면서 아무도 난처하게 만들고 싶지 않다면서 자기가 착각한 게 분명하다고 말하지 뭐니. 내가 그랬지. '이제 용기 있게 진실을 밝혀야지.' 그리고 이렇게 말했어. '경찰서에 가서 아는 대로 말하거라. 아무리 추악한 진실이라도 감추어서 좋을 거 하나 없으니까.' 그랬더니 경찰서에 갈 수는 없다는 둥, 자기 말을 안 믿을 거라는 둥, 도대체 뭐라고 말을 하면 되겠느냐는 둥, 어쩌고저쩌고 하지 뭐니. 결국에는 아무것도 모른다고 하더구나."

"설마…… 관심을 끌려고 지어낸 이야기는 아니겠죠?"

"아니야. 겁먹은 것 같았어. 뭘 보거나 무슨 소리를 듣고 미루어 짐작하는 게 있는 눈치였지. 중요한 증거일 수도 있고, 전혀 쓸모 없는 증거일 수도 있겠지."

"혹시 그 아가씨가 아버지한테 앙심을 품고……."

랜스가 말끝을 흐렸다.

램스버텀 부인이 고개를 세차게 저었다.

"너희 아버지가 관심을 가질 만한 아이가 아니야. 딱하지만 어떤 남자라도 관심을 가질 만한 아이가 아니지. 뭐, 그 아이의 영혼을 위해서는 좋은 일이긴 하다만."

랜스는 글래디스의 영혼에는 관심이 없었다.

"경찰서를 찾아갔을까요?"

램스버텀 부인은 고개를 끄덕였다.

"그랬겠지. 누가 들을 수 있으니까 이 집에서는 경찰한테 아무 말도 하지 않았던 게야."

"누가 음식에 뭘 넣는 걸 본 걸까요?"

노부인은 매서운 눈빛으로 조카를 흘끗 쳐다보았다.

"그렇지 않겠니?"

"그런 것 같네요."

그러더니 랜스가 변명투로 덧붙였다.

"아직까지도 모든 일들이 너무 황당하게 느껴지네요. 무슨 추리소설처럼요."

"퍼시벌의 안사람이 간호사다."

램스버텀 부인이 말했다.

너무 뜬금없는 이야기라 랜스가 어리둥절해하는 표정으로 노부인을 쳐다보았다.

"간호사들은 약물을 능숙하게 다루지."

랜스는 의심스러워하는 표정을 지었다.

"그 탁신이라는 독극물이 약으로도 쓰이나요?"

"주목 열매에서 나는 것일 게다. 아이들이 가끔 주목 열매를 먹고 사경을 헤매기도 하지. 내가 어렸을 때 그런 일이 있었단다. 어찌나 충격이었던지 지금까지 잊을 수가 없구나. 가끔 이런 식으로 필요한 순간에 때마침 옛날 기억이 떠오르기도 하지."

랜스가 고개를 홱 들고 그녀를 똑바로 쳐다보았다.

"정하고는 별개의 문제야. 나도 남들 못지않게 정이 많은 사람이란다. 하지만 몹쓸 인간은 참을 수가 없단 말이야. 몹쓸 인간은 죄다 말살해 버려야 해."

II

"한마디 말도 없이 나갔어요."

이제는 도마 위로 반죽을 밀고 있던 크럼프 부인이 화가 나서 벌게진 얼굴로 말했다.

"어느 누구한테건 한마디 말도 없이 나갔다고요. 앙큼한 것 같으니라고! 못 가게 할까 봐 그랬겠죠. 나라도 그 아이를 붙잡았다면 못 가게 했을 테니까요. 사장님이 돌아가시고 랜스 도련님이 몇 년 만에 돌아오신 마당에 괘씸하잖아요! 나는 남편한테 그랬어요. '쉬는 날이건 아니건 내 할 일은 해야겠어. 평소 같으면 목요일엔 식은 음식을 먹어야 하겠지만, 오늘은 제대로 된 저녁을 차릴 거야. 귀족하고 정식으로 결혼한 신사 양반이 외국에서 돌아오는데 제대로 맞이해야지.' 내가 내 일에 얼마나 자부심을 가지고 있는지 도브 양은 알잖아요."

이런 속내를 듣고 있던 메리 도브가 조용히 고개를 끄덕였다.

"그랬더니 남편이 뭐라 그러는지 알아요? '난 쉬는 날이니까 나갈 거야, 귀족은 무슨 얼어 죽을.' 이러는 거예요. 그 작자는 자기 일에 자부심이 없는 사람이에요. 그렇게 남편이 외출을 했으니 글래디스한테 오늘 저녁 시중은 혼자 들어야 하겠다고 말했죠. 그랬더니 알겠다고 해 놓고 내가 등을 돌린 사이에 몰래 빠져나간 거예요. 자기가 쉬는 날도 아니면서. 그 아이는 금요일에 쉬잖아요. 이제 어떻게 하면 좋을지 나도 모르겠어요! 랜스 도련님이 부인을 데리고 오지 않은 게 천만다행이지."

"메뉴를 좀 간단하게 바꾸면 할 수 있을 거예요."

메리가 달래는 듯하면서도 권위 있는 말투로 몇 가지를 제안했다. 크럼프 부인은 할 수 없다는 듯 고개를 끄덕였다.

"그 정도면 제가 할 수 있겠네요."

메리가 결론을 내렸다.

"직접 식사 시중을 들겠다고요?"

크럼프 부인은 못 믿겠다는 투였다.

"글래디스가 그때까지 돌아오지 않으면요."

"안 돌아올 거예요. 여기저기 돈을 뿌리면서 신나게 돌아다니고 있겠지. 그 얼굴에 설마 싶겠지만 남자 친구가 있어요, 앨버트라고. 내년 봄에 결혼할 거라고 했어요. 그런 아이들은 결혼이 어떤 건지 모른다니까요? 내가 우리 남편이랑 살면서 얼마나 고생했는데."

그녀는 한숨을 내쉬더니 평소와 다름없는 목소리로 말했다.

"차는 어떻게 하죠? 치우고 설거지하는 건 누가 해요?"

"제가 할게요. 제가 가서 바로 할게요."

응접실은 불을 켜지 않아 어둑어둑했다. 아델 포티스큐는 쟁반이 놓인 테이블 뒤쪽 소파에 앉아 있었다.

"불 켤까요, 사모님?"

메리가 물었다. 아델은 대답이 없었다.

메리는 불을 켜고 창가로 가서 커튼을 쳤다. 그런 다음에야 고개를 돌리고 쿠션 위로 축 늘어진 여자의 얼굴을 보았다. 꿀을 발라서 먹다 만 스콘이 곁에 있었고, 차는 아직 반이나 남아 있었다. 죽음은 이렇듯 별안간 갑작스럽게 아델 포티스큐를 찾아왔다.

III

"뭐죠?"

닐 경위가 초조하게 물었다.

의사가 당장 대답했다.

"청산가리입니다. 아마 시안화칼륨일 텐데, 차 속에 들어 있었습니다."

"청산가리……."

닐이 중얼거렸다.

의사는 살짝 호기심이 어린 눈빛으로 그를 쳐다보았다.

"태도가 심각하신데…… 무슨 이유라도……."

"살인 용의자였습니다."

"그런데 피해자가 되었군요. 흠, 그럼 다시 생각하셔야겠네요?"

닐이 고개를 끄덕였다. 표정은 비장했고, 턱에는 힘이 잔뜩 들어가 있었다.

눈앞에서 독살을 당하다니! 렉스 포티스큐의 차에는 탁신이, 아델 포티스큐의 차에는 청산가리. 아직까지는 포티스큐 집안의 일이었다. 겉으로는 그렇게 보였다.

아델 포티스큐, 제니퍼 포티스큐, 일레인 포티스큐, 그리고 막 도착한 랜스 포티스큐가 서재에서 같이 차를 마셨다. 랜스는 램스버텀 양을 만나러 갔고, 제니퍼는 편지를 쓰러 자기 거실로 갔고, 일레인이 마지막까지 남아 있었다. 그녀의 증언에 따르면 아델은 아무 문제가 없었고, 마지막 차를 막 따라 놓았다고 했다.

마지막 차! 정말로 그녀가 마신 마지막 차였다.

그 뒤로 20분 정도 공백이 있었고, 메리 도브가 들어가서 시신을 발견한 것 같았다.

그 20분 동안…….

닐 경위는 혼잣말로 욕을 하면서 부엌으로 나갔다.

싱크대 옆 의자에 앉아 있던 육중한 몸집의 크럼프 부인은 구멍

난 풍선처럼 독기가 빠져서 그가 들어가도 반응이 없었다.

"그 아가씨는 어디 있습니까? 돌아왔나요?"

"글래디스요? 아뇨, 아직요. 아마 11시는 되어야 돌아올 거예요."

"그 아가씨가 차를 끓여서 내갔다고 했죠?"

"하느님의 이름을 걸고 맹세하지만 나는 손도 안 댔어요. 그리고 글래디스도 하지 말아야 할 짓은 하지 않았을 거예요. 그런 짓을 할 아이가 아니거든요. 착한 아이예요, 경위님. 조금 멍청하긴 해도 사악하지는 않아요."

닐이 생각하기에도 글래디스는 사악한 사람이 아니었다. 범인이 아니었다. 여하튼 청산가리는 찻주전자에 들어 있지도 않았다.

"그런데 왜 이렇게 갑자기 외출을 한 걸까요? 쉬는 날도 아니었다면서요."

"예. 내일이 쉬는 날이에요."

"크럼프 씨는……."

크럼프 부인의 독기가 갑자기 되살아났다. 그녀의 목소리가 분노로 쩌렁쩌렁 울렸다.

"우리 남편 끌어다 붙이지 말아요. 아무 상관없으니까. 3시에 나갔다고요. 일이 이렇게 되고 보니 외출한 게 얼마나 고마운지 모르겠네. 그이는 퍼시벌 도련님만큼이나 이번 사건하고는 상관없는 사람이에요."

퍼시벌 포티스큐는 조금 전에 런던에서 돌아왔고, 두 번째 비극이 벌어졌다는 놀라운 소식을 들은 참이었다.

닐이 부드럽게 말했다.

"크럼프 씨를 의심하는 게 아닙니다. 글래디스의 계획에 대해 아는 게 있나 궁금해서요."

"그 아이는 제일 좋은 스타킹을 신고 있었어요. 뭔가 꿍꿍이속이 있었던 거라고요. 나한테는 아무 말 없었어요! 차에 곁들일 샌드위치를 만들지도 않았고. 분명 뭔가 있었던 거예요. 들어오면 야단 좀 쳐야지."

들어오면……

닐은 희미한 불안감에 사로잡혔다. 그는 불안감을 떨쳐 버리려고 2층에 있는 아델 포티스큐의 침실로 올라갔다. 아주 사치스러운 방이었다. 장미꽃 무늬 공단 커튼과 큼지막한 금색 침대가 인상적이었다. 방 한쪽에 있는 문을 열면, 거울이 줄줄이 붙어 있고 움푹한 연보라색 사기 욕조가 놓인 욕실이 나왔다. 욕실 옆에 달린 문으로 나가면 렉스 포티스큐의 드레스 룸이었다. 닐은 다시 아델의 침실로 돌아가서 저쪽에 달린 문을 통해 그녀의 드레스 룸으로 건너갔다.

장미꽃 무늬 카펫이 깔려 있는 그 방은 엠파이어 스타일로 꾸며져 있었다. 그 전날 면밀한 조사를 벌일 때 이 방은 대강 훑어보기만 했고, 조그맣고 우아한 분위기의 책상만 주의 깊게 살펴보았었다.

그런데 지금은 갑작스럽게 관심이 쏠리면서 몸에 힘이 들어갔다. 장미꽃 무늬 카펫 한가운데 진흙 덩어리가 들러붙어 있었던 것이다.

닐은 그쪽으로 걸어가서 진흙을 주웠다. 아직 축축했다.

그는 주변을 둘러보았다. 발자국 하나 보이지 않았고, 이 젖은 흙

한 덩어리만 남아 있었다.

IV

닐 경위는 글래디스 마틴의 방을 둘러보았다. 11시가 넘었고, 크럼프는 30분 전에 들어왔다. 하지만 글래디스는 아직 그림자도 비치지 않았다. 주변의 풍경으로 봤을 때 어떤 교육을 받았는지 몰라도 글래디스는 천성이 지저분한 듯했다. 보아하니 이불은 갠 적이 거의 없었고, 창문도 연 적이 거의 없었다. 하지만 글래디스의 개인적인 습성은 관심 밖이었다. 닐의 관심사는 오직 그녀의 소지품이었다.

글래디스의 소지품은 대부분 허접스러운 싸구려 액세서리였다. 튼튼하거나 고급스러운 게 거의 없었다. 도와 달라고 불러 놓은 엘런은 도움이 되지 못했다. 그녀는 어느 게 글래디스의 옷이고 어느 게 아닌지 구분하지 못했다. 없어진 게 있더라도 알지 못할 터였다. 닐은 옷과 속옷을 뒤지다 서랍장의 내용물로 관심을 옮겼다. 글래디스는 그곳에 보물을 보관하고 있었다. 닐은 그림엽서와 신문에서 오려 낸 기사, 뜨개질 도안, 뷰티 노하우, 옷 만들기와 패션에 관한 정보들을 발견했다.

닐 경위는 그것들을 여러 가지 항목으로 깔끔하게 정리했다. 그림엽서에 담긴 여러 풍경은 글래디스가 휴일에 놀러 간 곳들인 것 같았다. 그중 3장에 '버트'라는 이름이 적혀 있었다. 크럼프 부인이 말한 '남자 친구' 이름인 모양이었다. 첫 번째 카드에는 지독한 악필로 이렇게 쓰여 있었다. '잘 지내. 보고 싶어. 영원히 당신의 남자인 버트.' 두 번째 카드에는 이렇게 쓰여 있었다. '여기는 미인들이 많지만, 당신에 비하면 어림도 없지. 그 날을 잊지 마. 그리고 그 이후로는 탄탄대로와 영원한 행복이 기다린다는 것도 기억해 줘.' 세 번째 카드는 이것으로 끝이었다. '잊어버리면 안 돼. 당신 믿을게. 사랑해, B.'

다음으로 닐은 신문에서 오려 낸 기사들을 세 더미로 분류했다. 옷 만들기와 뷰티 관련 정보가 있었고, 글래디스가 푹 빠진 영화배우들에 관한 기사가 있었다. 그런가 하면, 글래디스는 과학계의 최근 소식에도 관심이 많은 모양이었다. 비행 접시, 비밀 무기, 러시아인들이 사용한 자백약, 미국 의사들이 발견했다는 놀라운 약물을 다룬 신문 기사들이 눈에 띄었다. 20세기의 온갖 마술을 총망라한 기사도 있었다. 하지만 방 안을 아무리 뒤져도 글래디스가 사라진 이유를 설명할 만한 물건은 아무것도 없었다. 그녀는 일기를 쓰지 않았다. 닐 경위도 일기가 있을 거라고 생각하지는 않았다. 쓰다 만 편지도 없었고, 렉스 포티스큐의 죽음과 관련해서 무엇을 목격했는지 기록으로 남긴 것도 없었다. 글래디스가 무엇을 보았고, 무엇을 알고 있었는지 글로 남긴 게 아무것도 없었다. 글래디스가 간식 쟁반을 현관에 내버려 두고 갑자기 사라진 이유는 여전히 수수께끼였다.

닐은 한숨을 쉬면서 방을 나와 문을 닫았다.

조그맣고 구불구불한 계단을 내려가려는데, 저 아래 층계참에서 달리는 소리가 들렸다.

계단 밑에서 헤이 경사가 안절부절못하는 표정으로 닐을 올려다보았다. 그는 숨을 헐떡이며 다급한 목소리로 외쳤다.

"경위님, 경위님! 찾았습니다……."

"찾았다고?"

"가정부 엘런이 뒷문 모퉁이를 돌면 나오는 빨랫줄에 빨래를 널었는데 걷지 않았다는 게 생각나서 회중전등을 들고 나갔다가, 시신…… 그러니까 그 아가씨의 시신에 걸려서 넘어질 뻔했답니다. 스타킹으로 목이 졸려서 죽었는데…… 숨을 거둔 지 몇 시간 된 것 같습니다. 그리고 범인이 고약한 장난을 쳐 놓았는데…… 그 아가씨의 코가 빨래집게로 집혀 있었습니다……."

13장

　조간신문 3부를 사서 기차 여행길에 오른 어느 노부인이 다 읽은 신문마다 똑같은 헤드라인이 보이도록 접어서 옆에 내려놓았다. 접혀서 안 보이는 신문 귀퉁이에 뭐라고 적혀 있는지는 궁금해할 필요가 없었다. 주목 오두막집의 삼중 비극을 알리는 현란한 헤드라인만으로도 충분히 알 수 있었다.
　노부인은 꼿꼿하게 앉아서 입술을 오므린 채 차창 밖을 내다보았다. 하얗고 발그스름하고 주름이 진 얼굴에 수심이 가득했고, 못마땅한 표정이었다. 마플 양은 세인트 메리 미드에서 아침 일찍 기차를 탔다. 곧장 환승역으로 가서 기차를 갈아탄 그녀는 런던으로 향했다. 런던에서는 순환선을 타고 런던의 또 다른 종점으로 가서 베이든 히스로 출발했다.
　역에서 내린 마플 양은 택시를 불러 주목 오두막집으로 가자고 했다. 너무나도 매력적이고 너무나도 순진하며 너무나도 솜털 같고 발그스름하고 하얀 마플 양은 이제 포위당한 요새나 다름없게 된 그 집으로 생각보다 쉽게 들어갈 수 있었다. 경찰이 몰려든 기자와 사진 기자들을 저지하고 있었지만, 마플 양은 아무 검문 없이 택시를 타고 집 안으로 들어섰다. 이 집안의 연로한 친척이 아니고서는 불가능한 일이었다.

마플 양은 잔돈을 꼼꼼하게 정리해서 택시 값을 낸 다음 현관 벨을 눌렀다. 크럼프가 문을 열어 주었고, 마플 양은 능숙한 솜씨로 한눈에 그를 파악했다.

'눈빛이 간사하군. 잔뜩 겁에 질려 있기도 하고.'

크럼프는 유행이 지난 트위드 외투와 치마, 스카프 몇 장과 새 날개가 달린 조그만 펠트 모자 차림의 키가 큰 노부인을 쳐다보았다. 노부인은 큼지막한 핸드백을 들고 있었고, 낡았지만 고급스러운 여행 가방이 발치에 놓여 있었다. 크럼프는 귀부인을 한눈에 알아보고 최대한 예의를 갖추어서 공손하게 말했다.

"어떻게 오셨습니까?"

"이 집의 안주인을 만날 수 있을까요?"

크럼프는 뒤로 물러서 마플 양을 안으로 들였다. 여행 가방은 집어서 현관에 조심스럽게 내려놓았다. 그러고는 조금 머뭇거리며 물었다.

"그런데 누구 말씀이신지……."

마플 양이 수고를 덜어 주었다.

"살해당한 가엾은 아가씨 때문에 왔답니다. 글래디스 마틴 말이지요."

"아, 예, 알겠습니다. 그럼……."

그는 말을 멈추고 서재 쪽으로 고개를 돌렸다. 훤칠한 젊은 여자가 서재에서 막 나오는 참이었다.

"이분이 랜스 포티스큐 부인입니다."

그가 말했다.

팻이 앞으로 다가와 마플 양과 마주 보았다. 마플 양은 조금 놀랐다. 이 집에서 패트리시아 포티스큐 같은 사람을 만날 줄은 몰랐던 것이다. 이 집의 내부는 상상했던 것과 상당히 비슷했는데, 팻은 그 분위기와 어울리지 않았다.

"사모님, 글래디스 일로 오셨답니다."

크럼프가 옆에서 소개했다.

팻은 조금 머뭇거리며 말했다.

"이쪽으로 오시겠어요? 조용히 이야기하고 싶은데요."

그녀가 서재로 안내했고, 마플 양은 그 뒤를 따라갔다.

팻이 말했다.

"특별히 만나고 싶은 사람이 있으신 건 아니죠? 왜냐하면 제가 별 도움이 안 될지 모르거든요. 저희 부부는 아프리카에서 돌아온 지 며칠밖에 안 돼서 이 집 식구들을 잘 몰라요. 필요하시다면 아가씨나 형님을 불러 드릴게요."

마플 양은 이 여자가 마음에 들었다. 특히 진지하고 군더더기 없는 성격이 마음에 들었다. 왠지 모르지만 그녀가 안됐다는 생각도 들었다. 마플 양이 느끼기에는 이 화려한 인테리어보다 허름한 사라사 무명과 말과 개들이 있는 풍경이 더 어울리는 여자였다. 마플 양은 세인트 메리 미드 인근에서 열리는 조랑말 전시회와 야외 운동회에서 팻과 비슷한 여자들을 숱하게 만났고, 그들을 속속들이 잘 알고 있었다. 마플 양은 조금 불행해 보이는 그녀가 편하게 느껴졌다.

마플 양이 조심스럽게 장갑을 벗어서 손가락의 주름을 펴며 말했다.

"이야기하자면 간단하답니다. 글래디스 마틴이 살해당했다는 기사를 신문에서 봤어요. 그런데 내가 그 아가씨를 잘 알거든요. 나랑 고향이 같아요. 사실 나한테 집안일도 좀 배운 아가씨예요. 그런데 이렇게 끔찍한 일을 당했다고 하니…… 와서 뭔가 도울 일이 없는지 알아보고 싶었지요."

"예, 그러셨겠어요. 이해해요."

팻은 정말로 이해했다. 그녀가 생각하기에는 자연스럽고 당연한 반응이었다.

"아주 잘 오셨어요. 그 아가씨에 대해서 아는 사람이 없는 것 같더라고요. 친척이라든지 뭐 그런 분들도 없고."

"그렇겠죠. 그 아이는 친척이 없답니다. 고아원에 있다 우리 집으로 왔거든요. 세인트페인트라는 고아원인데, 아쉽게도 자금난에 허덕이기는 하지만 아주 운영이 잘 되는 곳이에요. 교육도 잘 시키고 최선을 다해서 아이들을 돌본답니다. 글래디스는 17살 때 우리 집으로 왔지요. 내가 어떤 식으로 식사 시중을 들고, 은식기를 관리하는지, 그런 것들을 가르쳤어요. 물론 오래 있지는 않았어요. 그 아이들이 원래 그렇답니다. 경험이 좀 쌓이자마자 카페에서 일을 시작했어요. 여자아이들은 그런 일을 좋아하잖아요. 그게 더 자유롭고 화려한 인생이라고 생각하니까요. 그럴지도 모르지요. 어쨌든 나는 잘 모르니까."

"전 그 아가씨를 본 적이 없어요. 예뻤나요?"

"아유, 아니랍니다. 아데노이드가 있고, 여드름도 많았어요. 딱하다 싶을 정도로 머리 회전이 느리기도 했고요. 어딜 가든 친구를 많이 사귀지 못했을 거예요. 불쌍하게도 남자라면 사족을 못 썼지요. 하지만 남자들은 그 아이한테 관심이 없었고, 여자들은 그 아이를 이용하는 편이었답니다."

"잔인하게 들리네요."

"그렇지요. 인생은 잔인한 거 아니겠어요? 글래디스 같은 아이들은 참 대책이 안 서는 경우가 많아요. 영화 구경이나 뭐 그런 것들을 좋아하는데, 늘 있을 수 없는 불가능한 일들만 생각하지요. 그게 일종의 행복인가 봐요. 그러다 실망하고. 글래디스는 카페와 식당 인생에 실망했을 거예요. 근사하고 재미있는 일은 없고, 발바닥만 아팠겠지요. 그래서 다시 가정집에 취직했을 거예요. 그 아이가 여기서 일한 지 얼마나 됐는지 혹시 아시나요?"

팻은 고개를 저었다.

"오래되지는 않았을 거예요. 기껏해야 한두 달 정도겠죠."

팻은 말을 멈추었다 다시 이었다.

"그 아가씨가 이런 일에 휘말리다니 정말로 끔찍하고 안타깝네요. 뭘 보거나 눈치챈 모양이에요."

"난 그 빨래집게가 특히 걱정된답니다."

마플 양이 조용히 말했다.

"빨래집게요?"

"예. 신문에서 읽었어요. 사실이지요? 시신으로 발견되었을 때 그 아이 코가 빨래집게로 집혀 있었다는 게 말이에요."

팻이 고개를 끄덕였다. 발그스름하던 마플 양의 두 뺨이 빨갛게 달아올랐다.

"부인께서 이해할지 모르겠지만, 그 기사를 보고 얼마나 화가 났는지 모른답니다. 너무나 잔인하고 모욕적인 짓이잖아요. 그걸 보고 범인이 어떤 인물일지 그려졌어요. 그런 짓을 하다니! 인간의 존엄성을 모욕하는 건 아주 몹쓸 짓이에요. 자기가 살해한 사람한테 그러는 건 더더욱 몹쓸 짓이지요."

팻은 이 말을 듣고 느릿느릿 대답했다.

"무슨 말씀이신지 알 것 같아요."

그녀가 자리에서 일어나면서 다시 말을 이었다.

"오셔서 닐 경위님을 만나 보시는 게 좋겠어요. 이 사건 담당 형사인데, 지금 여기 계세요. 부인께서도 그분이 마음에 드실 거예요. 아주 인간적인 분이거든요."

팻이 말을 하다 말고 갑자기 부르르 몸을 떨었다.

"모든 게 끔찍한 악몽 같아요. 무의미하고, 무분별하고, 앞뒤도 안 맞고, 이유도 없고······."

"나는 그렇게 생각하지 않는답니다. 절대 그렇게 생각하지 않아요."

닐 경위는 피곤하고 초췌해 보였다. 세 사람의 죽음에 이어 전국의 언론이 함성을 지르며 그의 뒤를 쫓았다. 빤해 보였던 사건이 갑자기 마구 뒤엉켰다. 적절한 용의자였던 아델 포티스큐가 이해할 수 없는 살인 사건의 두 번째 희생자가 되었다. 피로 물들었던 그날이 저물었을 때 부청장이 닐을 불렀고, 두 사람은 밤늦게까지 이야기를 나누었다.

닐 경위는 낙담했지만, 그래도 속으로는 희미하게나마 흡족한 부분이 있었다. 피살자의 부인과 그 애인이라는 패턴은, 사실 너무 통속적이고 너무 쉬웠다. 처음부터 의심스러웠다. 그런데 그의 의심이 맞는 걸로 밝혀진 것이다.

부청장이 잔뜩 찌푸린 얼굴로 자기 사무실을 오가면서 말했다.

"사건의 양상이 180도 달라졌단 말이지. 닐, 내가 보기에는 정신적으로 문제가 있는 사람이 범인인 것 같아. 처음에는 남편, 그 다음에는 부인이라니. 그런데 정황을 보면 내부인의 소행이란 말이지. 그 가족 중에 있어. 포티스큐와 함께 아침 식사를 한 사람이 그의 커피나 음식에 탁신을 넣었고, 그날 차를 같이 마신 가족이 아델 포티스큐의 찻잔에 청산가리를 넣었지. 가족 중에서도 평소에 믿음직스러웠고 눈에 잘 띄지 않았던 사람일 텐데…… 누구일까?"

닐이 무미건조한 목소리로 대답했다.

"퍼시벌은 그 자리에 없었기 때문에 이번에도 제외해야 합니다. 이번에도 제외가 되죠."

닐은 같은 말을 반복했다.

부청장이 날카로운 눈빛으로 그를 쳐다보았다. 같은 말을 반복한 게 수상했다.

"무슨 생각을 하고 있는 건가? 어서 말해 보게."

닐 경위는 멍해 보였다.

"아닙니다. 생각이랄 것도 없습니다. 아주 편리하게 되었다는 거죠."

"아주 편리하다?"

부청장은 곰곰이 생각하더니 고개를 저었다.

"그자가 무슨 수를 써서 일을 저질렀을지 모른다는 건가? 나는 방법을 모르겠는데. 방법을 모르겠어."

그러더니 이런 말을 덧붙였다.

"그리고 그자는 신중한 성격이기도 하고."

"하지만 상당히 똑똑하죠."

"자네는 여자들을 염두에 두지는 않는군. 그렇지? 하지만 손가락이 그들을 가리키고 있지 않나. 일레인 포티스큐와 퍼시벌의 부인. 이 두 사람은 아침 식사도 같이 했고, 그날 차도 같이 마셨어. 둘 중 한 사람이 범행을 저질렀을 수도 있지. 둘 다 이상한 구석이 전혀 없었다고? 그런 부분이 꼭 겉으로 드러나는 건 아니지. 과거 진찰

기록에 뭔가 남아 있을지도 몰라."

닐 경위는 아무 대답도 하지 않았다. 그는 메리 도브를 생각하고 있었다. 그녀를 의심할 이유가 없었지만, 생각이 자꾸 그쪽으로 향했다. 메리 도브에게는 뭔가 설명이 안 된 부분, 찜찜한 구석이 있었다. 즐거워하는 분위기의 희미한 적개심. 렉스 포티스큐가 죽었을 때 그녀가 보인 반응이었다. 지금은 어떨까? 지금 그녀의 행동과 태도는 늘 그렇듯 모범적이었다. 지금은 즐거워하는 구석이 없었다. 적개심도 보이지 않았다. 하지만 한두 번쯤 두려움의 기미를 보인 것 같았다. 글래디스 마틴의 사건에서 욕을 먹어야 할 사람은, 진탕 욕을 먹어야 할 사람은 닐 경위였다. 글래디스가 죄를 지은 것처럼 불안해 보였을 때 경찰에 대한 자연스러운 반응으로 간주하고 말았으니. 죄를 지은 것처럼 안절부절못하는 사람들을 워낙 자주 접했기 때문이었다. 그런데 이번에는 다른 이유가 있었다. 의심스러운 무언가를 보거나 들은 것이었다. 너무 사소하고 불확실하고 애매해서 선뜻 말을 꺼낼 수가 없었을 것이다. 그런데 이 가엾은 아가씨는 이제 영영 말을 할 수 없게 되었다.

닐 경위는 이제 주목 오두막집에서 마주 앉은 노부인의 온화하고 진지한 얼굴을 관심 있게 바라보았다. 처음에는 어떤 대접을 하면 좋을지 둘 사이에서 갈등했지만, 이내 마음을 정했다. 마플 양은 도움이 될 것 같았다. 그녀는 올바르고 의심할 여지 없이 정직했고, 대부분의 노부인들이 그렇듯 시간이 남아돌았으며, 떠도는 소문을 포착하는 능력이 있었다. 경찰들은 불가능한 일이지만 그녀라면 하인과 포티스큐 집안의 여자들에게서 정보를 얻을 수 있을 것이다. 사람들이 이야기를 나누고, 추측을 하고, 예전 기억을 더듬고, 누가 한 말이나 행동을 재연하는 와중에 눈에 띄는 부분들을 골라낼 수 있을 것이다. 때문에 닐 경위는 노부인을 예의 바르게 대했다.

"여기까지 찾아와 주시다니 참 대단하십니다, 마플 양."

"당연히 해야 할 일인걸요, 닐 경위님. 우리 집에서 살았던 아이니까요. 저도 일말의 책임감이 느껴지네요. 참 실없는 아이였거든요."

닐 경위가 알고 있다는 눈빛으로 그녀를 쳐다보았다.

"예, 그렇군요."

닐 경위가 생각하기에 노부인은 이미 사건의 핵심을 찌른 듯했다.

"자기가 뭘 어떻게 해야 하는지 몰랐을 거예요. 그러니까, 무슨 일이 생겼을 때 말이에요. 아유, 제가 참 말주변이 없네요."

닐 경위는 무슨 뜻인지 알아들었다고 말했다.

"뭐가 중요하고 뭐가 그렇지 않은지 판단하는 능력이 없었다는 말씀이시죠?"

"예, 바로 그거예요, 경위님."

"실없다고 말씀하신 이유가……."

닐 경위는 말끝을 흐렸다.

마플 양이 이야기를 대신 이었다.

"남을 쉽게 믿는 성격이었어요. 모아 놓은 돈이 있으면 사기꾼한테 내주고도 남을 아이였지요. 물론 어울리지 않는 옷을 사느라 돈 모을 새가 없었지만요."

"남자들에 대해서는 어땠습니까?"

"남자 친구를 무척이나 사귀고 싶어 했답니다. 사실 그 때문에 세인트 메리 미드를 떠나지 않았을까 싶어요. 그곳은 경쟁이 아주 치열하거든요. 남자가 너무 없어요. 그 아이는 생선 배달하는 청년을 마음에 두고 있었지요. 아가씨들한테 듣기 좋은 말을 잘 하는 프레드라는 청년이었는데, 물론 사심은 없었답니다. 딱한 글래디스는 그걸 알고 나서 화가 많이 났나 봐요. 그런데…… 결국에는 남자 친구가 생겼다면서요?"

닐 경위가 고개를 끄덕였다.

"그런 것 같습니다. 이름은 앨버트 에번스인 듯하고요. 행락지에서 만난 모양이에요. 받은 반지가 있거나 그런 건 아니니 그 아가씨가 지어낸 이야기일 수도 있죠. 요리사한테 말한 바에 따르면 광부라고 합니다."

"그야말로 정말 의심스러운데요. 그 남자가 광부라고 했겠지요. 아까도 말씀드렸다시피 뭐든 믿는 아이니까요. 그 남자가 이번 사건과 관계가 있다고 생각하시는 건 아니지요?"

닐 경위는 고개를 끄덕였다.

"예, 아닙니다. 그런 식으로 얽힌 것 같지는 않습니다. 그 아가씨를 만나러 온 적도 없는 듯하고요. 가끔 항구에서 엽서를 보낸 게 전부입니다. 발트 해를 오가는 배의 4등 기관사일지도 모르죠."

"아무튼 연애를 했다니 다행이네요. 그런 쪽으로는 기회가 없었던 아이라……."

마플 양은 입술을 꾹 다물더니 이내 팻 포티스큐에게 했던 말을 반복했다.

"경위님, 저는 몹시, 몹시 화가 난답니다. 특히 빨래집게 말이에요. 그건 정말 몹쓸 짓이었어요."

닐 경위가 관심 있는 표정으로 그녀를 쳐다보았다.

"무슨 말씀인지 알고 있습니다, 마플 양."

마플 양은 미안한 듯 헛기침을 했다.

"어쩌면…… 제가 너무 주제넘게 나서는 건지 모르겠지만…… 아주 보잘것없고 아주 여성스러운 방식으로나마 경위님을 도우면 안 될까요? 범인은 아주 몹쓸 인간이에요, 경위님. 몹쓸 인간은 반드시 죗값을 치러야지요."

닐 경위는 조금 무뚝뚝한 말투로 대답했다.

"요즘은 그런 식으로 생각하는 사람이 별로 없죠. 물론 저는 동의하는 부분입니다."

마플 양이 조심스럽게 운을 뗐다.

"기차역 근처에 호텔이 있고, 골프 호텔도 있던데요. 해외 선교 활동에 관심 있는 램스버텀 양도 이 집에 살고 있다고 들었어요."

닐 경위는 마플 양을 곰곰이 뜯어보았다.

"예. 그쪽으로 도움을 받을 수 있을 것도 같습니다. 솔직히 제가 여자분들 다루는 솜씨가 좋은 편이 아니라서요."

"정말 감사합니다, 경위님. 제가 떠들썩한 사건이나 쫓아다니는 사람이 아니라는 걸 알아주셔서 얼마나 다행스러운지 모르겠어요."

닐 경위는 자기도 모르게 갑자기 미소를 지었다. 겉보기에 마플 양은 복수심에 불타는 부류가 전혀 아니었다. 그런데 사실은 그런 부류일지 모른다는 생각이 들었다.

"요즘 신문을 보면 너무 선정적인 기사를 실을 때가 많아요. 하지만 정확한 경우는 거의 없지 않을까요? 사실의 핵심만 알 수 있으면 좋을 텐데 말이지요."

그녀는 묻는 눈빛으로 닐 경위를 쳐다보았다.

"핵심이랄 것도 없습니다. 불필요한 수식을 모두 제거하고 설명하자면 이렇습니다. 포티스큐 씨가 사무실에서 탁신 중독으로 숨을 거두었죠. 탁신은 주목 열매와 잎에 들어 있는 독극물이고요."

"아주 단순하군요."

"그럴지도 모르지만, 증거가 없습니다. 아직까지는요."

그가 마지막 단어를 강조한 이유는 마플 양에게 도움을 받을 수 있을지 모른다는 생각이 들었기 때문이었다. 만약 이 집에서 누가 주목 열매를 끓이거나 독극물을 조제했다면 마플 양이 그 흔적을 포착할 가능성이 컸다. 집에서 술이나 과일 주스나 허브차를 직접 만드는 스타일의 노부인이었으니 말이다. 그녀라면 독극물을 만드는 방법과 처분하는 방법을 알 것 같았다.

"그리고 포티스큐 부인은요?"

"포티스큐 부인은 서재에서 가족들과 차를 같이 마셨습니다. 마지막까지 옆에 있었던 사람은 의붓딸인 일레인 포티스큐 양입니다. 포티스큐 양의 증언에 따르면 포티스큐 부인이 차를 한 잔 더 따르는 걸 보고 방을 나섰다고 합니다. 그리고 20분에서 30분 정도 지났을 때 관리인인 도브 양이 쟁반을 치우러 서재로 들어가 보니 포티스큐 부인이 숨을 거둔 채 소파에 앉아 있었죠. 그 옆에 차가 4분의 1 정도 남은 찻잔이 있었고, 그 찌꺼기에서 청산가리가 나왔습니다."

"청산가리는 효과가 당장 나타나는 걸로 알고 있어요."

"그렇습니다."

"정말 위험한 물건이지요. 말벌 집을 치울 때 청산가리를 써야 하는데 난 항상 조심, 또 조심한답니다."

"맞습니다. 이 집에도 정원사가 쓰는 헛간에 청산가리 꾸러미가 있었습니다."

"이번에도 아주 단순하군요."

마플 양이 잠시 후 덧붙였다.

"포티스큐 부인이 다른 음식도 먹었나요?"

"예. 아주 푸짐하게 먹었다고 들었습니다."

"케이크였겠죠? 빵하고 버터였나요? 아니면 스콘? 잼이나 꿀이었어요?"

"예. 꿀과 스콘도 있었고, 초콜릿 케이크, 롤 카스텔라, 그 밖에도 여러 가지가 있었다더군요."

닐은 궁금해하는 눈빛으로 노부인을 쳐다보며 덧붙였다.

"청산가리는 차에 들어 있었습니다, 마플 양."

"예, 그렇죠. 그건 알고 있어요. 말하자면 전체적인 그림을 그리고 있는 중이랍니다. 그런데 조금 의미심장하지 않은가요?"

닐이 다시, 살짝 어리둥절한 표정으로 마플 양을 쳐다보았다. 그녀의 뺨은 발그스름했고 눈은 반짝였다.

"그리고 세 번째 죽음은요, 닐 경위님?"

"이번에도 상당히 명확한 편입니다. 글래디스는 먼저 차를 내간 다음, 간식이 담긴 두 번째 쟁반을 들고 가다 현관에 내버려 두었다고 합니다. 하루 종일 정신이 딴 데 팔려 있는 것 같았다더군요. 그 뒤로 그 아가씨를 본 사람은 없고요. 요리사인 크럼프 부인은 성급하게 글래디스가 아무 말 없이 외출했다고 생각했죠. 고급 나일론 스타킹과 가장 좋은 구두를 신고 있었기 때문에 그렇게 생각한 모양입니다. 하지만 착각이었죠. 글래디스는 분명, 집 밖 빨랫줄에 널어 놓은 빨래를 걷지 않았다는 게 퍼뜩 생각났을 겁니다. 그래서 얼른 달려 나갔겠죠. 빨래를 절반쯤 걷었을 때 뒤에서 슬그머니 다가간 범인이 그 아가씨 목에 스타킹을 감은 것이고요."

"범인은 외부인일까요?"

"그렇겠죠. 하지만 내부인일 수도 있습니다. 이 아가씨가 혼자 있는 틈을 노리고 있었겠죠. 처음에 심문했을 때 글래디스는 허둥대고 어쩔 줄 몰라 했는데, 저희가 그 이유를 눈치채지 못했던 것 같습니다."

마플 양이 이 말을 듣고 외쳤다.

"하지만 그럴 수밖에 없지요. 경찰의 심문을 받으면 모두들 죄를 지은 사람처럼 쩔쩔매는 경우가 다반사인걸요."

"그러니 말입니다. 하지만 이번에는 그렇게 단순한 반응이 아니었던 거죠. 글래디스는 어떤 사람이 수상한 짓을 하는 광경을 목격한 모양입니다. 아주 확실한 건 아니었을 겁니다. 그랬다면 우리한테 말했을 테니까요. 그런데 글래디스는 문제의 그 인물에게 그 사실을 알린 모양입니다. 그래서 문제의 그 인물이 글래디스가 위험한 존재라는 사실을 알아차린 거죠."

"그래서 글래디스가 목 졸려 죽고, 코가 빨래집게로 집힌 거로군요."

마플 양이 혼잣말을 중얼거렸다.

"그런 식으로 고약하게 마무리 지은 거죠. 고인을 고약하게 비웃으면서. 쓸데없는 허풍을 고약하게 떤 겁니다."

마플 양은 고개를 저었다.

"쓸데없는 건 아니었지요. 그래서 패턴이 하나 완성됐으니까요."

닐 경위가 궁금해하는 눈빛으로 그녀를 쳐다보았다.

"무슨 말씀이신지 이해가 안 되는데요, 마플 양. 패턴이라니요?"

마플 양은 당황한 듯했다.

"그게 그러니까…… 차례대로 따져 보면 말이지요, 경위님……. 생각은 원래 사실에 입각해서 해야 하는 것 아니겠어요?"

"무슨 말씀이신지……."

"그게 그러니까…… 첫 번째로 등장하는 인물이 포티스큐 씨예요. 렉스 포티스큐. 런던에 있는 회사에서 살해당했지요. 그다음이 여기 이 집 서재에서 차를 마신 포티스큐 부인이에요. 부인의 곁에는 스콘과 꿀이 있었지요. 그리고 그다음이 코가 빨래집게로 집힌 채 죽은 가엾은 글래디스예요. 그게 전체적인 사건의 핵심이지요. 매력적인 랜스 포티스큐 부인은 이번 사건이 앞뒤도 안 맞고 이유도 없는 것 같다고 했지만, 내 생각은 다르답니다. 딱 맞는 노래가 하나 있으니까요."

닐 경위가 느릿느릿 대답했다.

"그게 무슨……."

그러자 마플 양이 얼른 하던 이야기를 계속했다.

"경위님은 35살에서 36살쯤 되어 보이는데, 맞지요? 그럼 어렸을 때 반발심이 있었을 거예요. 그러니까 그게 뭐냐, 자장가에 대해서 말이에요. 하지만 마더 구스(영어권 국가의 동화와 자장가에 등장하는 유명 인물 및 그가 등장하는 자장가 — 옮긴이)를 듣고 자란 사람 입장에서는…… 그게 그러니까, 의미심장하지 않겠어요? 제가 무슨 생각을 했느냐 하면……."

마플 양은 말을 멈추었다가, 용기를 모두 그러모아서 용감하게 다시 운을 떼었다.

"물론 이런 소리를 하는 게 너무 주제넘은 것일 수도 있겠지요."

"그런 말씀 마시고 뭐든 생각나는 대로 이야기해 주십시오."

"그렇게 생각해 주시면 정말 감사하고요. 그런데 나는 정말 조심스럽답니다. 왜냐하면 내가 워낙 나이도 많고, 정신도 오락가락하고, 내 생각이 전혀 쓸모 없을 수도 있으니까요. 하지만 뭘 물어보고 싶으냐 하면, 지빠귀에 대해서 조사해 보셨느냐는 겁니다."

14장

I

닐 경위는 눈을 휘둥그레 뜨고 약 10초 동안 마플 양을 멍하니 쳐다보았다. 처음에는 이 노부인의 정신이 나간 게 아닐까 싶었다.

"지빠귀요?"

마플 양이 열심히 고개를 끄덕였다.

"맞아요, 지빠귀."

그녀는 이렇게 말하고 가사를 읊었다.

"6펜스 노래를 부르자, 주머니는 호밀로 한가득,

파이로 구워진 넷하고 스무 마리의 지빠귀.

파이가 열리면 새들이 노래를 시작하지.

이건 왕 앞에 차릴 만한 진수성찬.

왕은 보물 창고에서 돈을 세고,

왕비는 거실에서 빵과 꿀을 먹고,

하녀는 정원에서 빨래를 너는데,

작은 새 한 마리가 날아와 하녀의 코를 물었지."

"이럴 수가."

"딱 들어맞지 않나요? 그 사람 주머니에 들어 있었던 게 호밀 맞지요? 어느 신문에서 그러던데. 다른 신문에서는 그냥 곡식이었다고 했으니 쌀일 수도 있고, 옥수수일 수도 있지만, 호밀이었지요?"

닐 경위가 고개를 끄덕였다.

"그럴 줄 알았어요."

마플 양이 의기양양하게 말했다.

"렉스 포티스큐. 렉스는 라틴어로 왕이라는 뜻이지요. 왕은 보물 창고에서, 왕비인 포티스큐 부인은 거실에서 빵과 꿀을 먹다가……. 그래서 범인이 가엾은 글래디스의 코를 빨래집게로 집은 거랍니다."

"그러니까 정신병자의 소행이라는 말씀입니까?"

"글쎄요, 섣불리 결론을 내리면 안 되겠지만…… 아주 희한한 건 사실이에요. 어쨌든 경위님은 지빠귀에 대해서 조사를 하셔야 해요. 지빠귀가 있어야 하니까요!"

바로 그때, 헤이 경사가 들어와서 다급한 목소리로 닐을 찾았다.

"경위님."

그는 마플 양을 보고 입을 다물었다. 정신을 차린 닐 경위가 말했다.

"고맙습니다, 마플 양. 제가 한번 알아보겠습니다. 글래디스 때문에 오셨으니 그 아가씨의 방에 있는 소지품을 둘러보고 싶으시겠죠? 헤이 경사가 곧 안내할 겁니다."

마플 양은 이제 그만 자리를 비켜 달라는 뜻인 걸 간파하고 종알거리면서 밖으로 나갔다.

"지빠귀라……"

닐 경위가 혼잣말을 중얼거렸다.

헤이 경사는 그런 경위를 빤히 쳐다보았다.

"그래, 무슨 일인가?"

"경위님, 이것 좀 보십시오."

헤이 경사가 다시 다급한 목소리로 말하면서 지저분한 손수건 속에 든 물건을 내밀었다.

"떨기나무들이 모여 있는 곳에서 발견했는데, 뒤쪽 창문을 통해 그쪽으로 던진 것 같습니다."

헤이 경사가 손수건 속에 들어 있던 물건을 책상 위에 내려놓았고, 경위는 몸을 앞으로 숙여 유심히 관찰했다. 그 물건은 거의 손을 대지 않은 마멀레이드 단지였다.

경위는 아무 말 없이 단지를 쳐다보았다. 그는 넋이 나간 사람처럼 딱딱했고, 무표정했다. 머릿속에서 또 한바탕 상상의 나래가 펼쳐지고 있다는 뜻이었다. 그의 눈앞에서 영화가 펼쳐졌다. 새 마멀레이드 단지와 조심스럽게 뚜껑을 여는 손, 탁신과 섞여서 다시 단지 안으로 들어간 소량의 마멀레이드, 평평하게 정리된 단지 표면과 조심스럽게 다시 닫히는 뚜껑이 보였다. 경위는 이 시점에서 상상을 멈추고 헤이 경사에게 물었다.

"마멀레이드는 예쁜 그릇에 덜어서 내놓지 않던가?"

"아뇨. 물자가 귀하던 전쟁 당시 그냥 단지째 내던 습관이 굳어져서 지금까지 이어져 내려오고 있다고 합니다."

"그럼 일이 더 쉬워졌겠군."

닐이 중얼거렸다.

헤이 경사가 덧붙여 설명했다.

"게다가 아침에 마멀레이드를 빵에 발라 먹는 사람은 포티스큐 씨뿐이라고 합니다.(원래는 퍼시벌 씨도 먹는다고 하고요.) 다른 사람들은 잼이나 꿀을 발라 먹는답니다."

닐이 고개를 끄덕였다.

"그래, 그럼 일이 아주 간단해졌겠군."

잠시 후 닐의 머릿속에서 영화가 다시 펼쳐졌다. 이번에는 아침 식사 중인 식탁이었다. 렉스 포티스큐가 마멀레이드를 한 숟가락 떠서 버터 바른 토스트 위에 발랐다. 커피에 넣는 것보다 그쪽이 훨씬 쉽고 위험 부담도 낮았다. 독극물을 먹일 수 있는 아주 간단한 방법이었다! 그런 다음에는? 또 잠시 후 이번에는 약간 흐릿한 장면이 이어졌다. 정확히 그만큼의 분량을 덜어 낸 다른 마멀레이드 단지와 바꿔치기한 문제의 마멀레이드 단지. 그리고 열린 창문. 마멀레이드 단지를 딸기나무들이 모여 있는 곳으로 힘껏 던지는 손과 팔. 누구의 것일까?

닐 경위가 사무적인 목소리로 일렀다.

"물론 성분 분석을 해 봐야겠지. 탁신이 아직 남아 있는지 말이야. 섣불리 결론을 내려서는 안 될 일이야."

"맞습니다. 그리고 지문이 있을 수도 있고요."

닐 경위가 우울한 목소리로 대답했다.

"우리가 찾는 지문은 없겠지. 글래디스와 크럼프와 포티스큐의 지문은 있겠지만. 크럼프 부인과 식료품 가게 점원 등 다른 이들의 지문도 남았을 수 있겠고. 누가 이 단지에 탁신을 넣었다면 단지 사방에 지문을 남기지 않도록 조심했겠지. 아무튼 아까도 이야기했던 것처럼 섣불리 결론을 내려서는 안 될 일이야. 이 집 식구들은 어떤 식으로 마멀레이드를 주문하고 어디에 보관한다고 하던가?"

부지런한 헤이 경사는 이미 대답을 준비해 놓았다.

"마멀레이드와 잼은 한꺼번에 6개씩 사 놓는다고 합니다. 먹던 게 거의 다 떨어지면 새 걸 사다 식료품 창고에 보관해 두고요."

"그럼 실제로 아침 식탁에 오르기 며칠 전에 준비가 끝났을 수도 있다는 얘기로군. 그리고 이 집에 살거나 쉽게 드나들 수 있는 사람이면 누구나 단지에 손을 댈 수 있었다는 뜻이고."

'이 집을 드나들 수 있는 사람'이라는 부분에서 헤이 경사는 조금 어리둥절해했다. 상사의 머릿속에서 어떤 논리가 펼쳐지고 있는지 알지 못했던 것이다.

하지만 닐 스스로는 논리적인 가정을 만들고 있었다.

만약 마멀레이드가 '진작' 준비된 거라면 운명의 그날 아침에 실제로 식사를 같이 한 사람들은 혐의를 벗을 수 있었다.

그리고 흥미롭고 새로운 가능성이 열렸다.

그는 여러 사람들과 면담할 계획을 세웠다. 이번에는 좀 다른 관점에서 접근할 생각이었다. 이를테면 열린 마음으로.

심지어 아무개 노부인이 말한 자장가도 진지하게 검토할 생각이었다. 상황이 그 자장가와 놀라울 정도로 맞아떨어지기 때문이었다. 처음부터 마음에 걸렸던, 주머니 속의 호밀과도 맞아떨어졌다.

"지빠귀라······."

닐 경위가 혼잣말을 중얼거렸다.

헤이 경사는 그런 경위의 얼굴을 빤히 쳐다보았다.

"지팡이가 아니라 마멀레이드였습니다, 경위님."

II

닐 경위는 메리 도브를 찾아 나섰다.

그녀는 1층 어느 침실에서 엘런과 함께 깨끗해 보이는 침대 시트를 걷어 내고 있었다. 깨끗한 수건 더미가 의자 위에 놓여 있었다.

닐 경위의 얼굴이 어리둥절한 표정으로 바뀌었다.

"손님이 오시나요?"

메리 도브가 미소를 지었다. 험악하고 표독스러운 표정을 짓고 있는 엘런과 달리 메리는 평소처럼 침착했다.

"사실은 그 반대예요."

닐은 묻는 눈빛으로 그녀를 쳐다보았다.

"제럴드 라이트 씨를 위해 준비했던 방이랍니다."

"제럴드 라이트? 누굽니까?"

"일레인 아가씨의 친구예요."

메리는 감정을 완전히 배제한 목소리로 말했다.

"이 집에 올 생각이었다고요? 언제요?"

"포티스큐 사장님이 돌아가신 다음 날, 골프 호텔에 짐을 풀었다고 알고 있어요."

"다음 날이라고요?"

"아가씨 말로는요."

메리의 말투는 여전히 무미건조했다.

"아가씨가 그분을 집으로 초대할 생각이라고 하기에 방을 준비해 놓았죠. 그런데…… 비극적인 사건이 2번 더 벌어졌으니…… 호텔에 그냥 있는 게 낫겠다고 결정한 모양이에요."

"골프 호텔 말입니까?"

"예."

"그렇군요."

엘런이 시트와 수건을 들고 밖으로 나갔다.

메리 도브는 묻는 듯한 눈빛으로 닐을 쳐다보았다.

"저한테 볼일 있으신가요?"

닐이 유쾌한 목소리로 말했다.

"정확한 시간을 파악해야 할 일이 생겨서 말입니다. 이 집 식구들은 하나같이 시간을 정확하게 기억하지 못하더군요. 당연한 일이죠. 그런데 도브 양은 시간에 관한 한 정확하더란 말입니다."

"그것도 당연한 일이죠!"

"맞습니다. 살인 사건으로 인해 다들…… 공황 상태에 빠진 와중에도 이 집을 이렇게 꾸려 나가는 도브 양의 솜씨는 감탄스러울 정도죠."

그는 잠깐 말을 멈추었다가 궁금하다는 듯이 물었다.

"어떻게 그럴 수가 있죠?"

닐 경위가 이 순간 잽싸게 알아차렸다시피, 메리 도브가 입고 있는 비밀의 갑옷에 빈틈이 하나 있다면 자기 능력에 대한 자부심이었다. 메리는 이제 조금 편안해진 얼굴로 대답했다.

"물론 크럼프 부부는 당장 떠나고 싶어 했죠."

"우리가 허락하지 않았을 겁니다."

"알아요. 하지만 제가 이런 얘기도 했어요. 번거로움을 덜 수 있게 도와준 사람들한테 퍼시벌 포티스큐 씨가…… 좀…… 인심을 쓸지도 모른다고요."

"엘런은요?"

"엘런은 그냥 있겠다고 했어요."

"그냥 있겠다고 했다…… 강심장이로군요."

"끔찍한 사건을 좋아하거든요. 퍼시벌 사모님처럼 끔찍한 사건을 재미있는 드라마로 생각하는 모양이에요."

"재미있군요. 퍼시벌 부인도…… 이번 비극을 흥미진진하게 받아

들였을까요?"

"아뇨, 전혀 아니죠. 너무 확대해서 해석하시네요. 그런 성격 덕분에 사모님이 잘 견디고 있다는……."

"당신은 어떻습니까?"

메리 도브가 어깨를 으쓱했다.

"유쾌한 경험은 아니었어요."

그녀의 말투는 여전히 무미건조했다.

닐 경위는 이 아가씨의 근사한 방어막을 무너뜨리고 싶은 욕망을 재차 느꼈다. 그 조심스럽고 유능한 모습 뒤에 뭐가 있는지 알고 싶었다.

하지만 그는 무뚝뚝하게 입을 열었다.

"이제…… 시간과 장소를 다시 한번 짚어 봅시다. 차를 내가기 전, 당신은 현관에서 마지막으로 글래디스 마틴을 보았고, 그게 4시 40분이었다고 했죠?"

"예, 제가 차를 내가라고 시켰어요."

"어디 있다 오는 길이었습니까?"

"2층에서요. 몇 분 전에 전화벨 소리가 들린 것 같았거든요."

"글래디스가 그 전화를 받았다고 했죠?"

"예, 잘못 걸려 온 전화였다고 했어요. 베이든 히스 세탁소를 찾는 사람이 있었나 봐요."

"그때 마지막으로 본 겁니까?"

"10분인가 뒤에 차 쟁반을 들고 서재로 들어왔을 때 봤어요."

"그런 다음 일레인 포티스큐 양이 들어왔죠?"

"예, 삼사 분 뒤에요. 저는 그때 차가 준비됐다고 알리러 퍼시벌 사모님한테 갔고요."

"평소에도 그런 식인가요?"

"아뇨. 평소에는 다들 마시고 싶을 때 마시는데…… 포티스큐 사모님이 다들 어디 있느냐고 하셨거든요. 퍼시벌 사모님이 내려오는 소리가 들린 것 같았는데…… 제가 착각한……."

닐이 말허리를 잘랐다. 새로운 정보가 튀어나왔던 것이다.

"그러니까 2층에서 누가 움직이는 소리가 들렸다는 겁니까?"

"예, 계단 꼭대기에서요. 그런데 아무도 내려오지 않기에 제가 올라갔죠. 퍼시벌 사모님은 자기 방에 있었어요. 방금 들어왔다고 하더라고요. 산책 나갔었다고……."

"산책을 나갔었다……. 알겠습니다. 그때 시각이……."

"아…… 5시가 다 됐을 거예요, 아마."

"랜슬롯 포티스큐 씨가 도착한 건…… 언제였습니까?"

"제가 다시 1층으로 내려가고 얼마 안 됐을 때였어요. 훨씬 전에 도착한 줄 알았는데……."

닐 경위가 다시 말허리를 잘랐다.

"왜 그렇게 생각했습니까?"

"층계참 창문 너머로 그분 모습을 본 것 같았거든요."

"그러니까 정원에서 말입니까?"

"예……. 누가 주목 울타리를 지나가는 게 보였어요……. 그래서 그분일 거라고 생각했죠."

"퍼시벌 포티스큐 부인에게 차 마시라고 말한 다음 내려올 때 말인가요?"

"아뇨, 그때가 아니라…… 그 전이었어요……. 처음 내려왔을 때요."

닐 경위가 그녀를 뚫어져라 쳐다보았다.

"확실합니까, 도브 양?"

"예, 확실해요. 그래서 놀랐던 거예요. 랜슬롯 도련님이 실제로 벨을 눌렀을 때 말이죠."

닐 경위는 고개를 저었다. 그는 흥분한 속마음을 들키지 않도록 애서 침착한 목소리로 말했다.

"정원에서 본 사람이 랜슬롯 포티스큐 씨일 수는 없습니다. 4시 28분에 도착 예정이었던 기차가 9분 늦었으니까요. 그러니까 베이든 히스 역에 도착한 게 4시 37분이었습니다. 그 기차는 항상 승객이 많이 타기 때문에 택시를 잡는 데 또 몇 분이 걸렸죠. 랜슬롯 씨가 역을 출발한 게 거의 4시 45분이었고(당신이 정원에서 어떤 남자를 보고 나서 5분 뒤였죠.) 역에서 여기까지는 차로 10분 거리입니다. 빨라야 5시 5분경 택시에서 내렸을 겁니다. 그러니까 랜슬롯 포티스큐 씨일 리는 없죠."

"누가 지나간 건 분명했어요."

"예, 그랬겠죠. 점점 어두워질 때였는데, 그 남자를 좀 더 자세히 볼 수는 없었을까요?"

"아뇨, 얼굴이나 그런 건 보이지 않았어요. 그냥…… 훤칠하고 호리호리한 윤곽만 보였죠. 랜슬롯 도련님이 온다고 했으니 당연히 그분일 거라고 생각했어요."

"그 남자가…… 어느 쪽으로 가고 있었습니까?"

"주목 울타리 뒤쪽을 따라서 집 동쪽으로 가고 있었어요."

"그쪽에 옆문이 하나 있죠. 항상 잠가 놓습니까?"

"밤에 문단속을 하기 전까지 열어 놓아요."

"누구라도 이 집 식구들 모르게 그 문으로 드나들 수 있겠군요."

메리 도브는 곰곰이 생각하는 눈치였다.

"예, 그럴 수 있겠네요."

그러더니 얼른 덧붙였다.

"그럼…… 제가 나중에 2층에서 움직이는 소리를 들은 건…… 그 소리를 낸 사람이 그 문으로 들어온 걸까요? 2층에 숨어 있었던 걸까요?"

"그랬던 것 같습니다."

"하지만 누가……."

"그건 아직 모르겠습니다. 고맙습니다, 도브 양."

그녀가 나가려고 등을 돌렸을 때 닐 경위가 지나가는 투로 물었다.

"그런데 지빠귀에 대해서는 뭐 하실 말씀 없나요?"

메리 도브가 그렇게 놀라는 모습을 보인 건 처음이었다. 그녀는 홱 하니 고개를 돌리면서 물었다.

"지금…… 뭐라고 하셨죠?"

"지빠귀에 대해서 아는 게 있느냐고 물었습니다."

"그러니까……."

"지빠귀요."

닐 경위는 가장 순진한 표정을 지어 보였다.

"작년 여름에 있었던 그 어이없는 사건 말인가요? 그렇지만 그게……."

그녀는 말끝을 흐렸다.

닐 경위가 유쾌한 목소리로 말했다.

"여기저기서 말들이 많은데, 당신한테 들으면 가장 정확할 것 같아서 말입니다."

메리는 곧 침착하고 노련한 평소의 모습으로 돌아왔다.

"누가 앙심을 품고 어이없는 장난을 친 적이 있어요. 이 집 서재에 있는 포티스큐 사장님의 책상에 누가 죽은 지빠귀 4마리를 올려놓은 거예요. 여름이었고 창문이 열려 있었으니 우리는 정원사 아들의 짓이라고 생각했죠. 그 아이는 그런 장난을 한 적 없다고 했지만, 그 지빠귀들은 정원사가 총으로 떨어뜨려서 과일나무에 걸어놓은 바로 그 지빠귀들이었거든요."

"그런데 그걸 누가 포티스큐 씨의 책상에 갖다 놓았다고요?"

"예."

"이유가 있었을 텐데요. 지빠귀와 관계있는 이유가요."

메리는 고개를 저었다.

"모르겠어요."

"포티스큐 씨는 어떤 반응을 보였습니까? 짜증을 내던가요?"

"당연히 짜증을 냈죠."

"당황스러워하지는 않았고요?"

"기억이 잘 안 나요."

"알겠습니다."

경위는 더 이상 아무 말도 하지 않았다. 메리 도브는 다시 한번 등을 돌렸지만, 이번에는 그의 속내를 좀 더 알고 싶어 하는 사람처럼 머뭇거리는 기색이 느껴졌다.

배은망덕한 일이었지만, 닐 경위는 마플 양 때문에 짜증이 났다. 지빠귀를 조사해 보라고 하자마자 기다렸다는 듯이 지빠귀가 등장하다니! 물론 넷 하고 스무 마리는 아니었지만, 그 정도 오차는 소위 말하는 애교였다.

그런 일이 있었던 게 무려 작년 여름이었고, 그걸 어디에 끼워 맞춰야 할지 닐 경위는 알 수 없었다. 제정신인 범인이 합당한 이유로 저지른 이 사건의 논리적이고 냉정한 수사는 포기하고 지빠귀라는 유령에 정신 팔릴 생각은 없었지만, 앞으로는 좀 더 황당한 배후가 있을지도 모른다는 가능성을 염두에 두는 수밖에 없었다.

15장

I

"포티스큐 양, 또다시 귀찮게 괴롭혀서 죄송하지만, 이 부분을 정말 분명하게 확인하고 싶어서요. 포티스큐 부인의 생전 모습을 마지막으로 본 사람이 포티스큐 양인데, 마지막에서 두 번째라고 해야 정확하겠지만요……. 응접실을 나선 게 5시 20분쯤이었습니까?"

"그쯤이었어요. 정확하게는 모르겠지만."

일레인이 변명조로 덧붙였다.

"사람이 늘 시계를 보면서 사는 건 아니잖아요."

"그럼요, 그렇죠. 다른 사람들이 모두 나가고 포티스큐 부인과 단둘이 있을 때 무슨 이야기를 나누었습니까?"

"대화 내용이 중요한 문제인가요?"

"아닐 수도 있지만, 포티스큐 부인이 무슨 생각을 하고 있었는지 파악할 수 있는 단서가 될 수도 있으니까요."

"그러니까…… 자살일 수도 있다는 말씀인가요?"

닐 경위는 일레인의 표정이 밝혀지는 걸 놓치지 않았다. 가족들 입장에서는 자살이라고 하면 아주 편할 것이다. 하지만 닐 경위는 자살일지도 모른다는 생각을 단 한 번도 해 본 적이 없었다. 그가 보기에 아델 포티스큐는 자살할 타입이 아니었다. 설령 그녀가 남편을 독살했고 범인이 조만간 밝혀질 상황이라 해도 자살할 생각조차 하지 않을 사람이었다. 살인 용의자로 법정에 서더라도 무죄 판결을 받을 거라고 자신할 사람이었다. 하지만 자살이라는 가정을 환영하는 일레인 포티스큐가 밉지 않았기 때문에 솔직하게 말했다.

"그럴 가능성이 아주 없는 건 아니죠. 자, 이제 두 분이 어떤 대화를 나누었는지 말씀해 주시겠습니까?"

"사실은 제 문제에 대해서 이야기했어요."

일레인이 머뭇거리면서 대답했다.

"포티스큐 양의 문제라면……."

경위는 다정한 표정을 지으면서 말끝을 흐렸다.

"제 친구가 이 근처로 내려왔는데, 그 친구를 우리 집에서 재워도 되느냐고 새어머니한테 물었어요."

"아하, 그 친구라는 분이 누굽니까?"

"제럴드 라이트 씨예요. 학교 선생님이고요. 지금…… 골프 호텔에 묵고 있어요."

"아주 가까운 친구겠죠?"

닐 경위는 실제보다 적어도 15살은 더 먹은 아저씨처럼 활짝 웃었다.

"조만간 근사한 소식을 기대해도 되는 겁니까?"

그는 상대방의 어색한 손놀림과 빨갛게 달아오른 얼굴을 보면서 양심의 가책을 느꼈다. 일레인은 그 작자를 정말 사랑하고 있었다.

"우리는…… 우리는 약혼을 하거나 뭐 그런 사이는 아니에요. 당장은 아무 소식도 장담할 수 없겠지만…… 뭐, 맞아요. 아마…… 결혼할 것 같아요."

"축하드립니다."

닐 경위가 유쾌한 목소리로 말했다.

"그런데 라이트 씨가 골프 호텔에 묵고 있다고요? 내려온 지는 얼마나 되었나요?"

"아버지가 돌아가셨을 때 전보를 쳤어요."

"그랬더니 당장 내려왔다? 알겠습니다."

그는 평소에 잘 쓰는 '알겠습니다.'라는 말에서 친근하고 다정한 분위기가 느껴지도록 했다.

"그분을 집으로 초대하고 싶다고 했을 때 포티스큐 부인은 뭐라고 하던가요?"

"아, 괜찮다고 했어요. 누구든 초대해도 된다고요."

"그럼 환영하셨다는 건가요?"

"환영까지는 아니고요. 뭐라고 했느냐면……."

"예, 뭐라고 하던가요?"

일레인이 또다시 얼굴을 붉혔다.

"이제 좀 더 나은 사람을 찾아도 되지 않느냐는 둥 실없는 소리를 했어요. 새어머니가 함 직한 소리였죠."

"아, 예. 식구들은 원래 그런 소리를 잘 하죠."

닐 경위가 위로하듯 말했다.

"예, 그러게요. 그런데 사람들이…… 사람들이 제럴드의 진가를 잘 모르는 것 같아요. 똑똑하고, 사람들이 좋아하지는 않지만 자유롭고 진보적인 발상을 많이 하는데."

"그래서 아버님과 사이가 안 좋았나요?"

일레인의 얼굴이 홍당무처럼 변했다.

"아버지는 편견이 심했고 너무했어요. 제럴드한테 얼마나 상처를 주셨다고요. 제럴드가 아버지의 태도 때문에 어찌나 화가 났던지 자리를 박차고 나가서 몇 주 동안 연락도 하지 않을 정도였어요."

'당신 아버지가 죽으면서 두둑한 유산을 물려받게 된 상황이 아니었다면 지금도 소식이 없었을 겁니다.'

닐 경위는 속으로 생각하면서도 겉으로는 이렇게 물었다.

"포티스큐 부인과 두 분이서 또 다른 이야기를 나눈 건 없고요?"

"예, 그게 다예요."

"그게 5시 25분쯤이었고, 포티스큐 부인은 5시 55분에 시신으로 발견됐죠. 그 30분 동안 응접실에 다시 간 적은 없습니까?"

"예."

"그 시간 동안 무얼 하셨습니까?"

"산책…… 나갔어요."

"골프 호텔로요."

"그게…… 예. 그런데 제럴드는 없었어요."

닐 경위는 다시 한번 "알겠습니다."라고 말했다. 이번에는 이제 그만 나가도 된다는 투였다.

일레인은 자리에서 일어서며 물었다.

"이제 됐나요?"

"예, 감사합니다, 포티스큐 양."

나가려는 일레인을 보면서 닐이 지나가는 투로 물었다.

"지빠귀에 대해서는 뭐 하실 말씀 없겠죠?"

일레인이 닐의 얼굴을 빤히 쳐다보았다.

"지빠귀요? 파이에 들어 있었던 거요?"

'파이 속에 넣기도 했군.'

경위가 다시 속으로 생각하면서 물었다.

"언제 그런 일이 있었습니까?"

"아! 3개월인가 4개월 전요. 아버지 책상 위에도 몇 마리 있었죠. 아버지는 화가 나서……."

"화를 냈다고요? 그러면서 질문을 퍼부으셨나요?"

"예…… 그럼요……. 하지만 범인은 못 찾았어요."

"왜 그렇게 화를 냈는지 혹시 아시나요?"

"글쎄요…… 좀 끔찍하니까 그러지 않았을까요?"

닐은 곰곰이 일레인을 쳐다보았지만 얼버무리는 기색은 전혀 느껴지지 않았다.

"아, 그럼 한 가지만 더 묻겠습니다, 포티스큐 양. 혹시 새어머니가 유언장을 만들었는지 아십니까?"

"전혀 모르겠는데요. 아마…… 만들지 않았을까요? 보통 다들 만드니까요."

"만들어야 하지만, 다들 원칙대로 하는 건 아니잖습니까. 포티스큐 양은 유언장을 만들었나요?"

"아뇨…… 전 아직……. 지금까지는 남길 만한 유산이 없어서요. 지금이야 물론……."

그녀는 이제 신분이 달라진 것을 깨달은 눈치였다.

"맞습니다. 5만 파운드면 상당한 책임이 따르죠. 그 돈으로 인해 많은 게 달라질 테니까요."

II

닐 경위는 일레인 포티스큐가 나가고 몇 분 동안 곰곰이 앞을 쳐다보며 앉아 있었다. 상상의 새로운 소재가 생긴 것이었다. 4시 35분쯤 정원에서 어떤 남자를 보았다는 메리 도브의 증언이 새로운 가능성을 제시했다. 물론 메리 도브가 사실대로 이야기했을 경우에 한정되고, 닐 경위는 누구도 사실대로 이야기하지 않는다는 가정하에 수사를 시작하는 버릇이 있었다. 하지만 아무리 생각해 봐도 메리 도브가 거짓말을 할 이유는 없었다. 정원에서 어떤 남자의 모습을 보았다는 메리 도브의 증언이 사실이라는 쪽으로 마음이 기울었다. 정황상 그녀는 이 남자가 랜슬롯 포티스큐일 거라고 생각했겠지만, 랜슬롯 포티스큐일 수 없었다. 랜슬롯 포티스큐가 아니라 키와 체격이 랜슬롯 포티스큐와 비슷한 남자였으리라. 바로 그 시각에 어떤 남자가 정원에서 남몰래 움직이고 있었다면, 주목 울타리 뒤를 기어가고 있었다면, 분명 새로운 가능성이 생기는 셈이었다.

그뿐만 아니라 그녀는 2층에서 누가 움직이는 소리도 들렸다고 했다. 그 소리는 또 다른 사실과 연결이 됐다. 아델 포티스큐의 침실 바닥에 있었던 진흙 덩어리. 닐 경위는 그 방에 있었던 고상한 분위기의 조그만 책상을 곰곰이 생각했다. 비밀 서랍이 달려 있는 게 뻔한, 예쁘장한 모조 골동품이었다. 그 서랍에는 비비안 뒤부아가 아델 포티스큐에게 보낸 편지가 3통 들어 있었다. 닐 경위는 지금까지 이 일을 하면서 이런저런 연애편지를 수도 없이 접했다. 열렬한 연애편지도 있었고, 바보 같은 것이나 감상적인 것도 있었고, 징징거리는 것도 있었다. 그런가 하면 신중한 연애편지도 있었다. 뒤부아가 보낸 편지는 가장 마지막 범주에 속했다. 이혼 법정에 증거로 제출된다 해도 단순히 정신적인 사랑을 나눈 친구가 보낸 편지로 간주될 수 있을 정도였다. 두 사람의 경우 '정신적인 사랑은 무슨 얼어 죽을!' 하는 생각이 드는 관계였지만 말이다. 닐은 편지를 발견하자마자 경시청으로 보냈다. 그 당시에는 검찰관이 판단하건대 아델 포티스큐 혹은 아델 포티스큐와 비비안 뒤부아를 고소하는 데 그 정도 증거면 충분한지 여부가 관건이기 때문이었다. 어떻게 보나 렉스 포티스큐는 아내에게 독살당한 게 분명했다. 애인의 묵인이 있었는지 없었는지는 그다음 문제였다. 아무리 신중하게 썼다 해도 그 편지를 보면 비비안 뒤부아가 그녀의 애인인 게 분명했지만, 열심히 들여다보아도 범죄를 선동하는 내용은 전혀 없었다. 말로 부추겼을지 몰라도 비비안 뒤부아는 그런 말을 편지에 쓸 만큼 허술한 사람이 아니었다.

닐 경위가 추측하건대 비비안 뒤부아는 아델 포티스큐에게 편지를 없애라고 했을 테고, 아델 포티스큐는 없앴다고 말했을 것이다.

그런데 이제 2건의 살인 사건이 추가되었다. 그것은 곧, 아델 포티스큐가 남편을 살해하지 않았다는 의미였다.

하지만 닐 경위는 새로운 가설을 따져 보았다. 아델 포티스큐는 비비안 뒤부아와 결혼하길 바랐지만, 비비안 뒤부아가 바란 것이 아델 포티스큐가 아니라 남편이 죽으면 그녀가 받게 될 10만 파운드였다면 이야기가 달라졌다. 그는 렉스 포티스큐의 죽음이 뇌졸중이나 심장 마비 같은 자연사로 처리될 거라고 짐작했을 것이다. 작년 한 해 동안 모두들 렉스 포티스큐의 건강을 걱정했으니 그럴 수 있었다. (닐 경위는 그 부분을 조사해야겠다고 속으로 다짐했다. 왠지 모르게 중요한 문제일 것 같은 예감이 들었다.) 그런데 렉스 포티스큐의 죽음이 계획대로 진행되지 않았다. 금세 독살로 판명됐고, 사용된 독극물의 이름도 나왔다.

만약 아델 포티스큐와 비비안 뒤부아가 범인이었다면 이때 두 사람은 어떤 반응을 보였을까? 비비안 뒤부아는 겁에 질렸을 테고, 아델 포티스큐는 이성이 마비되었을 것이다. 그래서 아델 포티스큐가 어리석은 짓을 저지르거나 어리석은 소리를 했을지 모른다. 뒤부아에게 전화를 걸어서 이 집 사람들 귀에 들어가면 안 되는 소리를 아무 생각 없이 지껄였을지 모른다. 그랬다면 비비안 뒤부아는 어떻게 했을까?

아직 속단하기는 이르지만, 닐 경위는 골프 호텔로 가서 뒤부아가 4시 15분에서 6시 사이에 호텔을 드나든 적 있는지 당장 알아보기로 했다. 비비안 뒤부아는 랜스 포티스큐처럼 훤칠하고 까무잡잡했다.

'그는 정원을 통해 옆문으로 들어가서 2층으로 올라간 다음 무얼 했을까? 편지를 찾아보다 없어진 걸 알아차렸을까? 아무도 없는 게 확실해질 때까지 거기서 기다리다 티타임이 끝나고 아델 포티스큐 혼자 남은 서재로 내려왔을까?'

하지만 이건 너무 앞서가는 추측이었다.

메리 도브와 일레인 포티스큐에 대한 심문은 끝났다. 이제 퍼시벌 포티스큐의 부인의 얘기를 들을 차례였다.

16장

I

 퍼시벌 부인은 2층 자기 응접실에서 편지를 쓰고 있었다. 닐 경위가 들어가자 그녀는 조금 신경질적으로 일어섰다.
 "제가 뭐…… 도울 일이라도……."
 "편히 앉으십시오, 부인. 묻고 싶은 게 몇 가지 더 있어서 온 거니까요."
 "아, 예. 그러시겠죠. 너무 끔찍하지 않나요? 정말이지 너무 끔찍해요."
 그녀는 조금 신경질적으로 안락의자에 앉았다. 닐은 등이 똑바르고 조그만 그 옆 의자에 앉았다. 그리고 예전보다 조금 더 주의 깊게 그녀의 얼굴을 관찰했다. 어떻게 보면 평범한 여자 같았다. 그리고 별로 행복해 보이지 않기도 했다. 그런데 불안해하고, 불만이 많고, 소견이 좁아 보이지만, 간호사라는 자기 직업 세계에서는 유능하고 능숙할지 모른다는 생각이 들었다. 그녀는 부잣집 도련님과의 결혼을 통해 여유를 얻었지만, 그 여유가 만족을 선물하지는 못했다. 옷을 사고, 책을 읽고, 달짝지근한 간식을 입에 달고 살았겠지만, 경위는 렉스 포티스큐가 죽은 날 밤에 소식을 듣고 몹시 흥분하던 퍼시벌 부인의 모습이 생각났고, 그 모습에서 잔인한 기쁨을 포착했다기보다 그녀의 인생을 둘러싼 권태라는 사막을 보았다. 그가 예리한 눈빛으로 바라보자 그녀의 눈꺼풀이 떨리더니 아래로 내리깔렸다. 긴장을 해서 그런 것 같기도 하고 뭔가 켕기는 구석이 있어 보이기도 했는데, 둘 중 어느 쪽인지는 알 수 없었다.

닐 경위가 부드러운 목소리로 이야기를 꺼냈다.

"저희가 여러 번 질문을 드리게 되네요. 상대하려니 귀찮으실 겁니다. 그건 알지만, 정확한 '시간'이 워낙 중요한 부분이라 그렇습니다. 차를 마시러 조금 늦게 내려가셨다고 들었습니다. 도브 양이 올라와서 불렀다고 하더군요."

"예, 맞아요. 올라와서 차가 준비됐다고 했어요. 시간이 그렇게 된 줄 몰랐어요. 편지를 쓰고 있었거든요."

닐 경위는 책상을 한 번 흘끗 쳐다보았다.

"그렇군요. 산책을 나가셨던 걸로 알고 있는데요."

"도브 양이 그러던가요? 맞다…… 지금 생각해 보니 그렇네요. 편지를 쓰다 답답하고 머리도 아파서 밖으로 나가서…… 음…… 산책을 했어요. 정원만 1바퀴 돌았죠."

"그렇군요. 누굴 만나진 않았고요?"

퍼시벌 부인은 그 소리를 듣고 닐을 빤히 쳐다보았다.

"누굴 만나다니요? 무슨 말씀이세요?"

"산책하는 동안 누굴 보았거나 누가 부인의 모습을 본 적 있느냐는 말씀입니다."

"먼발치에서 정원사를 본 게 전부예요."

그녀는 수상하다는 듯이 경위를 쳐다보았다.

"그럼 산책 후 여기 이 방으로 올라와 외투를 벗었을 때, 도브 양이 차가 준비됐다고 했습니까?"

"예, 그래서 내려갔죠."

"갔더니 누가 있던가요?"

"어머님과 일레인 아가씨가 있었고, 일이 분쯤 뒤에 서방님이 도착했어요. 케냐에서 돌아온 랜스 서방님 말이에요."

"그런 다음 다 같이 차를 마셨고요?"

"예, 다 같이 차를 마셨어요. 그런 다음 서방님은 에피 이모님을 만나러 올라갔고, 저는 쓰던 편지를 마저 쓰러 여기로 올라왔죠. 일레인 아가씨와 어머님은 남았고요."

경위는 알겠다는 듯이 고개를 끄덕였다.

"예. 포티스큐 양은 부인이 나가고 5분에서 10분 정도 더 있었던 모양이더군요. 부군께서는 아직 퇴근 전이었죠?"

"예, 퍼시…… 아니, 벌은 6시 30분인가 7시쯤 퇴근했어요. 런던에서 계속 일이 있었대요."

"기차로 퇴근했습니까?"

"예, 역에서 택시를 타고 들어왔어요."

"평소에도 기차로 출퇴근하시나요?"

"아뇨, 가끔 그래요. 주차하기가 힘든 곳들을 다닌 모양이에요. 캐넌가(街)에서는 기차로 퇴근하는 게 더 편리했겠죠."

"그렇군요."

경위는 잠시 후 다시 말을 이었다.

"부군께 포티스큐 부인이 죽기 전에 유언장을 만들었느냐고 물어본 적이 있습니다. 안 만든 걸로 알고 있다고 하시더군요. 부인은 혹시 아시는 게 있나요?"

놀랍게도 제니퍼 포티스큐는 열심히 고개를 끄덕였다.

"그럼요. 어머님은 유언장을 만들었어요. 저한테 만들었다고 했어요."

"그래요? 언제 그러시던가요?"

"얼마 전이었어요. 한 달쯤 전인가 그래요."

"그것참 재미있군요."

퍼시벌 부인은 닐 경위 쪽으로 바짝 다가앉았다. 이제는 얼굴빛이 환했다. 자기만 아는 사실이라는 걸 기뻐하는 기색이 역력했다.

"남편은 몰라요. 아무도 모르죠. 어쩌다 내가 알게 된 거예요. 문방구에 들렀다 나와서 걸어가는데, 어머님이 변호사 사무실에서 나오는 게 보이더라고요. 하이가(街)에 있는 앤셀 앤드 워럴스에서요."

"아, 지방 변호사로군요?"

"예, 내가 어머님한테 물었어요. '여긴 어쩐 일이세요?' 그랬더니 어머님은 웃으면서 '알고 싶니?' 하시더라고요. 그러고는 같이 걸어가는데, 어머님이 말했죠. '얘기해 줄게. 유언장을 만들고 있단다.' '어머, 왜요? 편찮으시거나 그런 건 아니죠?' 어머님은 아니라고, 어디 아플 리 있겠느냐고 하셨어요. 컨디션이 그보다 더 좋을 수 없다고요. 누구나 유언장을 만들어야 하니까 만든 건데, 어머님 말로는 런던에 있는 그 건방진 우리 집안 전담 변호사 빌링슬리 씨는 싫다고 했어요. 그러면 그 노인네가 몰래 내려와서 가족들한테 알릴 거라면서요. '그러면 안 되지. 내 유언장은 내가 만드는 거니까. 내 마음대로 만들어서 아무도 모르게 할 거야.' 그래서 내가 물었죠. '그럼 저도 아무한테도 이야기하면 안 되겠네요?' 어머님이 대답했어요. '이야기해도 상관없단다. 어차피 유언장 내용은 비밀이니까.' 하지만 나는 아무한테도 말 안 했어요. 심지어 남편한테도요. 여자들끼리 뭉쳐야 하는 거 아니겠어요? 안 그래요, 경위님?"

"아주 잘 하셨습니다, 부인."

닐 경위는 예의상 맞장구를 쳤다.

"나는 심술궂은 사람 아니에요. 물론 어머님을 아주 좋아하지는 않았죠. 원하는 걸 손에 넣을 수만 있다면 무슨 짓이든 상관 않을 사람이라고 생각했거든요. 그런데 이제 돌아가신 걸 보니 내가 잘못 생각했나 봐요. 가엾은 분."

"아무튼 이렇게 협조해 주셔서 정말 감사합니다, 부인."

"별 말씀을요. 뭐든 도울 수 있으면 다행이죠. 정말이지 너무 끔찍하지 않아요? 그나저나 오늘 아침에 찾아온 그 노부인은 누구세요?"

"마플 양입니다. 고맙게도 글래디스 마틴 양에 대해서 알고 있는 걸 전해 주기 위해 여기까지 찾아오셨어요. 마틴 양이 예전에 그분 집에서 일을 했던 모양입니다."

"그래요? 재미있네요."

"마지막으로 한 가지만 더 묻겠습니다, 부인. 혹시 지빠귀에 대해서 아는 게 있으십니까?"

제니퍼 포티스큐는 심하게 움찔했다. 그 바람에 핸드백이 떨어지자 그녀는 허리를 숙이고 핸드백을 주웠다.

"지빠귀요, 경위님? 지빠귀? 무슨 지빠귀요?"

조금 숨 가쁜 목소리였다. 닐 경위는 살짝 미소를 지으면서 대답했다.

"그냥 지빠귀 말입니다. 살았건 죽었건 심지어 상징적인 것이라도 상관없습니다."

제니퍼 포티스큐가 날카롭게 쏘아붙였다.

"무슨 말씀인지 모르겠네요. 대체 무슨 말씀을 하시는 건지 모르겠어요."

"그럼 지빠귀에 대해서 아는 게 아무것도 없는 겁니까?"

제니퍼가 느릿느릿 대답했다.

"작년 여름에 파이 속에 들어 있었던 걸 말씀하시는 모양인데…… 정말 한심한 장난이었죠."

"서재 책상 위에도 있었다고 하던데요. 아닌가요?"

"정말 한심하고 못된 장난이었어요. 누구한테 그 이야기를 들으셨는지 모르겠지만, 아버님은 그 때문에 화가 많이 나셨답니다."

"그냥 화만 내고 그만이었습니까? 다른 반응은 없었고요?"

"아, 이제 무슨 말씀인지 알겠어요. 그랬던 것 같아요. 예, 맞아요. 이 근처에서 낯선 사람을 본 적 있느냐고 물으셨어요."

"낯선 사람?"

닐 경위가 눈썹을 추켜세웠다.

"예, 그렇게 말씀하셨어요."

퍼시벌 부인이 변명조로 대답했다.

"낯선 사람이라……."

닐 경위가 생각에 잠긴 투로 중얼거리다 다시 물었.

"무서워하거나 그러지는 않으셨고요?"

"무서워하다니요? 그게 무슨 말씀이세요?"

"낯선 사람이 있을까 불안해하지 않으셨나, 그 말입니다."

"예, 좀 그러셨어요. 잘 기억은 안 나요. 몇 개월 전에 있었던 일이니까요. 단순히 한심하고 못된 장난 아니겠어요? 크럼프가 한 짓이겠죠. 크럼프는 정신이 나간 사람이고, 술을 마시는 게 분명해요. 가끔은 아주 건방지게 군다니까요? 아버님한테 무슨 원한을 품고 있나 싶을 때도 몇 번 있었어요. 그럴 수도 있을까요, 경위님?"

"무슨 일이든 가능하지 않겠습니까?"

닐은 이렇게 말하고 밖으로 나갔다.

II

퍼시벌 포티스큐는 런던에 있었지만, 랜슬롯은 부인과 함께 서재에 있었다. 둘은 체스를 두는 중이었다.
"끼어들어서 죄송합니다."
닐이 미안해하며 말했다.
"그냥 시간 때우려고 하던 거예요, 경위님. 맞지, 여보?"
팻이 고개를 끄덕였다.
"좀 황당한 질문이 될 수도 있겠습니다만, 지빠귀에 대해서 뭐 아는 게 있습니까, 포티스큐 씨?"
"지빠귀요? 어떤 지빠귀 말씀이세요?"
랜스가 어리둥절한 표정으로 물었다.
닐 경위는 느닷없이 푸근한 미소를 지었다.
"저도 잘 모르겠습니다. 그냥 지빠귀 이야기가 나와서요."
"이런."
랜스의 얼굴이 문득 깜짝 놀라는 표정으로 바뀌었다.
"그 옛날 지빠귀 광산 이야기는 아니겠죠?"
닐 경위가 날카롭게 물었다.
"지빠귀 광산요? 그게 뭡니까?"
랜스는 곤혹스러운 듯 미간을 찌푸렸다.
"저도 기억하는 게 많지 않아요, 경위님. 아버지가 예전에 수상한 거래를 했던 게 어렴풋이 생각나거든요. 아프리카 서안에 있는 뭐였어요. 그것 때문에 에피 이모님이 아버지를 심하게 나무란 적 있는데, 자세한 건 모르겠네요."

"에피 이모님? 램스버텀 양 말씀이신가요?"

"예."

"가서 그분께 여쭈어봐야겠군요."

닐 경위는 이렇게 말하고, 애처로운 목소리로 덧붙였다.

"그런데 좀 무서운 분이라서 그분 옆에 있으면 계속 긴장된단 말이죠."

랜스가 웃음을 터트렸다.

"맞아요. 에피 이모님은 성격이 참 강하죠. 하지만 제대로 공략하면 도움이 될 겁니다. 과거를 캐낼 때 특히 그럴 거예요. 기억력이 상당하시고, 안 좋은 기억을 들춰내는 걸 좋아하시거든요."

그는 말을 멈추었다 생각에 잠긴 투로 다시 입을 열었다.

"그러고 보니 또 한 가지가 있네요. 여기 도착하자마자 이모님을 뵈러 올라갔거든요. 그날 차를 마시자마자요. 그런데 이모님이 글래디스 이야기를 하시더군요. 살해당한 그 하녀 말입니다. 물론 그때는 죽은 줄 몰랐죠. 그런데 이모님 말로는 글래디스가 경찰한테 알리지 않은 뭔가가 분명 있다는 겁니다."

"아마도 그런 것 같은데, 이제는 영영 이야기할 수 없게 되었네요. 딱하게도."

"그러게 말입니다. 에피 이모님은 알고 있는 게 있으면 뭐든 털어놓으라고 조언을 하신 모양이던데, 그걸 듣지 않는 바람에 딱하게 됐죠."

닐 경위는 고개를 끄덕였다. 그런 다음 마음의 준비를 단단히 하고 램스버텀 양의 요새로 들어갔다. 그런데 놀랍게도 마플 양이 거기 있었다. 두 노부인은 해외 선교 이야기를 나누던 모양이었다.

"제가 자리를 비켜 드릴게요, 경위님."

마플 양이 황급히 자리에서 일어서면서 말했다.

"그러실 것 없습니다."

닐 경위가 말했다.

램스버텀 부인이 입을 열었다.

"마플 양한테 우리 집에 묵으라고 했어. 그 웃기지도 않는 골프 호텔에 돈 쓸 거 뭐 있나? 악덕 업자들이 묵는 사악한 소굴이거든. 밤새도록 술 마시고, 카드 치고……. 제대로 된 그리스도교도들이 사는 이 집에서 지내는 게 낫지. 내 방 옆에 빈 방이 하나 있어요. 선교사 메리 피터스 박사가 머물렀던 곳이랍니다."

"말씀은 정말, 정말 감사하지만, 슬픔에 젖은 가족들에게 폐를 끼치면 안 되지요."

"슬픔에 젖어요? 그 무슨 가당치도 않은 말씀을. 이 집에서 누가 렉스를 위해 울어 준답니까? 또 누가 아델을 위해 울어 준답니까? 아니면 경찰이 신경 쓰여서 그러세요? 경위, 자네가 안 된다고 할 거야?"

"아닙니다."

"그것 보세요."

"정말 감사합니다. 그럼 호텔에 전화해서 예약을 취소해야겠네요."

마플 양이 고마워하며 방을 나가자 램스버텀 부인이 경위에게 날카롭게 쏘아붙였다.

"또 뭘 알고 싶어서?"

"지빠귀 광산에 대해서 뭐 알고 계신 게 있으신가 해서요."

램스버텀 부인은 느닷없이 날카로운 폭소를 터트렸다.

"하, 그걸 알게 됐나 보군. 내가 요전에 했던 말이 힌트가 됐나? 그래, 뭘 알고 싶은데?"

"뭐든 다 말씀해 주십시오."

"알려 주고 말고 할 것도 거의 없어. 오래전 일이거든. 20년에서 25년쯤 됐나? 동아프리카의 무슨 채굴권에 얽힌 일이었어. 제부가 매켄지라는 사람하고 동아프리카에 간 적이 있었지. 같이 광산을 알아보려고 간 거였는데, 매켄지는 열병으로 거기서 죽었어. 집으로 돌아온 렉스는 소유권인지 채굴권인지, 하여간 그런 게 다 아무짝에도 쓸모없는 물건이라고 했고. 내가 알고 있는 건 그게 다야."

"알고 계신 게 좀 더 있는 것 같은데요."

닐이 설득하는 투로 말했다.

"나머지는 다 주워들은 소리야. 법원에서는 주워들은 소리를 좋아하지 않는다고 알고 있는데?"

"아직 법원으로 넘어간 게 아니지 않습니까."

"글쎄, 나는 더 이상 아무 말도 할 수 없는데? 매켄지네 집안에서 난리가 났다는 것만 알고 있거든. 렉스가 매켄지한테 사기를 쳤다

이거야. 내가 장담하건대 분명 사기를 쳤을 거야. 제부가 워낙 약삭빠르고 비양심적인 인간이었거든. 하지만 합법적인 선을 넘은 적은 없었지. 그러니 매켄지 집안에서 증거를 찾을 수가 있나. 매켄지 부인은 정서가 불안한 여자였거든. 이 집에 찾아와서 복수를 하겠다는 둥 난리도 아니었어. 렉스가 자기 남편을 죽였다면서 말이야. 신파극에나 나옴직한 한심한 짓거리였지! 살짝 제정신이 아니었던 것 같아. 그 후 얼마 안 있어 정신 병원에 입원했을 거야. 잔뜩 겁에 질린 어린아이 두세 명을 끌고 왔는데, 아이들한테 복수를 부탁하려고 데리고 왔다더군. 뭐, 그런 한심한 소리들을 늘어놓다 갔어. 내가 들려줄 수 있는 얘긴 이게 다야. 렉스가 사기를 친 게 어디 지빠귀 광산 하나뿐이겠나? 찾아보면 수도 없이 나올걸? 그런데 어쩌다 지빠귀 이야기를 알게 됐나? 매켄지 집안이랑 연관 있는 무슨 단서라도 찾은 거야?"

"매켄지 일가가 어떻게 됐는지 혹시 아십니까?"

"모르지. 렉스가 정말로 매켄지를 죽이지는 않았겠지만, 죽도록 내버려 두고 왔을 수는 있어. 하느님이 보시기엔 똑같은 짓이지만, 법 앞에서는 그렇지가 않지. 만약 그랬다면 천벌을 받은 거지. 하느님의 맷돌은 더디지만 아주 곱게 갈리거든. 이제 그만 나가 봐. 내가 들려줄 수 있는 이야기는 이게 다니까 더 이상 물어봐도 소용없어."

"그 정도라도 알려 주셔서 정말 감사합니다."

닐 경위가 말했다.

램스버텀 부인이 그의 뒤통수에 대고 외쳤다.

"그 마플 할멈 좀 다시 들여보내. 누가 성공회 신자 아니랄까 봐 사람이 가벼운 구석이 있지만, 자선 단체를 제대로 운영하는 방법을 알고 있더라고."

닐 경위는 먼저 앤셀 앤드 워럴스에, 그다음 골프 호텔에 전화를 건 다음 헤이 경사를 불러서 잠깐 자리를 비운다고 전했다.
"먼저 변호사 사무실에 들른 다음 골프 호텔로 건너갈 예정이니까 급한 일이 있으면 그쪽으로 연락하도록."
"예, 알겠습니다."
"그리고 지빠귀에 대해서 최대한 알아보도록 하고."
닐이 어깨 너머로 말하자 헤이 경사가 영문을 모르겠다는 듯이 되물었다.
"지빠귀라고요?"
"그래, 지팡이가 아니라…… 지빠귀."
"예, 알겠습니다."
헤이 경사는 여전히 어리둥절해하면서 대답했다.

17장

I

닐 경위가 만난 앤셀 씨는 남을 제압하기보다 쉽게 제압당하는 타입의 변호사였다. 조그맣고 별 볼 일 없는 법률 사무소 소속으로 자기 권리를 주장하지 않고 경찰에 최대한 협조했다.

그는 작고한 아델 포티스큐 부인을 대신해 유언장을 만들어 주었다고 시인했다. 5주쯤 전에 그녀가 회사로 먼저 연락을 해서 맡게 된 일이었다. 그의 입장에서는 조금 희한한 일이었지만, 당연히 아무 말도 하지 않았다. 그는 변호사 일을 하다 보면 희한한 일들이 종종 있기 마련이라면서, 닐 경위도 변호사로서 지켜야 할 도리와 기타 등등을 알지 않느냐고 했다. 닐 경위는 알고 있다는 뜻에서 열심히 고개를 끄덕였다. 앤셀 씨는 포티스큐 부인은 물론이고 그 집

안사람 어느 누구의 일도 맡은 적이 없다고 했다.

앤셀 씨가 말했다.

"물론 부인은 이런 일을 남편 담당 법률 사무소에 맡기고 싶지 않으셨겠죠."

거두절미하면 내용은 간단했다. 아델 포티스큐는 사망할 경우 전 재산을 비비안 뒤부아에게 남긴다는 유언장을 만들었다.

앤셀 씨가 심문하는 사람처럼 닐을 쳐다보며 말했다.

"하지만 재산이 얼마 안 되는 것 같던데요."

닐 경위는 고개를 끄덕였다. 아델 포티스큐가 유언장을 만든 시점에서는 앤셀 씨의 추측이 맞았다. 하지만 이후 렉스 포티스큐가 죽었고, 아델 포티스큐는 10만 파운드를 물려받았다. 그 10만 파운드에서 상속세를 제한 금액이 이제 비비안 에드워드 뒤부아의 차지였다.

II

골프 호텔에 도착했더니 비비안 뒤부아가 초조하게 닐 경위를 기다리고 있었다. 뒤부아는 떠나려고 짐까지 다 싸 놓았을 때 잠깐 있어 달라고 정중하게 요청하는 닐 경위의 전화를 받았다. 닐은 상당히 미안해하면서 밝은 목소리로 말했다. 하지만 상투적인 표현의 이면을 들여다보면 그것은 요청이 아니라 명령이었다. 비비안 뒤부아는 이의를 제기했지만, 형식적인 수준에 그쳤다.

이제 닐 경위와 마주한 뒤부아가 말했다.

"닐 경위님, 여기 계속 있어 달라는 게 얼마나 무리한 요구인지 알아주셨으면 합니다. 사업상 정말 급하게 처리해야 할 일들이 있어요."

"사업을 하시는 줄 몰랐습니다, 뒤부아 씨."

닐 경위가 넉살 좋게 말했다.

"겉으로는 다들 한가해 보일지 몰라도 요즘 같은 때 정말로 한가한 사람이 있겠습니까?"

"포티스큐 부인의 사망 소식을 듣고 아주 충격을 받으셨겠습니다, 뒤부아 씨. 두 분이 절친한 사이 아니었던가요?"

"맞습니다. 아주 매력적인 여자였죠. 둘이서 상당히 자주 골프를 쳤습니다."

"보고 싶으시겠습니다."

뒤부아가 한숨을 내쉬었다.

"예, 맞습니다. 정말 끔찍하고 끔찍한 사건이죠."

"부인이 사망한 날 오후에 전화를 하셨죠?"

"그랬나요? 생각이 안 나는군요."

"4시쯤에 하신 걸로 알고 있는데요."

"예, 그런 것 같습니다."

"어떤 이야기를 나누었는지 기억이 안 나십니까, 뒤부아 씨?"

"별로 중요한 내용은 없었습니다. 기분이 어떠냐고 물었고, 남편의 사건과 관련해서 새로운 소식 있느냐고 했죠. 상투적인 안부 전화였어요."

"그렇군요."

닐 경위가 다시 덧붙였다.

"그런 다음 산책을 나가셨나요?"

"아…… 예…… 예……. 그런 것 같습니다. 사실 산책이 아니라 골프를 몇 홀 쳤습니다."

닐 경위는 조용한 목소리로 말했다.

"아닐 텐데요, 뒤부아 씨……. 그날은 골프를 치지 않으셨을 텐데요……. 이 호텔 포터가 주목 오두막집 쪽으로 걸어가는 뒤부아 씨를 봤다고 말했습니다."

뒤부아는 경위의 눈을 쳐다보다 다시 신경질적으로 시선을 돌렸다.

"기억이 안 납니다."

"포티스큐 부인을 만나러 가신 건 아니고요?"

이 말에 뒤부아가 날카롭게 쏘아붙였다.

"아뇨, 그럴 리가요. 그 집 근처에는 절대 가지 않았어요."

"그럼 어디 가셨습니까?"

"그게…… 스리 피전스까지 걸어갔다가 되돌아 나와서 골프장을 따라 걸어왔습니다."

"주목 오두막집에 가지 않은 게 분명한가요?"

"분명합니다, 경위님."

경위는 고개를 저었다.

"이러지 마세요, 뒤부아 씨. 저희한테 솔직하게 털어놓는 게 좋습니다. 아주 순수한 이유에서 그 집에 가셨을 수도 있는 거 아닙니까."

"그날 포티스큐 부인을 만나러 가지 않았다니까요?"

경위가 자리에서 일어서며 밝은 목소리로 말했다.

"아무래도 진술서를 작성해야 될 것 같네요. 변호사와 동석하여 진술하실 권리가 있고, 또 그렇게 하는 편이 더 좋다는 걸 미리 알려 드립니다."

뒤부아의 얼굴에서 핏기가 가시면서 아픈 사람처럼 퍼렇게 변했다.

"지금 협박하는 겁니까? 협박하는 거예요?"

"아뇨, 아뇨, 그럴 리가요."

닐 경위는 충격을 받은 목소리였다.

"저희는 협박 같은 걸 할 수 없습니다. 오히려 정반대죠. 뒤부아 씨에게 어떤 권리가 있는지 알려 드리는 겁니다."

"나는 이 사건과 아무 상관 없어요! 아무 상관이 없다고요!"

"솔직히 인정하세요, 뒤부아 씨. 그날 4시 30분쯤 주목 오두막집에 가지 않으셨습니까. 창밖을 내다보다 선생을 목격한 사람이 있어요."

"그냥 정원에 간 겁니다. 집 안에는 들어가지 않았어요."

"그런가요? 확실합니까? 옆문으로 들어가서 2층에 있는 포티스큐 부인의 드레스룸에 가지 않으셨습니까? 그 방 서랍에서 뭘 찾으려고요."

"그게 그쪽으로 넘어갔군요."

뒤부아가 부루퉁하게 말했다.

"그럼 그 바보 같은 아델이 가지고 있었던 모양이네요. 태우겠다고 해놓고 말이죠. 하지만 경위님이 오해하시는 그런 편지는 아닙니다."

"포티스큐 부인과 '절친한' 사이였다는 걸 부인하는 건 아니죠, 뒤부아 씨?"

"예, 그럼요. 그 편지도 보셨는데 어떻게 그걸 부인하겠습니까? 다만, 사악한 의미를 부여하지는 말아 달라는 겁니다. 우리는…… 아니, 아델은…… 렉스 포티스큐를 없앨 생각을 한 적이 단 한 번도 없었습니다. 하느님께 맹세하지만, 나는 그런 사람이 아니에요!"

"하지만 포티스큐 부인은 그런 여자일 수 있지 않을까요?"

"그런 말도 안 되는 소리를! 아델도 살해당하지 않았던가요?"

비비안 뒤부아가 큰 소리로 울부짖었다.

"아, 그렇죠, 그렇죠."

"아델도 남편을 살해한 범인에게 살해당했다고 생각해야 맞는 거 아닌가요?"

"그럴지도 모르죠. 정말 그럴지도 모릅니다. 하지만 다른 가능성도 있습니다. 예를 들면…… 이건 정말 가정입니다만, 포티스큐 부인이 남편을 없앤 뒤 어떤 사람에게 위험한 존재가 되었을 수도 있죠. 부인의 범행을 돕지는 않았지만, 옆에서 부추기고, 일종의 '동기'를 제공한 사람이 있다면 그 사람에게 부인은 위험한 존재가 될 수 있죠."

뒤부아는 말을 더듬었다.

"서, 서…… 설마 나를 범인으로 모는 건가요? 아니, 아니, 그러면 안 되는 겁니다."

"부인은 유언장을 만들었습니다. 전 재산을 선생한테 남긴다고 했어요. 전 재산을요."

"돈은 필요 없습니다. 단 한 푼도 필요 없습니다."

"물론 얼마 되지는 않습니다. 보석에 모피코트가 좀 있겠지만, 현금은 얼마 없을 겁니다."

뒤부아는 입을 떡 벌리고 닐 경위를 멀뚱멀뚱 쳐다보았다.

"하지만 남편이……."

그는 하려던 말을 얼른 멈추었다.

"알고 계셨습니까, 뒤부아 씨?"

이제 닐 경위의 목소리는 싸늘하기 짝이 없었다.

"이것 참 재미있네요. 렉스 포티스큐의 유언장 내용을 알고 계신가 했더니……."

III

닐 경위가 골프 호텔에서 두 번째로 만난 사람은 제럴드 라이트 씨였다. 제럴드 라이트 씨는 호리호리하고 지적이며 아주 훌륭한 청년이었다. 그리고 닐 경위는 그와 비비안 뒤부아의 체격이 비슷하다는 걸 간파했다.

"어쩐 일로 오셨습니까, 닐 경위님?"

제럴드 라이트가 물었다.

"정보를 좀 얻을 수 있을까 해서요, 라이트 씨."

"정보요? 제게서 말입니까? 참 뜻밖의 말씀이네요."

"주목 오두막집에서 최근 벌어진 일들과 관련하여 여쭈어보려는 겁니다. 그 집에서 어떤 일들이 벌어졌는지는 물론 들으셨겠죠?"

닐 경위는 약간 빈정거리는 투로 물었다. 라이트는 거만한 미소를 지었다.

"들은 정도가 아니죠. 요즘 신문에서는 온통 그 이야기뿐이니까요. 이 나라 언론은 어찌나 피에 굶주려 있는지! 무슨 시대가 이렇습니까? 한쪽에서는 원자 폭탄을 만들고, 또 한쪽에서는 잔인한 살인 사건을 앞다투어 보도하며 즐거워하고! 참…… 물어볼 게 있다고 하셨죠. 뭘 물어보시겠다는 건지 전혀 모르겠네요. 주목 오두막집 사건에 대해서 저는 아는 게 아무것도 없습니다. 렉스 포티스큐 씨가 살해되었을 때 저는 맨 섬에 있었어요."

"그 직후 이곳으로 내려왔다면서요, 라이트 씨? 일레인 포티스큐 양의 전보를 받고요."

"이 나라 경찰은 참 모르는 게 없네요. 예, 일레인이 전보를 보냈습니다. 그래서 당장 내려왔죠."

"그리고 두 분은 조만간 결혼할 생각이고요."

"그렇습니다, 닐 경위님. 이의가 없으셨으면 좋겠습니다."

"그거야 포티스큐 양이 알아서 할 일이죠. 두 분이 가까운 사이로 지낸 지 꽤 됐다고 들었습니다. 6개월인가 7개월 전부터였나요?"

"맞습니다."

"두 분은 결혼을 약속하셨죠. 포티스큐 씨는 두 분 사이를 인정하지 않으면서 라이트 씨에게 말하길, 딸이 자기 반대에도 불구하고 결혼을 강행하면 땡전 한 푼도 줄 수 없다고 했습니다. 그 말을 듣고 당신은 결혼 약속을 파기한 채 떠나 버렸고요."

제럴드 라이트는 딱하다는 듯 미소를 지었다.

"설명을 참 투박하게 하시네요, 닐 경위님. 저는 사실 정치적인 입장 때문에 불이익을 감수한 겁니다. 렉스 포티스큐는 최악의 자본주의자였어요. 저는 정치적인 신념과 확신을 돈과 맞바꿀 수 없었던 거예요."

"하지만 5만 파운드를 상속받은 여자와 결혼하는 건 아무 거리낌이 없고요?"

제럴드 라이트는 슬그머니 흡족한 미소를 지었다.

"전혀 없습니다. 지역 사회의 이익을 위해서 그 돈을 쓸 거니까요. 하지만 제 경제적인 상황이나 정치적인 신념에 대해 의논하려고 여기까지 오신 건 아닐 텐데요?"

"맞습니다, 라이트 씨. 사실 관계를 확인하러 왔습니다. 아시다시피 아델 포티스큐 부인은 11월 5일 오후에 청산가리 중독으로 사망했죠. 그런데 라이트 씨가 그날 오후 주목 오두막집 근처에 있었으니 단서가 될 만한 무언가를 목격하거나 들은 게 없는지 궁금해지더군요."

"무슨 근거로 제가 그 시각에 주목 오두막집 근처에 있었다고 생각하시는 건가요?"

"그날 오후, 라이트 씨는 4시 15분에 이 호텔을 나섰습니다. 그러고는 주목 오두막집 쪽으로 걸어갔죠. 그러니까 주목 오두막집으로 가지 않았을까 생각한 겁니다."

"가 볼까 싶었지만, 쓸데없는 짓이라는 생각이 들더군요. 미스 포티스큐, 그러니까 일레인과 6시에 호텔에서 만나기로 이미 약속이 되어 있었으니까요. 큰길에서 갈라져 나온 오솔길을 따라 걷다 6시가 되기 직전에 골프 호텔로 돌아왔습니다. 그런데 일레인은 약속 장소에 나오지 않았습니다. 그런 상황이었으니 있을 법한 일이었죠."

"걷는 동안 만난 사람이 있었나요?"

"큰길로 차는 몇 대 지나갔지만, 아는 사람을 만난 적은 없습니다. 오솔길이 비포장 진창길이라 차가 다니기엔 적합하지 않았고요."

"그러니까 4시 15분에 호텔을 나서 6시에 돌아올 때까지 어디에 있었는지, 라이트 씨의 주장 말고는 아무런 증거가 없는 셈이로군요?"

제럴드 라이트는 여전히 거만한 미소를 지었다.

"저희 두 사람 입장에서는 난처한 일이지만, 그렇게 되었네요."

"그런데 층계참에 달린 창문을 통해 4시 35분쯤 주목 오두막집 정원에서 라이트 씨를 목격했다는 사람이 있으면……."

닐 경위는 차분하게 말을 하다 말고 멈추었다.

제럴드 라이트가 눈썹을 추켜세우고 고개를 저었다.

"그 시각이면 사방이 제법 컴컴했을 텐데요, 누구인지 알아볼 수 없었을 겁니다."

"이 호텔에 같이 묵고 있는 비비안 뒤부아 씨를 아십니까?"

"뒤부아…… 뒤부아? 아뇨, 모르는 사람인데요. 스웨이드 구두를 좋아하는, 그 키가 크고 까무잡잡한 남자분 말씀인가요?"

"맞습니다. 그분도 그날 오후에 산책을 나갔고, 주목 오두막집을 지나갔다고 합니다. 혹시 길에서 마주치셨나요?"

"아뇨, 그런 적 없는데요."

제럴드 라이트는 만난 이래 처음으로 살짝 당황한 표정을 지었다. 닐 경위는 생각에 잠긴 투로 중얼거렸다.

"산책을 할 만큼 화창한 날씨도 아니었는데, 더군다나 해가 진 뒤 진흙길이라니…… 어쩌면 다들 그렇게 기운이 넘치는지 모르겠군요."

IV

닐 경위가 주목 오두막집으로 돌아가니 잔뜩 신이 난 헤이 경사가 그를 맞이했다.

"지빠귀에 대해서 알아냈습니다, 경위님."

"알아냈다고?"

"예, 파이 속에 들어 있었던 거랍니다. 일요일 저녁때 먹으려고 남겨 둔 파이였대요. 식료품 창고인가 어딘가에 있던 그 파이를 누가 슬쩍해서 껍질을 뜯고, 안에 들어 있던 송아지 고기와 햄을 들어낸 다음 뭘 넣었는지 아십니까? 정원사의 헛간에 매달려 있던 냄새 지독한 지빠귀를 넣었답니다. 정말 고약한 장난을 친 거죠."

"이건 왕 앞에 차릴 만한 진수성찬⋯⋯."

닐 경위는 혼잣말로 중얼거리고, 그의 뒤통수를 멀뚱멀뚱 쳐다보는 헤이 경사를 뒤로한 채 발걸음을 옮겼다.

18장

I

"잠깐만 기다리렴. 이번 페이션스가 거의 다 끝나가고 있으니까."
 램스버텀 부인은 이렇게 말하면서 킹과 그 밑에 딸린 거추장스러운 녀석들을 빈 자리로 옮기고, 검은색 8 밑에 빨간색 7을 붙이고, 위 칸에 스페이드 4, 5, 6을 쌓고, 몇 장의 카드를 재빠르게 이리저리 옮긴 다음 흡족한 표정으로 한숨을 쉬면서 의자에 등을 기댔다.
"더블 제스터였어. 잘 안 나오는 건데."
 그녀는 흡족한 표정으로 의자에 몸을 파묻은 채 벽난로 옆에 서 있는 여자를 흘끗 쳐다보았다.
"그러니까 네가 랜스 안사람이라고?"
 램스버텀 부인의 방으로 불려 온 팻이 고개를 끄덕였다.

"예."

"키가 크구나. 건강해 보이고."

"예, 아주 건강해요."

램스버텀 부인이 흡족한 듯 고개를 끄덕였다.

"퍼시벌 안사람은 핏기가 없지. 군것질을 너무 많이 하고 운동을 안 해서 그래. 아무튼 앉거라, 애야. 앉아. 우리 조카는 어디서 만난 게냐?"

"친구들과 같이 케냐에 있었을 때 거기서 만났어요."

"결혼한 적이 있다고?"

"예, 2번요."

램스버텀 부인이 힘차게 코를 쿵쿵거렸다.

"이혼이겠지?"

"아뇨."

대답하는 팻의 목소리가 살짝 떨렸다.

"둘 다…… 사별이었어요. 첫 남편은 전투기 조종사였는데 전사했어요."

"그리고 두 번째 남편은? 잠깐, 누구한테 들은 것 같은데……. 총으로 자살했다 그러지 않았나?"

팻이 고개를 끄덕였다.

"너 때문이었니?"

"아뇨, 제 탓이 아니었어요."

"기수였다고 들었는데."

"예."

"나는 평생 경마장에 가 본 적이 없단다. 판돈을 걸고 카드 치고…… 이런 게 다 악마의 수작이야!"

팻은 아무 말도 하지 않았다.

"나는 극장이나 영화관도 가지 않는단다. 요즘 세상은 어찌나 사악한지. 온갖 몹쓸 짓들이 이 집안에서 벌어졌지만, 하느님이 심판을 내리셨지."

팻은 이번에도 뭐라 대답할 말이 없었다. 에피 이모님이 제정신인가 싶다가도 날카로운 눈빛만큼은 조금 당황스러웠다.

"네가 결혼한 이 집안에 대해서는 얼마나 알고 있니?"

"사람들이 보통 결혼할 때 아는 만큼요."

"흠. 의미심장하구나, 의미심장해. 아무튼 이것만은 알아 두렴. 내 동생은 바보였고, 제부는 악당이었고, 퍼시벌은 고자질쟁이고, 너와 결혼한 랜스는 항상 이 집안의 골칫거리였어."

"제가 보기에는 다 말도 안 되는 소리인 것 같은데요."

팻이 씩씩하게 받아쳤다.

이 말을 듣고 노부인은 뜻밖의 반응을 보였다.

"네 생각이 맞을지도 모르지. 사람들한테 꼬리표를 붙이면 안 되는 거니까. 하지만 퍼시벌을 과소평가하면 안 된다. 착하다는 꼬리표가 달린 사람들은 멍청할 거라고 생각하기 쉬운데, 퍼시벌은 전혀 멍청한 아이가 아니야. 겉 다르고 속 다른 아이지. 나는 퍼시벌을 아낀 적이 한 번도 없었단다. 오해하지는 말거라. 랜스도 못미덥고 못마땅하기는 마찬가지니까. 하지만 그 아이한테는 어쩔 수 없이 마음이 끌려……. 랜스는 무모한 아이란다. 예전부터 늘 그랬지. 너무 도를 넘지 않도록 네가 잘 보살펴 주어야 한다. 그 아이한테도 퍼시벌을 과소평가하지 말라고 전해 주렴. 퍼시벌이 하는 이야기를 믿지 말라고. 이 집에는 거짓말쟁이들만 살거든."

램스버텀 부인은 말을 마치고, 흡족한 표정으로 덧붙였다.

"불과 유황이 그 인간들 몫이 될 게다."

II

닐 경위는 런던 경시청과의 통화를 마무리하는 중이었다.

수화기 너머에서 부청장이 말했다.

"여러 사설 요양소에 연락을 돌리면 자네가 원하는 그 정보를 찾을 수 있을 거야. 물론 죽었을 수도 있지만."

"그렇죠. 아주 오래전 일이니까요."

'오래된 죄는 그림자가 길다.' 램스버텀 부인은 무슨 힌트라도 주려는 사람처럼 의미심장한 표정으로 그렇게 말했었다.

"가설은 아주 그럴듯한데."

"잘 모르겠습니다. 하지만 무시할 수가 없어서요. 맞아떨어지는 부분이 너무 많……."

"그래…… 그래……. 호밀…… 지빠귀…… 그 사람의 이름……."

"다른 쪽도 알아보고 있습니다. 뒤부아나 라이트가 범인일지도 모르죠. 둘 중 한 사람이 옆문 밖에 있는 걸 본 글래디스가 현관에 쟁반을 내려놓고 누가 거기서 뭘 하는지 보러 나갔는데…… 범인이 그 자리에서 목을 조른 다음 빨랫줄이 있는 곳까지 시신을 옮기고 코에 빨래집게를……."

"제정신 박힌 작자의 소행이 아니야! 몹쓸 짓이기도 하고."

"예, 맞습니다. 마플 양도 그 부분에 대해서 심란해하더군요. 마플 양은 인정 많고 아주 예리한 노부인입니다. 램스버텀 양의 권유로 이 집에서 머물고 있는데, 조만간 온갖 내막을 알아낼 겁니다."

"다음 계획은 뭔가?"

"런던 변호사들과 만날 약속을 잡아 놓았습니다. 렉스 포티스큐의 사업에 대해 좀 더 알고 싶어서요. 그리고 오래된 이야기이기는 하지만, 지빠귀 광산에 대해서도 좀 더 알아보고 싶습니다."

III

빌링슬리, 호스소프 앤드 월터스의 빌링슬리 씨는 겉보기에만 사교적인 성격이고 사실은 아주 진중한 남자였다. 그런데 두 번째로 만나는 자리에서는 지난번보다 진중함이 덜했다. 주목 오두막집에서 벌어진 삼중 살인 사건 때문에 변호사로서의 자세를 잠시 망각한 듯했다. 그는 경찰한테서 최대한 많은 정보를 알아내려고 몸이 달아 있었다.

"참으로 엄청난 일입니다. 정말 엄청난 일이지요. 제 변호사 인생을 통틀어 이런 사건은 처음입니다."

"솔직히 말씀드리자면 받을 수 있는 도움을 총동원해야 하는 상황입니다."

"저는 믿으셔도 됩니다. 어떤 식으로든 도움을 드릴 수만 있으면 좋겠습니다."

"먼저, 작고하신 포티스큐 씨와 그분의 회사에 대해서 얼마나 알고 계신지 여쭤어 봐도 될까요?"

"렉스 포티스큐하고는 잘 아는 사이죠. 알고 지낸 기간이 에, 또…… 16년이나 되니까요. 그렇다고 렉스 포티스큐가 저희 사무소에만 일을 맡긴 건 절대 아니고요."

닐 경위가 고개를 끄덕였다. 그건 이미 알고 있는 사실이었다. 빌링슬리, 호스소프 앤드 월터스는 이를테면 렉스 포티스큐가 간판으로 내세운 법률 사무소였다. 떳떳하지 못한 일은 덜 양심적인 몇 군데 다른 사무소에 맡겼다.

빌링슬리가 말했다.

"뭘 알고 싶으십니까? 유언장에 대해서는 이미 말씀드렸죠. 퍼시벌이 잔여 재산 상속자라고요."

닐 경위가 말했다.

"이번에는 미망인의 유언장이 궁금해서요. 포티스큐 씨가 사망하면 미망인이 10만 파운드를 유산으로 받기로 되어 있죠?"

빌링슬리가 고개를 끄덕였다.

"상당한 금액이죠. 경위님에게만 살짝 알려 드리는 건데, 그 금액을 마련하려면 회사에서 골치 깨나 아플 겁니다."

"회사가 잘 안 되는 모양이죠?"

"솔직히 우리끼리 이야기지만, 지난 1년 반 동안 파산 직전이었죠."

"무슨 이유라도 있습니까?"

"있다마다요. 렉스 포티스큐가 원인 제공자였죠. 지난 1년 동안 제정신이 아니었거든요. 이쪽에서 탄탄한 주식을 팔고, 그걸로 다른 쪽에서 위험한 회사를 매입하고, 아주 이상한 허풍을 떨고……. 충고를 해도 듣질 않았어요. 아들인 퍼시벌이 저를 찾아와서 아버지 좀 어떻게 해 달라고 할 정도였습니다. 자기가 설득하려다 내쳐진 모양이더군요. 저도 할 만큼 했습니다만, 포티스큐가 들으려고 해야 말이죠. 다른 사람이 된 것처럼 느껴질 정도였습니다."

"하지만 의기소침하지는 않았죠?"

"그럼요. 정반대였죠. 아주 당당한 허풍선이었죠."

닐 경위는 고개를 끄덕였다. 짐작했던 바가 더욱 확실해졌다. 포티스큐 부자가 갈등을 일으킨 몇 가지 이유를 이제 알 것 같았다. 빌링슬리는 하던 이야기를 계속했다.

"하지만 부인의 유언장에 대해서는 저한테 물어도 소용없습니다. 제가 만들지 않았으니까요."

"예, 저도 알고 있습니다. 부인한테 남길 유산이 있었다고 확답을 받으려는 겁니다. 그 10만 파운드 말이죠."

빌링슬리가 세차게 고개를 저었다.
"아뇨, 아뇨. 잘못 알고 계셨네요."
"그럼 살아 있는 동안에만 그 10만 파운드를 쓸 수 있는 겁니까?"
"아뇨…… 아닙니다……. 그런 제약은 없습니다. 하지만 유증(遺贈)을 좌우하는 조항이 하나 있죠. 남편 사후 1개월 동안 생존해 있어야 유산을 물려받을 수 있다는 조항입니다. 요즘 상당히 보편화된 조항인데, 비행기 여행이 워낙 불안하다 보니 생긴 겁니다. 부부가 항공기 사고로 사망했을 경우 누가 먼저 죽었는지 밝히기가 무척 힘들고, 그로 인해 여러 가지 희한한 문제들이 생기니까요."
닐 경위는 빌링슬리를 멀뚱멀뚱 쳐다보았다.
"그럼 아델 포티스큐는 10만 파운드의 유산을 남기지 못하는 거네요. 그럼 그 돈은 어떻게 됩니까?"
"회사로 귀속됩니다. 아니, 잔여 재산 상속자한테 돌아간다고 하는 게 더 정확한 표현이겠네요."
"그리고 잔여 재산 상속자가 퍼시벌 포티스큐 씨죠."
"맞습니다. 그러니까 퍼시벌 포티스큐가 받게 됩니다. 요즘 회사 돌아가는 상황으로 봐서는 그 돈이 필요할 겁니다!"
빌링슬리는 아무 생각 없이 마지막 말을 덧붙였다.

IV

"경찰들은 정말 별걸 다 알고 싶어 한단 말이지."

닐 경위의 의사 친구가 하는 말이었다.

"밥, 그러지 말고 속 시원히 좀 말해 봐."

"그래, 우리 둘밖에 없으니 증언으로 쓰일 걱정은 없겠지! 그런데 자네 짐작이 맞아. '정신병성 진행 마비'라고 하는 병이야. 가족들도 그 병이 아닐까 싶어서 병원으로 데려오려고 했는데, 그 사람이 절대 말을 듣지 않았지. 자네가 말한 그런 증상들이 나타나는 병이야. 판단력을 잃고, 과대망상에 빠지고, 짜증과 분노가 폭발하고, 허풍이 심해지고, 자기가 금융계의 천재가 된 것 같은 착각에 빠지고……. 그런 병에 걸리면 탄탄했던 회사를 금세 파산 직전으로 몰고 갈 수 있지. 말려야 하는데…… 그게 또 쉽지 않아. 그 사람이 자네 속셈을 뻔히 알고 있는 경우에는 더더군다나 쉽지 않지. 차라리 돌아가신 게 자네 친구들에게는 다행스러운 일이었다고 할까?"

"내 친구가 아니야."

닐은 이렇게 말하고, 예전에도 한 번 했던 말을 반복했다.

"다들 밉상이지……."

19장

주목 오두막집 응접실에 포티스큐 가족이 전부 다 모였다. 퍼시벌 포티스큐가 벽난로 선반에 기대고 서서 식구들한테 이야기했다.

"다 좋은데, 현재 상황이 불만이야. 경찰이 들락날락하면서 우리한테는 아무 말도 하지 않잖아. 무슨 조사를 하는 모양이지만, 그동안 모든 게 정지 상태라는 게 문제지. 계획을 세울 수도 없고, 미래를 계획할 수도 없고."

"남을 배려할 줄 모르고 아주 몰상식하고요."

제니퍼가 말했다.

"아직까지 아무도 집 밖 출입을 못하도록 금지시켜 놓은 모양인데, 그래도 우리들끼리 앞으로의 계획을 세워야 하지 않을까 싶어. 너는 어때, 일레인? 이름이 뭐더라? 제럴드 라이트? 그 사람하고 결혼할 생각이지? 언제쯤 할지 정했어?"

"최대한 빨리 하려고."

일레인의 말을 듣고 퍼시벌이 미간을 찌푸렸다.

"그럼 한 6개월 내로?"

"아니. 왜 6개월씩이나 기다려야 돼?"

"그래야 사람들이 손가락질하지 않지."

"말도 안 돼. 한 달, 우리가 기다릴 수 있는 기간은 최대 한 달이야."

"좋을 대로 하시지. 결혼하면 어쩔 생각인데?"

"학교를 지을까 해."

퍼시벌이 고개를 저었다.

"요즘 같은 때에는 위험 부담이 너무 커. 집안에 일손도 딸리지, 제대로 된 교직원 구하기도 어렵지……. 귀가 솔깃한 건 이해해. 하지만 내가 너라면 다시 한번 생각해 보겠다."

"우리도 생각이 있어서 시작하는 일이야. 제럴드는 제대로 된 교육에 이 나라의 미래가 걸려 있다고 생각하거든."

"난 모레 빌링슬리 씨를 만날 예정이야. 둘이서 금전적인 문제들을 이것저것 의논했어. 빌링슬리 씨는 물려받은 유산을 너와 네 아이들 앞으로 신탁에 맡기는 게 어떻겠느냐고 하더라. 요즘 같은 때 아주 안정적인 투자지."

"싫어. 학교를 지으려면 돈이 필요하거든. 아주 괜찮은 집이 매물로 나왔다고 들었어. 콘월에 있는데, 근사한 부지에 집도 제법 괜찮대. 상당히 증축을 해야겠지. 여기저기 신관을 짓고."

"그러니까…… 그러니까 회사에는 전혀 투자하지 않겠다는 거야?

일레인, 그건 현명한 생각이 아니야."

"회사에 투자하는 것보다 그쪽이 훨씬 현명한 생각일 것 같은데? 여기저기서 사업이 망해 가고 있다며. 아버지가 돌아가시기 전에 오빠 입으로도 말했잖아. 상황이 점점 안 좋아지고 있다고."

"원래 그런 소리도 하고 그런 거야."

퍼시벌이 애매하게 말했다.

"하지만 그 돈을 다 학교 부지를 사고 시설을 갖추고 운영하는 데 투자하는 건 어리석은 생각이야. 실패하면 어쩔래? 땡전 한 푼 안 남게 되잖아."

"성공할 거야."

일레인은 고집을 꺾지 않았다.

"나도 네 생각에 찬성이야."

의자에 대자로 누워 있던 랜스가 용기를 북돋워 주었다.

"한번 저질러 봐, 일레인. 내 생각에는 끝장나게 희한한 학교가 될 것 같지만 그게 너…… 아니, 너하고 제럴드가 원하는 거잖아. 돈을 몽땅 날리더라도 하고 싶은 일을 했다는 만족감은 남을 테고."

"랜스, 너다운 소리다."

퍼시벌이 신랄하게 비꼬았다.

"알아, 알아. 나는 낭비벽이 있는 탕자지. 그래도 형보다는 내가 인생을 더 재미있게 살았다고 생각하는데?"

"재미의 기준이 뭔가에 따라 다르겠지."

퍼시벌이 싸늘하게 대꾸했다.

"그럼 어디 네 계획이나 들어 보자, 랜스. 다시 케냐로 돌아가든지, 아니면 캐나다로 가든지……. 그것도 아니면 에베레스트산을 오르든지 뭐 그런 아주 황당한 짓을 벌일 생각이겠지?"

"왜 그렇게 생각하는데?"

"네게는 영국에서의 정착 생활이 안 맞잖아."

"사람은 나이가 들면 변하는 법이야. 정착도 하게 되고. 형, 그거 알아? 나도 진지한 사업가가 되어 볼까 하는데……."

"그럼……."

"형하고 같이 일해 보고 싶다고."

랜스는 이렇게 말하면서 씩 웃었다.

"아, 물론 사장은 형이지. 형이 알짜를 차지하고 있잖아. 난 힘없는 부사장이지, 뭐. 하지만 나도 소유권이 있으니까 형이랑 같이 일할 권리가 있는 거 아냐?"

"어…… 그럼, 물론이지. 그런 식으로 따지면 말이야. 하지만 장담하건대 아주, 아주 따분할 거다."

"궁금해. 따분하지도 않을 것 같고."

퍼시벌은 미간을 찌푸렸다.

"진심으로 사업을 해 보겠다는 거야?"

"거들겠느냐고 묻는 거야? 응, 맞아."

퍼시벌이 이번에는 고개를 저었다.

"너도 알게 되겠지만, 지금 상황이 정말 안 좋아. 일레인이 자기 유산을 달라고 하면, 그거 마련하는 것만 해도 버거울 지경이야."

그 소리를 듣고 랜스가 말했다.

"그것 봐, 일레인. 아직 돈이 남아 있을 때 유산을 챙기겠다고 한 게 얼마나 현명한 판단이었는지 알겠지?"

"랜스, 그런 농담은 거슬린다."

퍼시벌이 화가 난 목소리로 말했다.

"그러게요. 서방님, 말씀을 좀 조심하셔야겠어요."

제니퍼가 말했다.

팻은 약간 떨어진 창가에 앉아서 그들을 한 사람씩 유심히 관찰했다. 퍼시벌의 심기를 건드리겠다는 랜스의 말이 이런 의미였다면 작전 성공이었다. 세련미를 자랑하던 퍼시벌의 침착한 모습이 흔들리고 있었다. 그는 다시 성난 목소리로 쏘아붙였다.

"진심이냐, 랜스?"

"진심이고말고."

"잘 안 될 거야. 금세 질려 버릴걸?"

"아냐, 내 입장에서는 얼마나 근사한 변화겠어? 도심의 사무실, 들락거리는 타이피스트. 그로브너 양 같은 금발 비서를 써야지. 이름이 그로브너 맞지? 그 아가씨는 아무래도 형 차지가 될 테니까. 하지만 나도 그 아가씨 같은 비서를 쓸 거야. '알겠습니다, 랜슬롯 씨. 아닙니다, 랜슬롯 씨. 차 여기 있습니다, 랜슬롯 씨.'"

"그렇게 아무것도 모르는 척하지 마."

퍼시벌이 쏘아붙였다.

"형, 왜 그렇게 화를 내는 거야? 나랑 업무를 분담하면 좋지 않아?"

"지금 뭐가 어떻게 얽혀 있는지 전혀 모르잖아."

"그렇지. 그건 형이 가르쳐 줘야 해."

"미리 일러두지만, 지난 6개월…… 아니, 1년 동안 아버지는 제정신이 아니었어. 사업 면에서 최악수를 두셨지. 확실한 주식을 팔고, 부실한 회사를 이것저것 매입하고. 가끔은 미친 듯이 돈을 뿌릴 때도 있었어. 돈 쓰는 재미에 맛 들인 사람처럼."

"아버지가 마신 차에 탁신이 들어 있었던 게 가족을 위해서는 좋은 일이었네."

"그런 식으로 말하면 못쓰겠지만, 사실은 맞는 말이야. 파산을 막을 유일한 방법이 그거였으니까. 하지만 당분간 아주 조심하고 신중하게 움직여야 해."

랜스는 고개를 저었다.

"내 생각은 달라. 조심한다고 해서 좋을 건 아무것도 없다고 생각해. 모험을 저지르고, 새로운 길을 개척해야지. 목표를 크게 잡아야 해."

"난 그렇게 생각하지 않아. 조심하고 절약하는 것. 이게 우리의 좌우명이야."

"난 아니야."

"넌 기껏해야 부사장이라는 걸 명심해라."

"알았어, 알았어. 그래도 발언권은 있는 거잖아."

퍼시벌이 초조하게 방 안을 왔다 갔다 했다.

"랜스, 우리 이러지 말자. 난 널 좋아하지만……."

"그래?"

랜스가 끼어들었지만 퍼시벌은 그 소리가 안 들리는 듯했다.

"하지만 우리 둘이 죽이 잘 맞을 것 같지는 않아. 의견이 180도 다르잖아."

"그게 장점일 수도 있지."

"공동 경영을 파기하는 게 유일한 해결책이야."

"나더러 손 떼라는 거야? 그런 거야?"

"우리 생각이 이렇게 다른데, 그러는 수밖에 없잖아."

"일레인 유산 마련하기도 버겁다면서 내 주식 사들이는 돈은 어떻게 감당하려고?"

"돈으로 해결하겠다는 뜻이 아니었어. 그러니까…… 음…… 회사를 쪼개자는 거지."

"노른자는 형이 차지하고, 제일 아슬아슬한 곳은 나한테 떼어 주겠다?"

"그런 회사가 네 취향에 맞잖아."

랜스는 갑자기 씩 웃었다.

"그 말도 일리가 있긴 하다. 하지만 내 취향만 따질 수는 없지. 팻도 생각해야 한다고."

랜스와 퍼시벌이 팻을 쳐다보았다. 팻은 입을 열었다 다시 다물었다. 랜스가 무슨 게임을 벌이건 참견하지 않는 게 상책이었다. 랜스가 뭔가 특별한 걸 노리고 있는 것만큼은 분명했지만, 진짜 원하는 게 무언지 아직은 알 수 없었다.

랜스가 웃으면서 말했다.

"한번 죽 읊어 보시지. 보거스 다이아몬드 광산, 인억세서블 루비스, 기름이 나지 않는 유전. 내가 그렇게 멍청해 보여?"

퍼시벌이 말했다.

"물론 그중에서 몇 군데는 상당히 위험 부담이 높지. 하지만 그런 데서 대박이 날지도 모르는 거야."

랜스는 씩 웃었다.

"작전을 바꿨구나? 아버지가 최근에 매입한 부실한 회사를 비롯해서 그 옛날 지빠귀 광산이랑 그런 것들을 떠넘기기로 말이야. 그나저나 그 형사가 형한테도 그 지빠귀 광산에 대해서 물었어?"

퍼시벌이 미간을 찌푸렸다.

"응, 도대체 뭘 알아내려는 건지 모르겠어. 할 말도 별로 없더라. 너하고 나는 그때 어린아이였잖아. 아버지가 거기 갔다 돌아와서 다 소용없는 짓이었다고 했던 것만 어렴풋하게 생각나."

"그게 뭐였어? 금광?"

"그랬던 것 같아. 아버지는 금이 없다고 아주 분명히 못을 박았지. 너도 알다시피 아버지는 잘못 판단하는 분이 아니었잖아."

"아버지가 누굴 따라 갔더라? 매켄지라는 사람 아니었나?"

"맞아. 그리고 매켄지는 거기서 죽었지."

랜스는 생각에 잠긴 투로 중얼거렸다.

"매켄지는 거기서 죽었고…… 그 후에 소름끼치는 광경이 벌어지지 않았어? 매켄지 부인인가가 여기로 찾아왔잖아. 아버지한테 고함을 지르고 퍼부어 대면서 욕을 했잖아. 내 기억이 맞으면 아버지더러 자기 남편을 죽였다고 한 것 같은데."

퍼시벌은 숨죽인 목소리로 대답했다.

"그래? 난 그건 생각이 안 나는데."

"형보다 내가 훨씬 어렸지만, 난 생각나. 그래서 내 기억에 남았을 거야. 무슨 드라마를 보는 기분이었거든. 그 광산이 어디였지? 서아프리카 아니었어?"

"그랬던 것 같아."

"나중에 회사 가서 채굴권 증서를 찾아봐야겠다."

"아버지가 실수하셨을 리 없어. 아버지가 돌아와서 금이 없다고 했으면 정말 없는 거야."

"그렇겠지. 딱한 매켄지 부인. 그 부인도 그렇고, 그때 데리고 왔던 두 아이도 어떻게 됐는지 모르겠다. 지금쯤 다 컸을 텐데."

20장

닐 경위는 파인우드 사설 요양소의 면회실에서 백발의 노부인을 마주하고 앉아 있었다. 헬렌 매켄지는 63살이었지만, 그보다 젊어 보였다. 옅은 파란색 눈은 멍해 보였고, 턱 선은 힘이 없고 흐릿했다. 부인은 긴 윗입술을 이따금 실룩거렸다. 닐 경위가 말을 걸었을 때 그녀는 무릎 위에 얹어 놓은 큼지막한 책을 쳐다보고 있었다. 닐 경위는 조금 전에 요양소 소장인 크로스비 박사와 나누었던 대화 내용을 떠올렸다.

"정신 이상자 판명을 받은 게 아니라 자발적으로 입원한 환자입니다."

"그럼 위험하지 않은 겁니까?"

"물론이죠. 대화가 가능할 정도로 정신이 맑을 때가 대부분입니다. 요즘 상태가 좋으니까 정상적인 대화를 나눌 수 있을 겁니다."

닐 경위는 이 말을 머릿속에 새기면서 운을 뗐다.

"만나 주셔서 감사합니다, 부인. 저는 닐이라고 합니다. 얼마 전에 세상을 떠난 렉스 포티스큐 씨 일로 찾아왔습니다. 렉스 포티스큐 씨가 누군지 기억하시죠?"

매켄지 부인은 책에서 눈을 떼지 않았다.

"누군지 모르겠는데."

"포티스큐 씨 말입니다. 렉스 포티스큐 씨."

"모르겠어. 모르는 사람이야."

닐 경위는 살짝 충격을 받았다. 크로스비 박사가 말한 매우 정상적인 대화라는 게 이런 건가 싶었다.

"오래전에 알던 사람이었을 텐데요, 매켄지 부인."

"아니야. 어제지."

"그렇군요."

닐 경위는 조금 머뭇거리면서 입버릇처럼 하는 말을 중얼거렸다.

"오래전에 그분의 집, 주목 오두막집에 찾아가지 않으셨나요?"

"여봐란듯이 만든 집이지."

매켄지 부인이 말했다.

"예, 맞습니다. 그렇긴 하죠. 부군께서 어떤 광산 일로 그분과 얽힌 적이 있죠. 지빠귀 광산인가, 그런 걸로 알고 있습니다만."

"책 읽어야겠어. 시간은 없고, 책은 읽어야 하거든."

"예, 알겠습니다. 예, 그렇죠."

닐 경위는 잠시 시간을 두었다 다시 말을 이었다.

"매켄지 씨와 포티스큐 씨는 광산을 알아보러 둘이 같이 아프리카로 갔습니다."

"그건 우리 남편 광산이었어. 그이가 발견한 그이 거였어. 그런데 투자를 하려니까 돈이 필요해서 렉스 포티스큐를 찾아간 거지. 내가 조금만 더 똑똑했더라면, 내가 조금만 더 뭘 알고 있었더라면 말렸을 텐데."

"예, 그러게 말입니다. 그런데 두 분이서 같이 아프리카로 떠났고, 그곳에서 부군께서는 열병으로 유명을 달리하셨죠."

"이제 정말 책 읽어야겠네."

"포티스큐 씨가 지빠귀 광산을 가지고 부인의 부군께 사기를 친 걸까요, 부인?"

매켄지 부인은 책에 코를 박은 채 중얼거렸다.

"멍청한 양반 같으니라고."

"예, 예, 그러게 말입니다……. 그런데 아주 오래전에 끝난 일이라 조사하기가 쉽지 않네요."

"끝났다고 누가 그래?"

"그렇군요. 부인은 끝났다고 생각하지 않으시는 모양이네요."

"'문제를 제대로 해결해야 해결했다고 말할 수 있다.' 키플링은 그렇게 말했지. 요즘은 키플링을 읽는 사람이 없지만, 훌륭한 작가야."

"언젠가 이 문제가 제대로 해결될 거라고 생각하십니까?"

"렉스 포티스큐가 죽었다면서. 아까 그러지 않았어?"

"독살당했습니다."

당황스럽게도 매켄지 부인은 웃음을 터트렸다.

"말도 안 되는 소리. 열병으로 죽은 거야."

"부군 말씀이 아니라 포티스큐 씨 말입니다."

"그러니까."

노부인이 갑자기 옅은 파란색 눈을 들어 닐의 눈을 똑바로 쳐다보았다.

"말해 보구려. 침대에서 죽었지? 침대에서 죽은 거 맞지?"

"성유다 병원에서 죽었습니다."

"우리 남편은 어디에서 죽었는지 아무도 몰라. 어떻게 죽었는지, 어디에 묻혔는지, 그것도 아무도 몰라. 렉스 포티스큐가 한 말이 전부인데, 렉스 포티스큐는 거짓말쟁이고!"

"부군께서 배신당한 걸까요?"

"배신, 배신! 닭은 달걀을 낳잖아. 안 그래?"

"부군께서 돌아가신 게 렉스 포티스큐 때문이었을까요?"

"오늘 아침에 달걀을 먹었는데. 아주 생생하군그래. 놀라운 일이야. 30년 전 일인 걸 생각하면."

닐은 크게 한 번 심호흡을 했다. 이런 상태로는 아무런 단서도 얻지 못할 것 같았지만, 그래도 그는 계속 밀어붙였다.

"죽기 1달인가 2달 전쯤, 누가 렉스 포티스큐의 책상에 죽은 지빠귀를 올려놓았다고 합니다."

"재미있구먼. 아주아주 재미있어."

"누가 그랬을지 혹시 짐작이 가십니까, 부인?"

"짐작은 아무 소용 없어. 실천을 해야지. 내가 아이들을 데리고 간 것도 실천하기 위해서였어."

"자녀분들 말씀인가요?"

그녀는 열심히 고개를 끄덕였다.

"맞아. 도널드하고 루비. 9살하고 7살 때 애비 없는 아이들이 되었지. 내가 이야기했어. 날마다 이야기했지. 매일 밤마다 다짐을 받았어."

닐 경위가 몸을 앞으로 숙였다.

"무슨 다짐을 받으셨는데요?"

"당연히 그 작자를 죽이겠다는 다짐을 받았지."

"그렇군요."

닐 경위는 매켄지 부인의 그 말이 이 세상에서 가장 조리 있는 대답이라도 되는 것처럼 반응했다.

"그래서 자녀분들이 다짐대로 했나요?"

"도널드는 됭케르크로 가서 다시는 돌아오지 못했지. 죽었다는 전보를 보내 주더구먼. '매우 유감스럽게도 전사했음.' 그런 식의 실천은 필요없었는데."

"참 안타깝게 되었네요. 따님은요?"

"딸은 없어."

"아까 있다고 하셨잖습니까, 루비라고."

"루비. 그렇지, 루비."

매켄지 부인이 몸을 앞으로 숙였다.

"내가 루비한테 어떻게 했는지 알아?"

"아뇨. 어떻게 하셨습니까?"

그녀가 갑작스럽게 속삭였다.

"이걸 봐."

내려다보니 부인의 무릎 위에 있던 책은 성서였다. 아주 오래된 성서였는데, 표지를 열자 제일 앞면에 여러 이름이 적혀 있었다. 아이가 태어날 때마다 이름을 적어서 대물림하는 가족용 성서였다. 매켄지 부인의 가느다란 손가락이 제일 밑의 두 이름을 가리켰다. '도널드 매켄지'와 생년월일이, '루비 매켄지'와 생년월일이 적혀 있었다. 그런데 루비 매켄지의 이름 위에 얇은 줄이 그어져 있었다.

"보여? 내가 이 아이 이름을 지워 버렸어. 영원히 호적에서 지워 버렸다고! 기록 천사(인간 세계의 선행과 악행을 기록한다는 천사—옮긴이)도 이 아이 이름을 못 찾을 거야."

"호적에서 지워 버렸다고요? 왜 그러셨습니까, 부인?"

매켄지 부인이 교활한 눈빛으로 그를 쳐다보았다.

"왜 그랬는지 알잖아."

"모르겠는데요. 정말 모르겠습니다."

"약속을 지키지 않았거든. 약속을 지키지 않았어."

"따님은 지금 어디 있습니까?"

"말했잖아. 딸은 없다고. 루비 매켄지는 이제 없어."

"그럼 죽은 건가요?"

"죽어?"

그녀는 느닷없이 웃음을 터트렸다.

"죽었으면 차라리 낫지. 훨씬 낫지. 훨씬, 훨씬 낫지."

부인이 한숨을 쉬며 의자에서 들썩들썩 움직였다. 그러더니 태도를 바꿔 깍듯하게 예의를 차렸다.

"미안하지만 오늘 이야기는 여기서 접어야겠어. 시간은 없고, 무슨 일이 있어도 책은 읽어야 하니까."

이후로 닐 경위가 무슨 말을 해도 매켄지 부인은 대꾸가 없었다. 살짝 짜증 난 얼굴을 하고, 손가락으로 짚어 가며 성경을 계속 읽기만 할 뿐이었다.

닐은 일어나서 밖으로 나갔다. 그리고 관리실장과 짤막한 대화를 나누었다. 닐이 물었다.

"면회 오는 가족이 있습니까? 딸이나 뭐 그런 분들요."

"제 전임자 때는 딸이 면회를 왔었는데, 딸만 보면 환자가 난리를 치는 바람에 오지 않도록 권유했답니다. 그 이후로는 모든 걸 변호사를 통해 정리했고요."

"이 루비 매켄지라는 분이 지금 어디 사는지 아십니까?"

관리실장은 고개를 저었다.

"전혀 모릅니다."

"결혼 여부도 모르시고요?"

"모릅니다. 제가 알려 드릴 수 있는 건 저희와 거래하는 법률 사무소 주소가 전부입니다."

법률 사무소라면 닐 경위도 이미 알고 있었다. 그들은 알려 줄 수 있는 게 아무것도 없다고 했다. 그들은 매켄지 부인을 위해 마련된 신탁을 관리하고 있는데, 몇 년 전에 신탁 관리를 맡은 뒤로 매켄지 양을 본 적 없다고 했다.

닐 경위는 루비 매켄지의 인상착의를 알아내려고 했지만, 별 소득이 없었다. 지난 몇 년 동안 환자를 면회 온 가족들이 워낙 많았기 때문에 직원들도 다른 사람들과 뒤죽박죽 섞여서 희미하게 기억할 뿐이었다. 오랫동안 근무한 수간호사 기억으로는 키가 작고 까무잡잡하다고 했다. 그녀와 비슷한 기간 동안 근무한 또 다른 간호사 말로는 체구가 크고 얼굴이 하얗다고 했다.

닐 경위는 이 같은 사실을 부청장에게 보고했다.

"결국 얻은 게 없습니다. 말도 안 되는 설정이 척척 들어맞으니 뭔가 있을 수밖에 없는데 말입니다."

부청장은 생각에 잠긴 얼굴로 고개를 끄덕였다.

"지빠귀 광산과 관계있는 파이 속의 지빠귀, 죽은 남자의 주머니 속 호밀, 아델 포티스큐가 차와 함께 먹은 빵과 꿀…… 아, 이건 결정적인 단서는 아니지. 누구든 차와 함께 빵과 꿀을 먹을 수 있었으니까! 세 번째 살인 사건, 목이 졸려서 코가 빨래집게에 집힌 채 발견된 아가씨. 그래, 말도 안 되는 설정이긴 하지만 무시할 수 없단 말이지."

"부청장님, 잠깐만요."

닐 경위가 말했다.

"뭔가?"

닐은 미간을 찌푸리고 있었다.
"부청장님이 아까 하신 말씀 중에 틀린 게 있었거든요. 어딘가 잘못됐는데……."
그는 고개를 저으면서 한숨을 내쉬었다.
"뭐였는지 모르겠습니다."

21장

I

 랜스와 팻은 관리가 잘된 주목 오두막집의 정원을 정처 없이 걸었다.
 팻이 중얼거렸다.
 "당신이 이 말을 듣고 기분 나빠할지 모르겠지만, 내가 본 중에서 최고로 꼴 보기 싫은 정원이다."
 "기분 안 나빠. 그런데 정말 그 정도야? 난 잘 모르겠어. 정원사 3명이 열심히 관리하는 것 같던데."
 "그래서 마음에 안 드나 봐. 돈만 펑펑 들인 것 같고 개인적인 취향도 없어서. 딱 알맞은 화단에다 이 계절에 딱 알맞은 진달래를 심었잖아."

"만약 영국식 정원이 있으면 당신은 뭘 심고 싶은데?"

"내 정원에는 접시꽃, 제비고깔, 초롱꽃을 심을 거야. 화단은 만들지 않고, 이 끔찍한 주목들도 심지 않을 거야."

팻이 못마땅한 얼굴로 어두컴컴한 주목 울타리를 흘끗 올려다보았다.

"사건이 연상이 돼서 그런 거야."

랜스는 심상한 투로 말했다.

"범인을 생각하면 섬뜩해. 복수심에 가득 차서 집착하는 무시무시한 사람일 거야."

"당신이 보기에는 그래? 재밌다! 나는 피도 눈물도 없는 사업가 스타일일 것 같은데."

"그렇게 생각할 수도 있겠다."

그는 몸을 살짝 떨면서 다시 입을 열었다.

"아무튼 세 사람이나 살해하다니…… 누군지 몰라도 분명 미친 거야."

"맞아. 그런 것 같아."

랜스가 나지막이 중얼거렸다. 그러더니 그가 갑자기 큰 소리로 외쳤다.

"빌어먹을. 팻, 당신은 이 집에서 떠나. 런던으로 돌아가든지, 아니면 데번셔나 호수 지역도 좋겠다. 그것도 싫으면 스트랫퍼드온에이번으로 가든지 노퍽 브로즈에 가서 관광 좀 하고 있어. 경찰이 당신까지 붙잡지는 않을 거야. 당신은 이번 사건이랑 아무 상관 없잖아. 노인네가 죽었을 때 당신은 파리에 있었고, 다른 두 사람이 죽었을 때는 런던에 있었으니까. 당신이 여기 있으니 걱정돼 죽겠어."

팻은 잠깐 동안 아무 말 없다가 조용히 물었다.

"당신은 범인이 누군지 알고 있지?"

"아니, 몰라."

"하지만 짐작은 하고 있지? 그래서 걱정하는 거잖아……. 누군지 말해 주면 좋겠어."

"말 못 해. 난 아무것도 모르니까. 하지만 진심으로 당신이 여길 떠나 주었으면 해."

"여보, 난 안 갈 거야. 여기 있을 거라고. '좋을 때나 궂을 때나.' 요즘 내 생각이야."

팻은 갑자기 목멘 소리로 덧붙였다.

"나랑 같이 있으면 늘 궂을 때가 되겠지."

"그게 도대체 무슨 소리야?"

"내가 재수가 없잖아. 그런 뜻이야. 나랑 얽힌 사람들은 안 좋은 일만 생겨."

"이 사랑스러운 바보야, 나는 안 그랬잖아. 당신이랑 결혼하니까 노인네가 돌아오라는 편지도 보냈고, 노인네랑 친구처럼 됐잖아."

"그랬지. 하지만 집에 오고 나서 무슨 일이 벌어졌는지 생각해 봐. 나랑 있으면 안 좋은 일만 생겨."

"그런 소리는 하지도 마. 당신 지금 편견을 가지고 있잖아. 그건 순전히 미신이야."

랜스가 팻의 어깨를 잡고 세게 흔들었다.

"당신은 내 여자고, 당신이랑 결혼한 건 이 세상 최고의 행운이었어. 멍청한 소리 하지 말고, 그걸 좀 기억해 줘."

이어 랜스는 흥분을 가라앉히고 좀 더 차분한 목소리로 말했다.

"하지만 팻, 심각하게 하는 말인데 조심해야 돼. 정말 나사가 풀린 사람이 이 집에 있다면…… 총에 맞거나 독약을 먹는 사람이 당신이 되는 건 싫으니까."

"독약이라……."

"내가 없을 때는 그 할머니 옆에 꼭 붙어 있어. 마플 양인가 하는 분 있잖아. 그런데 에피 이모가 왜 그분더러 이 집에 있으라고 했을까?"

"이모님께서 하시는 일을 누가 알겠어. 우리 여기 언제까지 있어야 할까?"

"알 수 없지."

랜스가 어깨를 으쓱하자 팻이 머뭇거리면서 말했다.

"다들 우리를 열렬히 환영하는 분위기는 아닌 것 같아. 이제 이 집은 아주버님 거지? 아주버님은 우리가 이 집에 있는 걸 싫어하고?"

랜스는 갑자기 키득키득 웃었다.

"당연하지. 하지만 이러니저러니 해도 당분간은 참아야 될 거야."

"그다음에는 우리, 어떻게 하는 거야? 동아프리카로 돌아가는 거야?"

"그러고 싶어?"

그녀는 열심히 고개를 끄덕였다.

"다행이다. 나도 그러고 싶거든. 이 나라에는 미련 없어."

팻의 표정이 밝아졌다.

"정말 잘됐다. 요전에 당신이 한 말을 듣고, 여기 살고 싶어 하면 어떡하나 생각했거든."

랜스의 두 눈이 사악하게 번뜩였다.

"우리 계획은 비밀로 해야 해. 사랑하는 우리 형의 심기를 살짝 건드릴 생각이거든."

"랜스, 제발 조심해."

"조심할게. 하지만 모든 걸 먹어 치우도록 내버려 둘 이유가 없잖아."

II

마플 양은 애교 있는 앵무새처럼 고개를 살짝 모로 꼬고, 널찍한 응접실에 앉아서 퍼시벌 포티스큐 부인의 이야기를 들었다. 가볍고 간소한 그녀의 차림새는 온갖 빛깔의 쿠션이 사방으로 널려 있는 커다란 비단 소파와 걸돌았다. 마플 양의 자세는 아주 꼿꼿했다. 어렸을 때 구부정하게 앉지 말고 등판에 기대라고 배웠기 때문이었다. 그 옆의 큼지막한 안락의자에는 공들여 만든 상복 차림의 퍼시벌 부인이 앉아서 쉴 새 없이 떠들었다. 마플 양은 속으로 생각했다.

'은행 간부를 남편으로 둔 에밋 부인이랑 똑같군.'

에밋 부인이 찾아와서 휴전 기념일 바자회 이야기를 시작하더니 본론이 끝나자마자 느닷없이 떠들고 떠들고 또 떠들던 날이 생각났다. 에밋 부인은 세인트 메리 미드에서 좀 애매한 위치였다. 그녀는 교회 근처의 깔끔한 집에서 살고, 동네 주민들의 혈연관계를 당장에 줄줄 읊을 수 있는 노부인 군단 소속은 아니었다. 그런데 자기보다 조건이 월등한 은행 간부 남편과 결혼하는 바람에 같은 업계의 부인들과 어울리지 못하고 외톨이가 되었다. 부인들 사이에서 속물근성이 흉악한 고개를 드는 바람에 영원한 고독의 섬에 갇힌 것이었다.

에밋 부인의 속에서 점점 쌓여 가던 수다의 욕구가 그날 폭발했고, 마플 양은 터진 봇물을 고스란히 맞았다. 그날 이후로 에밋 부인을 보면 안됐다는 생각이 들었는데, 오늘은 퍼시벌 포티스큐 부인을 보면서 조금 안됐다는 생각이 들었다.

쌓인 게 많았던 퍼시벌 부인은 그 불만을 생판 남한테 털어놓는 데서 엄청난 위안을 느꼈다.

"물론 저도 투덜거리기 싫어요. 제가 그렇게 구시렁거리는 타입은 아니거든요. 늘 참아야 된다고 말하는 쪽이죠. 고칠 수 없는 건 참아야 하기 때문에 지금까지 어느 누구한테도 입 꼭 다물고 있었어요. 누구한테 이야기하면 좋을지 판단하기도 난감하더라고요. 이 집 식구들은 제각각이에요. 아주 제각각이죠. 물론 이 집 한구석을 차지하고 살면 편하고, 돈도 많이 절약되죠. 하지만 내 집에서 사는 것하고는 다르잖아요. 할머님도 아실 거예요."

마플 양은 안다고 대답했다.

"다행히 이사 갈 집 공사가 거의 다 끝났어요. 이제 칠이랑 실내 인테리어만 끝내면 돼요. 어찌나 일들을 느릿느릿 하시는지. 물론 우리 남편은 이 집 생활에 만족한답니다. 하지만 남자하고 여자는 다르잖아요. 안 그래요?"

마플 양은 남자와 여자는 다르다고 말했다. 진심으로 그렇게 생각하기 때문에 양심의 가책 없이 그렇게 대답했다. 마플 양이 보기에 '신사 양반'들은 여자와 전혀 다른 부류였다. 아침에 베이컨에다 달걀 2개를 곁들여야 하고, 하루에 세 끼를 푸짐하게 차려 먹어야 하며, 저녁 식탁에서는 자기 말에 토를 달거나 반박하는 것을 용납하지 않았다. 퍼시벌 부인이 이야기를 계속했다.

"우리 남편은 하루 종일 런던에 나가 있어요. 퇴근하면 피곤해서 쉬면서 책을 보고 싶어 하죠. 반면에 저는 정말 마음에 맞는 친구 하나 없이 하루 종일 혼자잖아요. 몸은 아주 편해요. 음식도 맛있고요. 하지만 재미있는 사회생활도 필요하잖아요. 이 동네 사람들은 저랑 안 맞아요. 게다가 일부는 브리지에나 열중하는 천박한 부류죠. 브리지도 건전하게 하는 게 아니에요. 저도 남들처럼 브리지를 좋아하지만, 이 동네 사람들이 워낙 잘살잖아요. 판돈이 어마어마하고, 술도 엄청 마셔요. 소위 말하는 방탕한 인간들이죠. 그리고 또 드문드문 어떤 부류가 섞여 있는가 하면…… 꽃삽을 들고 어슬렁어슬렁 다니면서 정원이나 가꾸는 노인네들이 있어요."

마플 양은 오래전부터 정원 가꾸기에 중독된 사람답게 살짝 찔리는 표정을 지었다. 퍼시벌 부인은 얼른 하던 이야기를 이었다.

"죽은 사람을 놓고 이러쿵저러쿵하기는 싫지만, 우리 아버님은 두 번째 결혼을 정말 잘못하셨어요. 세상에…… 제가 어머님이라고 부르고 싶었겠어요, 나이도 같은데? 사실 그 여자는 남자라면 사족을 못 썼어요. 정말 사족을 못 썼죠. 게다가 어찌나 돈을 펑펑 써 대는지! 아버님은 콩깍지가 단단히 씌었죠. 그 여자가 돈을 얼마를 쓰건 상관하지 않았으니까요. 퍼시는 그 문제로 정말 짜증을 냈죠. 퍼시는 돈 문제에 관한 한 아주 소심한 사람이거든요. 낭비라면 질색해요. 그런데 아버님이 희한하고 난폭한 성격으로 변해서 노발대발 난리를 부리는가 하면, 부실한 회사를 바로잡는다고 돈을 물 쓰듯 하시니…… 분위기가 별로 안 좋았죠."

마플 양이 얼른 끼어들었다.

"그 때문에 부군께서 걱정도 많았겠어요."

"그럼요, 당연하죠. 얼마나 걱정했다고요. 그 때문에 사람도 많이 달라졌어요. 심지어 저를 대하는 태도까지도요. 제가 말을 해도 대꾸조차 없을 때도 있었죠."

퍼시벌 부인은 한숨을 쉬더니 이야기를 계속했다.

"게다가 일레인 아가씨는 아주 희한한 성격이에요. 집에 붙어 있을 때가 없어요. 못된 성격은 아니지만 그렇다고 다정다감하지도 않죠. 런던에 가서 쇼핑을 하거나 연극을 보거나 그런 걸 본 적이 없어요. 심지어 옷에도 관심이 없고요."

퍼시벌 부인이 다시 한숨을 쉬고 중얼거렸다.

"물론 저도 이러쿵저러쿵하고 싶지는 않지만요."

그러다 양심의 가책이 느껴졌는지 허둥지둥 덧붙였다.

"거의 남이랄 수 있는 할머님께 이런 이야기를 하다니 이상하다 싶으시겠죠. 하지만 워낙 스트레스와 충격을 받다 보니……. 제가 보기에는 충격이 제일 문제인 것 같아요. 뒤늦은 충격 말이에요. 너무 불안해서 아무라도 붙잡고 이야기할 수밖에 없었어요. 할머님이 트레퓨시스 제임스 양과 꼭 닮으셔서요. 75살 때 대퇴골 골절상을 당한 분인데, 오랫동안 간호를 하면서 절친한 친구가 되었거든요. 제가 일을 그만두고 나올 때 여우 털 망토를 주셨는데, 참 고마웠답니다."

"부인이 요즘 어떤 심정일지 짐작이 되네요."

이번에도 빈말이 아니었다. 부인에게 싫증이 난 퍼시벌은 그녀에게 전혀 신경 쓰지 않았고, 퍼시벌 부인은 딱하게도 동네 친구를 한 명도 만들지 못했다. 런던에 가서 쇼핑하고 연극을 보고 으리으리한 집에 살아도 시댁 식구들과 인간적으로 교류하지 못하는 데서 오는 허전함은 채워지지 않았을 것이다.

마플 양이 다정한 목소리로 말했다.

"이런 말을 하면 실례일지 모르지만, 작고한 포티스큐 씨는 그다지 좋은 분이 못 됐던 것 같네요."

"맞아요. 우리끼리니까 하는 말이지만, 솔직히 진절머리 나는 노인네였죠. 살해당한 것도 당연하다고 생각해요. 정말이에요."

"누구 소행인지……."

마플 양이 이야기를 꺼내다 말끝을 흐렸다.

"아이고, 이런 질문은 하면 안 되는 건데. 그래도 혹시 알겠어요?"

"그 보기 싫은 크럼프 짓일 거예요. 처음부터 아주 꼴 보기 싫더라고요. 매너도 있고 교양 없지는 않은데, 그래도 무례하거든요. 주제넘다고 하는 게 더 맞겠어요."

"그래도 동기가 있어야 하지 않을까요?"

"그런 인간한테 별다른 동기가 필요하겠어요? 아버님한테 혼난 적도 있고, 보아 하니 가끔은 술을 너무 많이 마시는 눈치던데. 게다가 솔직히 말해서 정신이 살짝 이상한 것 같아요. 집 안을 돌아다니면서 온 가족을 총으로 쐈다는 그 하인인가 집사처럼 말이에요. 물론 처음에는 아델이 아버님을 독살했다고 생각했어요. 그런데 자기도 독살당했으니 이제는 의심할 수 없겠죠. 크럼프가 그 여자한테 잔소리를 들었을지도 몰라요. 그래서 이성을 잃고 샌드위치에 뭘 넣었는데, 글래디스가 그걸 보는 바람에 그 아이까지 죽인 거죠. 그런 사람을 이 집에 두는 것 자체가 너무 위험한 짓이에요. 아, 정말 벗어나고 싶어요. 하지만 지겨운 경찰들이 허락할 리 없겠죠?"

퍼시벌 부인이 충동적으로 몸을 앞으로 숙이고, 통통한 손을 마플 양의 팔에 얹었다.

"가끔은 정말 벗어나야 된다 싶을 때도 있어요. 조만간 이 상황이 해결되지 않으면 도망칠지도 몰라요."

그러고는 의자에 기대앉아서 마플 양의 얼굴을 들여다보았다.

"하지만…… 그건 너무 한심한 짓이겠죠?"

"맞아요. 현명한 생각이 아닙니다. 경찰이 금세 어디 있는지 알아낼 테니까요."

"정말요? 정말 그럴까요? 경찰이 그 정도로 똑똑하다고 생각하세요?"

"경찰을 과소평가하는 건 아주 어리석은 판단이에요. 닐 경위도 보아하니 남다르게 똑똑한 사람 같던데."

"어머! 전 조금 멍청하다 생각했는데."

마플 양이 고개를 저었다.

"그런데……."

퍼시벌 부인이 머뭇거리며 말했다.

"여기 있으면 위험할 것 같은 기분이 들어서요."

"부인한테 무슨 일이 생길 것 같아요?"

"예…… 예, 맞아요……."

"부인이 뭔가를…… 알고 있기 때문에?"

퍼시벌 부인은 숨을 참는 눈치였다.

"그럴 리가요……. 전 아무것도 몰라요. 제가 아는 게 뭐가 있겠어요. 그냥…… 그냥 불안해서요. 크럼프가……."

하지만 마플 양은 주먹을 쥐었다 폈다 하는 그녀의 모습을 보면서 크럼프를 생각하는 게 아니라는 걸 알아차렸다. 무슨 이유에서인지는 모르겠지만, 제니퍼 포티스큐는 겁에 질려 있었다.

22장

 날이 점점 어두워지고 있었다. 마플 양은 뜨개질거리를 들고 서재 창가로 갔다. 유리창 밖을 내다보니 팻 포티스큐가 테라스를 왔다 갔다 걷고 있었다. 마플 양이 창을 열고 큰 소리로 외쳤다.
 "들어와요. 어서 들어와요. 너무 춥고 습해서 외투도 없이 그렇게 있으면 안 돼요."
 팻은 그녀의 말을 순순히 따랐다. 그녀는 안으로 들어와서 창문을 닫고 스탠드 2개를 켰다.
 "그러게요. 오후 날씨가 별로 안 좋네요."
 그녀는 이렇게 말하고서 마플 양 옆쪽 소파에 앉았다.
 "뭘 뜨고 계세요?"
 "아이한테 줄 윗도리를 뜨고 있답니다. 내가 젊은 엄마들한테 항상 하는 말이지만, 윗도리는 많으면 많을수록 좋거든요. 2사이즈예요. 난 항상 2사이즈를 뜨지요. 아이들은 워낙 금세 자라서 1사이즈는 얼마 못 입으니까."

팻은 벽난로 쪽으로 긴 다리를 뻗었다.

"오늘은 여기 분위기가 참 좋네요. 벽난로에, 스탠드에, 아이들 옷을 뜨는 할머니까지. 아늑하고 편안해요. 영국도 가정집은 이래야 하는 건데."

"영국 가정집이란 건 원래 그런 거예요. 주목 오두막집 같은 집은 많지 않아요."

"다행이네요. 여기가 행복한 집이었을까 싶거든요. 그렇게 돈이 많고 없는 게 없지만, 식구들이 이 집에서 행복했을까 싶어요."

"그러게요. 행복한 집이었다고 할 수 없겠지요."

마플 양도 맞장구를 쳤다.

"어머님은 행복했을지 모르겠어요. 한 번도 본 적 없으니 모르겠지만. 형님은 상당히 불행해 보이고, 일레인 아가씨는 한 남자한테 눈이 멀었지만 그 남자가 자기한테 관심도 없다는 걸 속으로는 알고 있을 것 같거든요. 아, 정말 여기서 벗어나고 싶어요!"

그녀는 이렇게 말하고, 마플 양 쪽으로 고개를 돌리더니 갑자기 미소를 지었다.

"랜스가 할머니 옆에 최대한 붙어 있으라고 했어요. 그래야 안심이라고 생각하는 눈치였어요."

"남편이 똑똑하군요."

"예, 똑똑하죠. 적어도 어떤 면에서는 그래요. 하지만 뭘 그렇게 무서워하는지 말을 좀 해 줬으면 좋겠어요. 한 가지 사실만큼은 분명해요. 이 집에 미치광이가 1명 있는데, 미치광이들은 무슨 생각을 하는지 알 수 없으니 무서울 수밖에요. 도무지 무슨 짓을 저지를지 모르니까요."

"딱하기도 하지."

"아, 전 괜찮아요. 정말이에요. 지금쯤은 강해질 때도 됐잖아요."

마플 양이 부드럽게 물었다.

"지금까지 여러 가지 안 좋은 일들을 겪었지요?"

"하지만 좋은 일도 많았어요. 엄청나게 넓고, 휑뎅그렁하고, 바람이 잘 통하고, 햇볕이 아주아주 잘 드는 아일랜드의 집에서 말을 타고 사냥을 하면서 행복한 어린 시절을 보냈으니까요. 행복한 어린 시절은 아무도 빼앗을 수 없는 거잖아요. 일이 꼬이기 시작한 건 어른이 된 이후였어요. 무엇보다도 전쟁 때문이었죠."

"남편이 전투기 조종사였다고요?"

"예. 결혼한 지 한 달쯤 됐을 때 격추당했어요."

팻은 앞에 있는 벽난로를 물끄러미 쳐다보았다.

"처음에는 같이 죽고 싶었죠. 너무 불공평하고 너무 잔인했어요. 하지만…… 나중에 시간이 지나니까…… 잘된 일일지도 모른다는 생각이 들었어요. 남편은 활약이 뛰어났죠. 용감하고, 무모하고, 쾌활하고. 군인에게 필요한 모든 자질을 갖춘 전쟁을 위해 태어난 사람이었어요. 하지만 평화로운 일상에 적응할 수 있었을까 싶어요. 뭐랄까…… 어떻게 말하면 좋을지 모르겠지만…… 오만한 반항기가 있었거든요. 적응하거나 정착하지 못했을 거예요. 남편은 이런저런 것들과 싸웠어요. 어떻게 보면 반사회적인 성격이었죠. 분명 적응하지 못했을 거예요."

"그런 식으로 생각하다니 참 현명하네요."

마플 양은 뜨개질감 위로 고개를 숙이고 한 코를 주어 올린 다음 중얼중얼 숫자를 셌다.

"겉뜨기 세 코, 안뜨기 두 코, 한 코 빼고, 두 코 같이 뜨고."

그런 다음 목소리를 높여 물었다.

"두 번째 남편은요?"

"프레디요? 권총으로 자살했어요."

"어머나, 얼마나 슬펐을꼬. 끔찍해라."

"우리 둘은 정말 행복했어요. 그런데 결혼하고 2년이 지났을 때 프레디가 좀…… 숨기는 게 있다는 걸 알게 됐어요. 은밀히 벌인 일들이 하나둘씩 제 눈에 띄기 시작했죠. 그렇지만 우리 둘 사이에서는 문제될 게 없어 보였어요. 프레디는 저를 사랑했고, 저도 프레디를 사랑했으니까요. 저는 은밀히 벌인 일들을 보지 않으려고 애를 썼어요. 비겁하달 수도 있지만, 그 사람을 바꿀 수는 없었을 거예요. 사람은 바뀌지 않는 법이잖아요."

"맞아요. 사람은 바뀌지 않는 법이지요."

"그 사람 있는 그대로의 모습을 사랑해서 결혼했으니 그냥…… 참아야 된다고 생각했어요. 그런데 일이 잘못되고 감당할 수 없게 되니까 자살해 버렸어요. 저는 남편이 죽은 다음 몇몇 친구들이 살고 있는 케냐로 건너갔죠. 영국에 계속 남아서 모든 내막을 알고 있는 예전 사람들을 계속 만날 자신이 없었어요. 그리고 거기, 케냐에서 랜스를 만났죠."

팻의 표정이 부드럽게 변했다. 그녀는 계속 벽난로를 쳐다보았고, 마플 양은 팻을 쳐다보았다. 잠시 후 팻이 고개를 돌리고 말했다.

"할머니, 퍼시벌을 어떻게 생각하세요?"

"글쎄요, 몇 번 본 적이 없어서. 아침 먹는 자리에서 보고는 그만이니까요. 내가 이 집에 있는 걸 아주 좋아하는 것 같지는 않아요."

팻이 느닷없이 웃음을 터트렸다.

"쩨쩨한 사람이에요. 특히 돈에 관한 한 더 그렇죠. 랜스 말로는 예전부터 그랬대요. 형님도 그걸 가지고 투덜대더라고요. 도브 양이랑 가계부를 확인하면서 일일이 시비를 건대요. 그래도 도브 양은 꿋꿋이 자기 고집대로 하는 모양이에요. 정말 대단하다 싶어요. 그렇죠?"

"그러게 말이에요. 보면 내가 사는 세인트 메리 미드의 래티머 부인이 생각난답니다. 여성 자원 봉사단과 소녀단 활동을 했고, 여기저기 안 끼는 데가 없었거든요. 그렇게 5년이 지났을 때…… 아이구, 이런 이야기는 하는 게 아니지. 본 적도 없고 알지도 못하는 장소와 사람 이야기를 듣는 것만큼 따분한 일도 없는데. 미안해요."

"세인트 메리 미드는 살기 좋은 마을인가요?"

"글쎄요. 어떤 곳을 가리켜 살기 좋은 마을이라고 하는지는 모르겠지만, 예쁘장한 마을인 건 맞답니다. 그곳엔 좋은 사람도 살고 있고, 아주 꼴보기 싫은 사람도 살고 있지요. 다른 동네처럼 아주 흥미진진한 사건들도 벌어지고요. 인간의 본성은 어딜 가든 똑같지 않겠어요?"

"램스버텀 이모님을 만나러 2층에 자주 가시죠? 전 그분이 정말 무서워요."

"무섭다고요? 왜요?"

"정상이 아닌 것 같아서요. 광신도 같거든요. 정말로 정신적인 문제가 있는 건 아니겠죠?"

"정신적인 문제가 있다니요?"

"무슨 뜻인지 아시잖아요. 그 방에 틀어박혀서 문밖 출입을 절대 안 하고, 죄에 대해서 거듭 생각하시니 말이에요. 그러다 심판을 내리는 게 당신의 사명이라고 생각할 수도 있잖아요."

"부군께서도 그렇게 생각하나요?"

"랜스는 어떤지 모르겠어요. 말을 안 해요. 하지만 한 가지 분명한 게 있다면…… 미치광이의 소행이고, 그 미치광이가 가족 중 한 사람이라고 생각한다는 거예요. 아주버님은 분명 제정신이고요. 형님은 그냥 단순하고 딱한 사람이죠. 좀 신경질적이다 뿐이지. 일레인 아가씨는 특이하고, 기가 세고, 항상 몸에 힘이 들어가 있어요. 한 남자를 미친 듯이 사랑하는데, 그 남자가 자기와 결혼하는 이유가 돈 때문인 걸 단 한순간도 인정하지 않죠."

"그 남자가 돈 때문에 결혼한다고 생각하나요?"

"예. 할머님이 보기에는 그렇지 않은가요?"

"장담하지만 돈 많은 철물점 딸, 매리언 베이츠와 결혼한 엘리스 같겠죠. 매리언은 아주 평범한 아가씨고 엘리스한테 홀딱 반했는데, 의외로 잘 살았어요. 엘리스나 이 제럴드 라이트 같은 청년은 사랑한답시고 가난한 집 아가씨와 결혼했을 때 정말 꼴불견이 된답니다. 그런 짓을 저질렀다는 게 너무 짜증이 나서 부인한테 화풀이를 하거든요. 하지만 돈 많은 아가씨하고 결혼하면 부인을 계속 대접해 주지요."

팻이 미간을 찌푸리면서 이야기를 계속했다.

"아무리 생각해도 외부인은 범행을 저지를 방법이 없거든요. 그렇기 때문에 이 집 분위기가 이런 거죠. 서로가 서로를 감시하면서. 조만간 무슨 일이 벌어지면……."

"더 이상 죽는 사람은 없을 거예요. 적어도 나는 그렇게 생각하고 있어요."

"장담할 수 없는 일이잖아요."

"솔직히 자신 있답니다. 범인은 이미 그의 목적을 달성했으니까요."

"'그'라고요?"

"'그녀'일 수도 있고요. 편의상 그렇게 말한 거랍니다."

"아무튼 목적을 달성했다고 하셨죠. 범인의 목적이 뭔가요?"

마플 양은 고개를 저었다. 그녀 역시 확실히 장담할 수 없었다.

23장

I

다시 한번 소머스 양이 차를 끓일 차례가 돌아왔고, 이번에도 소머스 양은 완전히 끓지 않은 물을 부었다. 역사는 반복되는 법이다. 그리피스 양은 자기 잔을 받아 들었을 때 속으로 생각했다.

'정말이지 퍼시벌 씨한테 소머스 이야기를 해야겠어. 이보다 더 나은 직원을 얼마든지 구할 수 있는데. 하지만 이렇게 끔찍한 사건이 벌어진 마당에 자질구레한 사무실 일로 귀찮게 하면 싫어하겠지?'

예전에도 늘 그랬던 것처럼 그리피스 양은 날카롭게 쏘아붙였다.

"이번에도 물을 잘 안 끓였잖아, 소머스."

그러자 소머스 양이 벌겋게 변한 얼굴로 늘 하던 입버릇을 반복했다.

"어머나, 이번에는 분명히 잘 끓인 줄 알았는데."

또 비슷한 대화가 이어지려던 순간, 랜스 포티스큐가 들어왔다. 그는 막연하게 주위를 살폈고, 그리피스 양은 벌떡 일어나서 앞으로 달려가 큰 소리로 외쳤다.

"랜스 씨."

이 소리를 들은 랜스가 그녀를 향해 몸을 홱 돌리고 활짝 웃었다.

"안녕하세요. 우와, 그리피스 양이네요."

그리피스 양은 떨 듯이 기뻤다. 마지막으로 만난 지 11년이 지났는데도 이름을 기억하고 있다니. 그녀는 어쩔 줄 몰라 하며 말했다.

"이름도 기억해 주시고 감사해요."

그러자 랜스는 특유의 매력을 한껏 발산하며 아무렇지도 않은 듯 말했다.

"당연히 기억하죠."

타이피스트실이 술렁였다.

소머스 양은 차에 대한 고민을 모두 잊은 채 입을 살짝 벌리고 랜스를 뚫어져라 쳐다보았다. 벨 양은 타자기 너머로 열심히 바라다보았고, 체이스 양은 슬그머니 콤팩트를 꺼내 코에 찍어 발랐다. 랜스 포티스큐가 주위를 둘러보면서 말했다.

"모든 게 여전하네요."

"달라진 게 거의 없어요, 랜스 씨. 햇빛에 타서 그런지 정말 건강해 보이시네요! 외국에서 아주 재미있게 사셨나 봐요."

"맞아요. 하지만 이제는 런던에서 재미있게 살아 보려고요."

"회사로 복귀하시는 건가요?"

"맞아요."

"어머나, 아무튼 반가운 소식이네요."

"제 감각이 다 녹슬었을 거예요. 많이 가르쳐 주세요."

그리피스 양이 아주 기뻐하며 웃었다.

"돌아오신 거 환영합니다. 정말 환영해요."

랜스는 감사의 인사를 눈빛에 담았다.

"고맙습니다."

"저희는 아무도…… 전혀 예상을……."

그리피스 양은 말끝을 흐리면서 얼굴을 붉혔다.

랜스가 그녀의 팔을 토닥였다.

"직접 보니까 소문으로 듣던 것보다 괜찮아 보여요? 뭐, 사실 이게 원래 모습일지도 모르죠. 어쨌거나 다 지나간 이야기잖아요. 지나간 일을 다시 끄집어내면 뭐하겠어요, 미래가 중요한 거지."

그런 다음 랜스가 덧붙여 물었다.

"형은 안에 있나요?"

"내실에 계세요."

랜스는 고개를 끄덕이고 안으로 들어갔다. 내실로 가는 대기실에 딱딱한 얼굴의 중년 여자가 앉아 있다 험악한 목소리로 물었다.

"성함하고 소속이 어찌 되시죠?"

랜스는 의심스러워하는 눈빛으로 그녀를 쳐다보았다.

"그쪽이…… 그로브너 양인가요?"

소문에 따르면 그로브너 양은 금발 미녀라고 했다. 렉스 포티스큐 사건을 보도한 신문에 실린 사진을 보아도 과연 소문대로였다. 이 여자가 그로브너 양일 리 없었다.

"그로브너 양은 지난주에 그만두었어요. 저는 하드캐슬입니다. 퍼시벌 포티스큐 씨의 개인 비서죠."

랜스는 속으로 생각했다.

'과연 퍼시답군. 금발 미녀를 자르고 그 자리에 고르곤(그리스 신화에 나오는 괴물 자매 중 1명 — 옮긴이)을 앉히다니. 그런데 왜 그랬지? 만일의 사태에 대비한 걸까, 아니면 이쪽 월급이 더 적은가?'

하지만 겉으로는 아무렇지도 않은 듯 말했다.

"저는 랜슬롯 포티스큐라고 합니다. 초면이죠?"

하드캐슬 부인이 얼른 사과했다.

"아, 죄송합니다, 랜슬롯 씨. 회사는 처음이시죠?"

"오늘이 처음이지만 마지막은 아닐 겁니다."

랜스가 웃으면서 말했다.

그는 대기실을 지나서 아버지의 사무실이었던 내실의 문을 열었다. 그런데 놀랍게도 퍼시벌이 아니라 닐 경위가 앉아 있었다. 닐은 큼지막한 서류 뭉치를 정리하고 있다 랜스를 보고 고개를 끄덕였다.

"어서오세요, 포티스큐 씨. 일을 시작하러 오셨겠죠?"

"제가 이 회사에서 일하기로 결심했다는 걸 들으신 모양이네요."

"형님한테 들었습니다."

"그래요? 그 이야기를 하면서 좋아하던가요?"

닐 경위는 애써 웃음을 참았다.

"펄쩍 뛰면서 좋아하지는 않던데요."

"가엾은 우리 형."

닐 경위는 호기심 어린 눈빛으로 랜스를 쳐다보았다.

"정말 회사원이 될 생각입니까?"

"안 어울릴 것 같나요?"

"성격하고 안 맞는 것 같은데요."

"왜요? 저는 우리 아버지의 아들인걸요."

"그리고 어머니의 아들이기도 하죠."

랜스가 고개를 저었다.

"뭘 잘 모르시는군요, 경위님. 우리 어머니는 빅토리아 시대의 낭만주의자였어요. 제일 좋아한 책이 『왕에 대한 찬가』였고요. 우리 이름이 희한한 것도 그 때문이죠. 어머니는 몸이 약했고, 늘 현실과 동떨어져 살았죠. 전 어머니를 닮은 구석이 전혀 없습니다. 감수성도 없고, 낭만적인 면도 거의 없고, 철두철미한 현실주의자거든요."

"자기 본모습을 잘 모르는 사람도 있죠."

"예, 그렇기는 하죠."

랜스는 긴 다리를 앞으로 뻗어 특유의 자세로 의자에 앉았다. 그러고는 혼자 싱글싱글 웃다 문득 이야기를 꺼냈다.

"경위님이 우리 형보다 더 눈치가 빠르시네요."

"어떤 의미에서 그런가요, 포티스큐 씨?"

"형을 기습 공격하는 데는 성공했죠. 형은 내가 런던 생활을 시작할 준비가 돼 있는 줄 알아요. 내가 자기 일에 간섭하려는 줄 알고요. 회사 돈을 펑펑 쓰고 무모하게 일을 벌여서 골머리를 썩일 거라고 생각하죠. 그걸 보는 재미를 위해서라도 저질러 봄 직한데! 하지만 그럴 수는 없죠. 사실 제 성격상 직장 생활은 못 견딜 겁니다. 저는 야외 활동과 모험을 좋아하거든요. 이런 곳에 있으면 숨 막혀 죽을 거예요."

그는 말을 마치자마자 얼른 덧붙였다.

"이건 우리끼리 이야깁니다. 형한테는 비밀로 해 주세요."

"그런 이야기가 도마에 오를 일은 없을 겁니다."

"그래도 형을 골탕 먹이기는 할 겁니다. 진땀 좀 흘리게 말예요. 저도 복수를 해야죠."

"흥미로운 표현을 쓰시네요. 복수라니, 무슨 복수 말입니까?"

랜스는 어깨를 으쓱했다.

"이제는 다 옛이야기예요. 되새길 가치도 없죠."

"예전에 무슨 수표 문제가 있었다고 들었는데, 그 말씀입니까?"

"정말 아는 게 많으시군요, 경위님!"

"아버님이 원치 않아서 처벌은 받지 않으셨다고요."

"예. 그냥 쫓겨나기만 했어요."

닐 경위가 생각에 잠긴 표정으로 랜스를 쳐다보았다. 하지만 그가 생각하고 있는 인물은 랜스가 아니라 퍼시벌이었다. 성실하고 근면하고 검소한 퍼시벌. 경위는 이 사건을 조사하는 동안 사사건건 퍼시벌 포티스큐라는 수수께끼와 맞닥뜨렸다. 겉모습은 누구에게나 알려져 있지만 실제 성격은 짐작하기가 훨씬 어려운 퍼시벌 포티스큐. 사람들은 그를 보면 재미없고 시시한 사람인 줄 알 것이다. 아버지의 그늘 속에서 사는 인물인 줄 알 것이다. 부청장도 좀생원이라고 하지 않았던가. 닐은 이제 랜스의 눈을 통해 퍼시벌의 실체를 좀 더 자세히 파악하기로 작정하고, 조심스럽게 중얼거렸다.

"랜스 씨의 형님은 계속…… 뭐랄까…… 아버지의 그늘 속에 있었던 것 같더군요."

"글쎄요."

랜스는 곰곰이 생각해 보는 눈치였다.

"글쎄요……. 그렇게 보이기는 했을 겁니다. 하지만 실제로 그랬을까 싶어요. 예전 일들을 생각해 보면 퍼시가 어쩌면 그렇게 항상 안 그런 척하면서 자기가 원하는 걸 다 차지했는지 놀라울 정도거든요."

닐 경위가 생각해도 정말 놀라운 재주였다. 그는 앞에 놓인 종이 뭉치 속에서 편지 1장을 꺼내 랜스에게 내밀었다.

"이게 지난 8월에 보낸 편지죠, 포티스큐 씨?"

랜스는 편지를 한번 살펴보고 돌려주었다.

"예. 지난여름에 케냐로 다시 돌아간 다음 보낸 편지예요. 아버지가 보관하고 있었던 모양이네요. 어디 두셨나요? 사무실에요?"

"아뇨. 주목 오두막집에 보관한 서류 속에 있었습니다."

닐 경위는 편지를 책상에 올려놓고 곰곰이 바라보았다. 길지 않은 편지였다.

아버지께

팻과 의논을 한 끝에 아버지 말씀대로 하기로 했어요. 여기 일을 정리하려면 시간이 좀 걸려서 10월 말이나 11월 초쯤 될 거예요. 그때가 되면 말씀드릴게요. 아버지하고 예전보다 잘 지낼 수 있으면 좋겠네요. 아무튼 저는 최선을 다할게요. 건강 조심하세요.

랜스 올림

"이 편지를 어디로 보냈습니까, 포티스큐 씨? 회사로 보냈나요? 아니면 집으로?"

랜스는 기억을 더듬느라 미간을 찌푸렸다.

"글쎄요, 생각이 안 나네요. 아시다시피 거의 3개월 전 일이니까요. 회사로 보낸 것 같아요. 맞아요. 여기 회사로 보낸 게 거의 분명해요."

그는 잠시 아무 말도 하지 않다 궁금해하며 물었다.

"왜요?"

"궁금해서요. 랜스 씨 아버님은 이 편지를 회사 개인 서류 속에 보관하지 않고 집으로 가지고 갔습니다. 거기 책상에 보관되어 있더군요. 왜 그랬을까요?"

랜스가 웃음을 터트렸다.

"형이 혹시 볼까 봐 그러셨겠죠."

"그런 모양이군요. 그럼 형님이 회사에 있는 아버지의 개인 서류를 볼 수 있었던 겁니까?"

"글쎄요."

랜스가 머뭇거리면서 미간을 찌푸렸다.

"그렇지는 않을 겁니다. 물론 마음만 먹으면 언제든지 볼 수 있었 겠지만 그래도……."

닐 경위가 그를 대신해서 마무리를 지었다.

"그래도 뒤지지는 않았을 것이다?"

랜스가 씩 웃었다.

"예. 그러면 염탐하는 게 될 테니까요. 그런데 생각해 보면 형은 항상 기웃거리고 다니긴 했어요."

닐 경위는 고개를 끄덕였다. 그가 생각해도 퍼시 포티스큐는 기웃거리고 다녔을 것 같았다. 새롭게 알게 된 그의 성격으로 미루어 짐작하건대 그러고도 남았다.

"호랑이도 제 말 하면 온다더니."

바로 그 순간, 문이 열리면서 퍼시벌 포티스큐가 들어오는 걸 보고 랜스가 중얼거렸다. 닐 경위에게 무슨 말을 하려던 퍼시벌은 랜스를 보고 미간을 찌푸렸다.

"여기는 웬일이냐? 오늘 온다는 말 없었잖아."

"일하고 싶은 마음에 몸이 너무 근질거려서 날 좀 써 달라고 찾아왔지. 무슨 일부터 할까?"

퍼시벌은 짜증을 냈다.

"지금 당장은 없어. 전혀 없다고. 네가 어느 쪽 사업을 맡을지, 그것부터 정리를 해야지. 네 사무실도 마련해야 하고."

랜스가 씩 웃으면서 물었다.

"그나저나 매력덩어리 그로브너를 내치고 말처럼 생긴 저 아줌마를 앉힌 이유가 뭐야?"

"랜스, 너 정말."

퍼시벌이 날카롭게 쏘아붙였다.

"회사 분위기가 더 나빠졌잖아. 매력덩어리 그로브너를 만나는 순간을 학수고대했더니만. 왜 자른 거야? 아는 게 너무 많아서?"

"뭐라고? 무슨 그런 소리를!"

퍼시벌이 창백한 얼굴을 점점 붉히면서 으르렁거렸다. 그는 닐 경위를 보면서 차갑게 말했다.

"제 동생이 하는 소리는 신경 쓰지 마십시오. 저런 걸 유머랍시고 하는 녀석이거든요."

그러더니 이렇게 덧붙였다.

"예전부터 그로브너 양이 똑똑한 비서라고 생각한 적 없어. 하드캐슬 부인은 경력도 훌륭하고 유능할 뿐 아니라 월급도 훨씬 적게 받지."

"월급도 훨씬 적게 받는다……."

랜스가 천장을 쳐다보며 중얼거렸다.

"형, 난 말이야, 직원들 월급을 놓고 인색하게 구는 건 반대야. 끔찍했던 지난 몇 주 동안 직원들이 이 회사를 굳건히 지켜 준 걸 생각하면 전체적으로 월급을 올려 줘야 하는 거 아닐까?"

퍼시벌 포티스큐가 쏘아붙였다.

"무슨 소리야. 아무짝에도 쓸모없는 짓을 왜 하자 그래?"

닐 경위는 랜스의 눈이 사악하게 번뜩이는 것을 보았다. 하지만 퍼시벌은 너무 흥분한 나머지 알아차리지 못하고 말까지 더듬었다.

"너는 얼토당토않은 생각만 하는 녀석이야. 회사가 지금 이런 상황에서는 절약만이 살 길이라고."

닐 경위가 미안한 듯 헛기침을 하고, 퍼시벌에게 말했다.

"드릴 말씀이 있습니다, 포티스큐 씨."

"뭡니까, 경위님?"

퍼시벌이 닐 쪽으로 주의를 돌렸다.

"몇 가지 질문을 하겠습니다. 지난 6개월에서 길게는 1년 동안 아버님의 태도와 행동 때문에 걱정을 많이 하셨다고 들었는데요."

퍼시벌은 딱 잘라 대답했다.

"편찮으셨어요. 어딘가 편찮으셨던 게 분명합니다."

"병원에 모시고 가려고 했지만 실패하셨죠. 아버님이 일언지하에 거절하시던가요?"

"그렇습니다."

"아버님이 흔히 GPI라고 불리는 정신병성 진행 마비를 앓고 있지 않은가 의심하신 적 없었습니까? 과대망상에 빠지고 곧잘 흥분을 하다가는 얼마 안 있어 정신 이상을 일으키는 병인데요."

퍼시벌은 깜짝 놀란 얼굴이었다.

"정말 날카로우십니다, 형사님. 저도 그 병이 아닐까 걱정했죠. 아버지를 얼른 병원에 모시고 가려고 했던 것도 그 때문이었고요."

닐은 하던 이야기를 계속했다.

"아버님이 치료를 받기 전까지, 사업을 얼마든지 엉망진창으로 만들 수 있었겠군요?"

"물론입니다."

"아주 큰일 날 뻔했군요."

"끔찍할 뻔했죠. 제가 얼마나 마음을 졸였는지 아무도 모를 겁니다."

닐이 부드러운 목소리로 말했다.

"사업의 관점에서 보면 아버님이 돌아가신 게 참으로 다행스러운 일이겠네요."

퍼시벌이 날카롭게 쏘아붙였다.

"제가 아버지의 죽음을 그런 식으로 생각하겠습니까?"

"포티스큐 씨의 생각이 그렇다는 게 아니라 사실을 이야기하고 있는 겁니다. 완전히 파산하기 전에 아버님이 돌아가셨으니까요."

퍼시벌은 짜증을 냈다.

"예, 예. 있는 그대로 이야기하자면 그렇겠죠."

"가족의 입장에서도 다행스러운 일이었죠. 이 회사에 가족의 운명이 달려 있으니 말입니다."

"맞습니다. 하지만 경위님, 무슨 의도로 그런 말씀을 하시는지……."

퍼시벌은 말끝을 흐렸다.

"아, 무슨 의도가 있어서 하는 이야기가 아닙니다. 그냥 알고 있는 사실들을 정리하고 싶어서요. 오래전에 영국을 떠난 동생분과는 그

이후로 연락을 주고받은 적이 없다고 하셨죠?"

"맞습니다."

"그런데 그렇지가 않은 걸로 알고 있는데요. 아버님의 건강 때문에 마음을 졸이던 지난봄에도 아프리카에 있는 랜스 씨에게 아버님의 행동 때문에 걱정이라고 편지를 보내지 않으셨나요? 랜스 씨와 힘을 합쳐서 아버님을 검진받게 하고 입원시키려고 했던 게 아닌가 싶은데요."

"그, 그게 아니라……."

퍼시벌은 심하게 흔들렸다.

"맞죠, 포티스큐 씨?"

"그게, 사실 그래야 한다고 생각했습니다. 이러니저러니 해도 랜슬롯이 부사장이었으니까요."

닐 경위가 랜스 쪽으로 시선을 옮겼다. 랜스는 씩 웃고 있었다.

"그 편지를 받으셨습니까?"

닐 경위가 물었다.

랜스 포티스큐는 고개를 끄덕였다.

"뭐라고 답장을 보내셨나요?"

랜스의 미소가 더욱 커졌다.

"바보짓 집어치우고, 노인네는 가만 놔두라고 했어요. 자기가 지금 무슨 짓을 하고 있는지 노인네도 알고 있을 거라고."

닐 경위의 시선이 다시 퍼시벌에게로 옮겨 갔다.

"동생분의 답장이 그런 내용이었습니까?"

"아…… 아마…… 그 비슷했을 겁니다. 다만 표현은 훨씬 더 모욕적이었죠."

"경위님한테는 좀 더 순화해서 말씀드리는 게 좋을 것 같아서."

랜스가 이렇게 말하고 닐 경위를 향해 이야기를 계속했다.

"경위님, 아버지의 편지를 받고 집으로 돌아올 결심을 한 이유 중 하나가 제 눈으로 직접 확인하기 위해서였습니다. 아버지하고 잠깐 만나서 이야기를 나누었을 때 솔직히 이상한 점을 별로 못 느꼈거든요. 조금 흥분하셨다 싶은 게 전부였어요. 제 눈에는 사업을 완벽하게 처리하실 수 있는 것처럼 보였고요. 아무튼 아프리카로 돌아가서 팻이랑 의논을 한 다음 집으로 돌아가서…… 뭐라고 해야 하나…… 페어플레이를 해 보자고 결정했죠."

그는 이렇게 말하면서 퍼시벌을 흘끗 노려보았다.

퍼시벌 포티스큐가 말했다.

"그런 식으로 말하면 안 되지. 정말 안 돼. 난 아버지를 속이려고 그랬던 게 아니라 건강이 걱정돼서 그랬던 거야. 물론 그뿐 아니라……."

퍼시벌이 말끝을 흐리자 랜스가 얼른 나서서 대신 마무리를 지었다.

"형 주머니도 걱정이 됐겠지? 형의 그 알량한 주머니 말이야."

자리를 박차고 일어선 랜스의 태도는 180도 돌변했다.

"그래, 형. 이제 그만둘게. 여기서 일하는 척하면서 형의 신경을 좀 건드릴 생각이었지. 형이 특유의 수법으로 모든 걸 꿀꺽하게 내버려 둘 수 없었거든. 그런데 넌더리가 나서 더 이상 못하겠다. 솔직히 역겨워서 형이랑 같은 공간에 못 있겠어. 형은 예전부터 추잡하고 비열하고 역겨운 인간이었지. 여기저기 염탐하고, 뒤지고, 거짓말하고, 말썽을 일으키고. 한 가지만 더 이야기할까? 증거는 없지만, 수표를 위조해서 난리 법석을 일으키고 나를 쫓아낸 인간이 형인 거 다 알아. 누가 봐도 뻔히 알 수 있게 엉망으로 위조를 해 놓았잖아. 내 전적이 워낙 불량해서 제대로 반박도 못 했지만, 만약 내가 정말 범인이었다면 그보다 훨씬 더 그럴듯하게 위조했을 거라는 걸 노인네가 과연 몰랐을까? 그게 종종 궁금하더라고."

이렇게 휘몰아치는 동안 랜스의 언성이 점점 높아졌다.

"이런 실없는 장난은 이제 그만할래. 난 이 나라도 지겹고, 런던도 지겨워. 줄무늬 바지에 검은색 외투를 입고 으스대는 말투로 비열하게 사기나 치는, 형 같은 좀팽이들도 지겨워. 형이 말한 대로 우리 갈라서자. 난 팻이랑 여유롭게 숨 쉬고 움직일 수 있는 나라로 돌아갈래. 형은 형만의 증권 국가를 건설하시지. 튼실한 우량 업체 다 차지하고 2퍼센트, 3퍼센트, 3.5퍼센트 이러면서 안전하게 가라고. 아버지가 최근 매입했다는 그 부실한 사업체들을 내가 가질게. 대부분 아무짝에도 쓸모없겠지. 하지만 결국에는 형의 3퍼센트짜리 신탁 증권을 다 합친 것보다 더 좋은 성적을 내는 곳이 한두 군데는 있을걸? 아버지는 영리한 노인네였어. 좋은 기회가 있으면 수도 없이 잡았지. 500, 600, 700퍼센트를 터트린 게 그중에서 나왔고. 난 아버지의 판단과 운을 믿어. 형처럼 벌레 같은 인간은……."

랜스가 다가가자 퍼시벌은 재빨리 닐 경위 쪽으로 뒷걸음질을 쳤다.

"알았어. 안 건드릴게. 날 내쫓고 싶어 하더니 소원 성취했네? 좋겠어."

랜스가 말했다.

"필요 없으면 지빠귀 광산 채굴권도 나한테 던져. 매켄지 집안의 원혼이 우리 집안에 들러붙어 있으면 내가 아프리카로 끌고 갈 테니까."

그는 문 쪽으로 걸어가며 덧붙였다.

"그 많은 세월이 흐른 뒤에 복수라니 안 믿겨지지만, 닐 경위님은 진지하게 생각하는 모양이야. 안 그래요, 경위님?"

문밖으로 나서며 랜스가 다시 한번 말했다.

"말도 안 되는 소리하고 있네. 그럴 리 없잖아."

퍼시벌이 말했다.

"경위님한테 물어봐. 지빠귀랑 아버지의 주머니에 들어 있던 호밀에 대해서 조사하는 이유가 뭔지 경위님한테 물어보라고."

"지난여름에 있었던 지빠귀 사건을 기억하시죠? 그걸 물어본 이유가 있습니다."

닐 경위는 윗입술을 가만히 쓰다듬으며 말했다.

"말도 안 되는 소리예요. 매켄지네 가족 소식은 오랫동안 아무도 듣지 못했는걸요."

퍼시벌이 말했다.

랜스가 말했다.

"우리 집에 매켄지 집안 사람이 있는 게 분명하다니까? 경위님도 그렇게 생각하고 있을걸?"

II

닐 경위가 길거리로 나선 랜슬롯 포티스큐를 붙잡았다.
랜스가 그를 보더니 부끄러운 듯 씩 웃었다.
"언성을 높일 생각은 없었는데, 갑자기 흥분해서요. 뭐, 언젠가는 그렇게 될 거였으니까요. 사보이에서 팻을 만날 건데, 그쪽으로 가시나요?"
"아뇨. 저는 베이든 히스로 돌아갑니다. 그런데 한 가지 묻고 싶은 게 있습니다, 포티스큐 씨."
"말씀하세요."
"내실로 들어왔을 때 저를 보고 깜짝 놀라셨죠. 왜 그랬습니까?"
"경위님이 계실 줄 몰랐으니까요. 형이 있을 줄 알았거든요."
"외출했다는 이야기를 못 들었나요?"
랜스가 호기심 어린 눈빛으로 그를 쳐다보았다.
"예, 안에 있다고 하던데요."
"그렇군요. 나간 걸 아무도 몰랐던 모양입니다. 내실에는 문이 하나밖에 없지만, 대기실에 복도로 곧장 연결되는 문이 하나 더 있죠. 아무래도 퍼시벌 씨는 그쪽으로 나간 모양입니다. 그런데 하드캐슬 부인이 아무 소리도 하지 않았다니 뜻밖인데요?"

랜스가 웃음을 터트렸다.
"차를 끓이러 잠시 자리를 비웠던 모양이죠."
"예…… 예……. 그러게 말입니다."
랜스가 닐 경위를 쳐다보았다.
"왜 그러십니까?"
"그냥 몇 가지 사소한 부분들을 가지고 고민 중입니다, 포티스큐 씨……."

24장

I

 베이든 히스로 내려가는 기차 안에서 닐 경위는 《타임스》의 십자말풀이를 풀었다. 하지만 성적은 이례적일 정도로 부진했다. 여러 가지 가능성 때문에 머릿속이 어지러웠다. 그런 식으로 신문도 건성으로 읽었다. 일본에서 지진이 나고, 탕가니카(탄자니아의 대부분을 차지하는 지역으로, 1964년 잔자바르와 통합되어 탄자니아를 형성했다—옮긴이)에서 우라늄층이 발견되고, 사우샘프턴 근처에서 어느 상선 선원의 시신이 쓸려 오고, 항만 노동자 파업이 임박했다는 기사들이었다. 얼마 전 경찰봉에 맞은 희생자 소식과 악성 결핵에 획기적인 효과를 보이는 신약 소식도 있었다.
 이 모든 기사가 닐의 머릿속 한구석에서 묘한 패턴을 만들었다.

그는 당장 십자말풀이로 돌아가서 단숨에 세 문제를 풀었다.

주목 오두막집에 도착한 닐 경위는 모종의 결단을 내리고 헤이 경사에게 물었다.

"노부인은 어디 계신가? 아직 안 떠나셨지?"

"마플 양요? 예, 아직 계십니다. 2층의 노부인과 절친한 사이가 되셨나 보던데요."

"그렇군."

닐은 잠깐 말을 멈추었다 다시 물었다.

"지금 어디 계시지? 잠깐 뵙고 싶은데."

몇 분 뒤 마플 양이 조금 빨갛게 달아오른 얼굴로 숨을 가쁘게 몰아쉬면서 등장했다.

"나를 보자고 했다고요, 경위님? 너무 오래 기다리신 거 아닌가 모르겠네요. 헤이 경사가 나를 바로 못 찾았대요. 부엌에서 크럼프 부인과 이야기하고 있었거든요. 페이스트리 맛을 칭찬하고, 손놀림이 정말 가볍다고 말하고, 어젯밤에 먹은 수플레도 맛있었다고요. 난 이야기하고 싶은 게 있으면 단계적으로 접근하는 게 좋다고 생각한답니다. 하지만 경위님은 그러기가 쉽지 않겠지요. 거의 단도직입적으로 물어야 할 테니까요. 하지만 나 같은 할머니는 남는 게 시간이니 사설이 길 거라고 다들 기대하지 않겠어요? 사람들 말로는 페이스트리를 통하면 요리사의 마음속에 닿을 수 있다고 하더군요."

"크럼프 부인한테 글래디스 마틴 이야기를 하려고 하셨죠?"

마플 양이 고개를 끄덕였다.

"맞아요. 크럼프 부인이라면 아는 게 많을 테니까요. 살인 사건과 관계있는 이야기를 들으려고 한 건 아니에요. 최근에 그 아이 기분이 어땠고, 어떤 이상한 말을 했는지, 그런 걸 들으려고 했지요. 특이한 걸 찾으려고 한 게 아니라 대화 도중에 엉뚱한 이야기가 나온 적이 있나 싶어서 말이에요."

"그래서 유익한 대화를 나누셨습니까?"

"예, 아주 유익했답니다. 상황이 점점 더 분명해지고 있는 것 같은데, 경위님이 보기에는 안 그런가요?"

"그렇기도 하고, 안 그렇기도 하네요."

헤이 경사는 밖으로 나가고 없었다. 닐 경위는 아무리 좋게 말해도 조금 비정상적이라고 할 수밖에 없는 방법을 시도하려는 참이었기 때문에 헤이 경사가 없는 게 오히려 다행이었다.

"마플 양, 진지하게 드릴 말씀이 있습니다."

"뭔데요, 경위님?"

"어떻게 보면 마플 양과 저는 상반된 입장을 대변한다고 볼 수 있죠. 솔직히 경시청에서 마플 양에 대한 소문을 들은 적 있습니다."

그는 이렇게 말하면서 빙긋 웃었다.

"경시청 안에서 제법 유명하시던데요?"

마플 양은 안절부절못했다.

"어떻게 된 일인지 모르겠지만, 나는 나하고 전혀 상관 없는 일과 얽힐 때가 많답니다. 범죄니, 희한한 사건이니 그런 거 말이에요."

"명성이 높으시던데요."

"헨리 클리서링 경이 오랜 친구이긴 하지요."

"좀 전에도 말씀드렸다시피 마플 양과 저는 상반된 입장을 대변하고 있죠. 정상과 비정상을 대변하고 있다고 할까요?"

마플 양이 고개를 살짝 모로 꼬았다.

"그게 무슨 뜻인가요, 경위님?"

"먼저 정상적인 방식으로 접근하자면 이번 살인 사건으로 인해 이득을 보는 사람이 여럿 있죠. 그중에서 특히 한 사람이 많은 이득을 보는데, 두 번째 살인 사건으로 이득을 보는 사람도 바로 그 사람입니다. 세 번째 살인 사건은 만일의 경우를 위한 살인이라고 할 수 있고요."

"그런데 어느 게 세 번째 사건인가요?"

마플 양이 이렇게 물으면서 도자기처럼 옅은 파란색 눈으로 닐 경위를 예리하게 쳐다보았다. 경위는 고개를 끄덕였다.

"예, 마플 양도 그 부분에서 뭔가 느끼셨군요. 요전에 부청장님의 이야기를 듣는데, 뭔가 이상하다 싶은 게 있었습니다. 그게 바로 이거였죠. 저는 자장가를 생각하고 있었습니다. 왕은 보물창고에 있고, 왕비는 거실에 있고, 하녀는 빨래를 널고."

"맞아요, 그 순서죠. 하지만 사실 글래디스는 포티스큐 부인보다 먼저 살해되지 않았나요?"

"그럴 겁니다. 거의 확실합니다. 시신이 그날 밤 늦게 발견되었기 때문에 언제쯤 살해되었는지 정확히 알 수는 없지만, 5시쯤에 변을 당하지 않았을까 싶습니다. 그렇지 않았다면……."

마플 양이 끼어들었다.

"그렇지 않았다면 두 번째 쟁반을 응접실로 들고 갔을 테니까요."

"맞습니다. 차 쟁반을 가져다 놓고 두 번째 쟁반을 현관까지 들고 나왔는데 무슨 일이 생긴 거죠. 문제는 그 무슨 일이 뭐였느냐는 겁니다. 듀부아가 포티스큐 부인의 방에 있다 계단을 내려왔을 수도 있죠. 일레인 포티스큐의 애인인 제럴드 라이트가 옆문으로 들어왔을 수도 있고요. 아무튼 누군가가 글래디스를 정원으로 꾀어낸 겁니다. 그리고 글래디스는 정원으로 나가자마자 당장 살해당했을 겁니다. 바깥 날씨가 추웠는데, 글래디스는 얇은 유니폼 하나만 입고 있었죠."

"경위님이 말씀하신 대로예요. 그러니까 '하녀는 정원에서 빨래를 너는데'에 해당되는 사건이 아니라는 거지요. 해가 지는데 그 시간에 빨래를 널었을 리 없고, 빨래를 널었더라도 외투를 입고 나갔을 테니까요. 빨래집게처럼 상황을 가사에 맞추기 위해 만든 속임수였지요."

"맞습니다. 미친 짓이죠. 바로 그 부분에서 저와 마플 양의 의견이 엇갈립니다. 저는…… 제 경우에는 이 자장가 어쩌고 하는 이야기를 곧이곧대로 믿을 수가 없거든요."

"하지만 맞아떨어지잖아요, 경위님. 그건 인정하셔야죠."

닐은 느릿느릿 대답했다.

"맞아떨어지기는 하지만, 순서가 다르지 않습니까. 자장가대로라면 하녀가 세 번째 희생자예요. 그런데 우리도 알고 있다시피 왕비가 세 번째 희생자 아닙니까. 아델 포티스큐는 5시 25에서 6시 5분 전까지 살아 있었어요. 글래디스는 그때 이미 죽었고요."

"그 부분이 틀렸잖아요. 그 부분이 바로 자장가와 다르죠. 그게 아주 의미심장하지 않은가요?"

닐 경위가 어깨를 으쓱했다.

"너무 꼬치꼬치 따지는 것일 수도 있죠. 자장가의 조건을 충족시키면 그만일 수도 있습니다. 그런데 지금까지는 제가 마플 양의 편인 것처럼 이야기를 했죠. 이번에는 제 입장에서 사건을 정리해 보겠습니다. 지빠귀니 호밀이니 하는 걸 모두 배제하고, 명백한 사실과 상식과 정상적인 사람들이 살인을 저지르는 이유만 놓고 생각하겠습니다. 먼저, 렉스 포티스큐의 죽음과 이로 인해 누가 이득을 보는가 하는 문제입니다. 이득을 보는 사람이 제법 되지만, 장남인 퍼시벌에게 돌아가는 이득이 가장 많죠. 그날 아침에 퍼시벌은 집에 없었습니다. 그렇기 때문에 아버지의 커피나 아침 식사에 독을 넣을 수가 없었다고, 처음에 저희는 그렇게 생각했습니다."

마플 양의 눈이 반짝거렸다.

"아, 그럼 방법이 있었다는 건가요? 나도 열심히 고민했더니 몇 가지 생각이 나던데. 물론 증거는 없지만 말이에요."

"마플 양께 알려 드려도 상관없겠죠. 탁신은 새 마멀레이드 병에 들어 있었습니다. 그 마멀레이드가 아침 식탁에 올랐고, 포티스큐 씨가 탁신이 뿌려진 제일 윗부분을 먹은 거죠. 범인은 나중에 그 마멀레이드 병을 떨기나무 사이에 던지고, 남은 양을 비슷하게 맞춘 다른 병을 식료품 창고에 두었습니다. 떨기나무 사이에서 병이 발견되었고, 분석 결과가 나왔습니다. 탁신이 확실히 들어 있다고요."

마플 양이 중얼거렸다.

"그런 거였군요. 너무 간단하고 쉽네요."

닐 경위가 하던 이야기를 계속했다.

"연합 투자 기금은 안 좋은 상황이었습니다. 유언장대로 아델 포티스큐에게 10만 파운드를 주려면 회사가 파산했을 겁니다. 그런데 포티스큐 부인이 남편 사후에도 한 달 동안 살아 있으면 그 돈을 줄 수밖에 없었죠. 포티스큐 부인은 회사나 어려운 사정을 전혀 고려하지 않을 테니까요. 하지만 부인은 한 달을 버티지 못하고 죽었고, 그 결과 렉스 포티스큐의 잔여 재산 상속자에게 수혜가 돌아갔죠. 그러니까 또다시 퍼시벌 포티스큐가 이득을 보게 되었다는 겁니다. 계속 퍼시벌 포티스큐로군요."

경위는 씁쓸해하는 말투로 이야기를 계속했다.

"그런데 그가 마멀레이드에는 손을 댈 수 있었을지 몰라도 새어머니를 독살하거나 글래디스를 목졸라 죽일 수는 없었죠. 비서에 따르면 그날 오후 5시까지 런던 사무실에 있었고, 거의 7시가 되어서야 퇴근했으니까요."

"그러니까 살인을 저지르기가 아주 어려웠겠군요."

닐 경위는 우울한 목소리로 대답했다.

"불가능했죠. 퍼시벌은 아예 제외되는 겁니다."

그는 이제 자제하거나 조심하지 않고, 상대방을 거의 의식하지 않은 채 씁쓸한 목소리로 말했다.

"어딜 가건 어느 쪽으로 방향을 틀건 한 사람이 나옵니다. 퍼시벌 포티스큐! 그런데 퍼시벌 포티스큐는 범인일 수 없단 말입니다."

닐이 마음을 조금 가라앉히고 말했다.

"아, 다른 가능성도 있습니다. 다른 사람들에게도 완벽한 동기가 있었으니까요."

마플 양이 날카롭게 지적했다.

"뒤부아 씨가 그렇겠고, 라이트 씨라는 그 젊은이도 그렇겠지요. 정말 경위님 말씀이 맞아요. '이득'이라는 문제만 맞닥뜨리면 의심이 생긴다니까요. 그러니까 무슨 일이 있어도 남을 믿지 말아야 해요."

닐은 자기도 모르게 미소를 지었다.

"항상 최악의 경우를 생각하라는 말씀인가요?"

이 매력적이고 연약해 보이는 노부인과 안 어울리는 희한한 원칙이었다.

마플 양이 대답했다.

"그럼요. 나는 항상 최악일 거라고 믿어요. 그런데 참 슬픈 건, 짐작이 맞아떨어지는 경우가 대부분이라는 거지요."

"알겠습니다. 최악의 경우를 생각해 보죠. 뒤부아가 범인일 수도 있고, 제럴드 라이트가 범인일 수도 있고(일레인 포티스큐와 결탁해서 그녀가 마멀레이드에 손을 댔다는 가정하에 그렇습니다), 퍼시벌 부인이 범인일 수도 있습니다. 부인도 그 자리에 있었으니까요. 그런데 이 사람들 중에는 이번 사건의 기이한 측면과 일맥상통하는 사람이 없습니다. 지빠귀나 주머니 속의 호밀과 일맥상통하는 사람도 없고요. 자장가는 마플 양의 가설이고, 어쩌면 그 가설이 맞을 수도 있습니다. 그렇다면 한 사람으로 귀결되지 않습니까? 매켄지 부인은 오랫동안 요양소 신세를 졌죠. 그러니 마멀레이드 병에 뭘 넣거나 응접실로 내간 차에 청산가리를 넣을 수 없었습니다. 부인의 아들 도널드는 됭케르크에서 전사했고요. 그럼 딸인 루비 매켄지가 남습니다. 만약 마플 양의 가설대로라면 이번 사건이 그 옛날 지빠귀 광산에서 비롯된 것이고, 그럼 루비 매켄지가 이 집에 있어야 하는데, 루비 매켄지일 수 있는 사람은 딱 1명뿐이죠."
"경위님, 너무 한쪽으로 치우쳐서 생각을 하시는 거 아닐까요?"
닐 경위는 그 말을 들은 척도 하지 않았다.
"딱 1명뿐이란 말입니다."
그는 무뚝뚝하게 이 말을 반복하고는 자리에서 일어나 밖으로 나갔다.

II

메리 도브는 그녀의 거실에 있었다. 작고 가구도 별로 없지만 아늑한 공간이었다. 그 공간을 아늑하게 꾸민 사람이 메리 도브였다. 닐 경위가 방문을 두드리자 배달 장부를 보고 있던 메리 도브가 고개를 들고 맑은 목소리로 외쳤다.

"들어오세요."

경위는 안으로 들어갔다.

"앉으세요, 경위님."

메리 도브가 의자를 가리키며 말했다.

"조금만 기다려 주실래요? 생선집 장부에 적힌 총계가 안 맞는 것 같아서 체크해야 하거든요."

닐 경위는 가만히 앉아서 덧셈을 해 나가는 그녀의 모습을 지켜보았다. 정말 침착하고 냉정한 아가씨라는 생각이 들었다. 닐은 늘 그렇듯 그 자신만만한 태도 뒤에 어떤 인물이 숨어 있을지 궁금했다. 파인우드 요양소에서 이야기를 나눈 할머니와 닮은 구석이 있는지 그녀의 얼굴을 찬찬히 뜯어보았다. 피부색은 비슷했지만, 이목구비에는 닮은 곳이 없었다. 잠시 후 메리 도브가 고개를 들고 물었다.

"예, 경위님. 어쩐 일로 오셨어요?"

닐 경위가 조용히 대답했다.

"도브 양, 이번 사건에는 아주 특이한 부분이 몇 군데 있습니다."

"그런데요?"

"포티스큐 씨의 주머니에 들어 있던 호밀부터가 참 이상했죠."

"그건 정말 희한했어요. 아무리 생각해도 이유를 모르겠고요."

"그리고 지빠귀도 있었죠. 지난여름 포티스큐 씨의 책상 위에 누군가가 올려놓은 지빠귀 4마리와 송아지 고기와 햄 대신 파이 속에 들어 있었던 지빠귀 말입니다. 그 사건들이 벌어졌을 때 도브 양은 이 집에서 근무 중이었나요?"

"예, 이제 생각나네요. 정말 황당한 사건이었어요. 무의미하고 짓궂은 장난이었죠."

"무의미하지는 않을지도 모릅니다. 도브 양, 지빠귀 광산에 대해 아는 게 있습니까?"

"지빠귀 광산은 처음 들어보는 곳인데요."

"이름이 메리 도브라고 했죠. 본명입니까?"

메리가 눈썹을 추켜세웠다. 닐 경위가 장담하건대 그녀의 파란 눈이 경계하는 눈빛으로 바뀌었다.

"정말 희한한 질문을 하시네요. 그럼 제 이름이 메리 도브가 아니란 말씀이세요?"

닐 경위가 밝은 목소리로 대답했다.

"예, 그렇지 않을까 싶어서요. 도브 양의 본명이 실은 루비 매켄지가 아닐까 싶습니다만."

메리가 닐의 얼굴을 빤히 쳐다보았다. 잠깐 동안 그녀의 얼굴이 무표정하게 변했다. 심사숙고하고 있다는 뜻이었다. 잠시 후 그녀가 아무 감정 없는 목소리로 조용히 물었다.

"제가 뭐라고 대답하길 바라세요?"

"대답해 주시죠. 본명이 루비 매켄지입니까?"

"제 이름은 메리 도브라고 말씀드렸을 텐데요."

"그렇죠. 하지만 증거가 있습니까?"

"뭘 보고 싶으신데요? 출생증명서요?"

"출생증명서가 도움이 될 수도 있고, 그렇지 않을 수도 있습니다.

메리 도브의 출생증명서를 가지고 있을지도 모르니까요. 그 메리 도브는 당신의 친구일 수도 있고, 이미 죽은 사람일 수도 있겠죠."

"예, 가능성이 무궁무진하죠."

메리 도브의 목소리가 다시 재미있어하는 투로 바뀌었다.

"경위님 입장에서는 상당한 딜레마겠어요."

"파인우드 요양소에 당신 얼굴을 기억하는 사람이 있을지도 모릅니다."

메리가 눈썹을 추켜세웠다.

"파인우드 요양소? 그게 뭔가요? 어디 있는 거죠?"

"잘 아실 텐데요, 도브 양."

"전혀 모르겠는데요."

"루비 매켄지가 아니라고 딱 잘라서 부인하는 겁니까?"

"저는 아무것도 부인하고 싶지 않은데요. 제가 루비 매켄지인지 아닌지 증명해야 할 사람은 경위님 아닌가요?"

이제 그녀는 확실히 재미있어하는 목소리였다. 재미있어하면서 해 볼 테면 해 보라는 투였다.

"맞잖아요. 경위님이 해야 하는 일이죠. 제가 루비 매켄지라는 증거가 있거든 대 보세요."

25장

I

닐 경위가 계단을 내려가는데, 헤이 경사가 음모를 꾸미는 사람처럼 나지막이 속삭였다.

"노처녀 할머님이 아까부터 경위님을 찾고 있습니다. 할 말이 많은 모양이던데요."

"이런 젠장, 빌어먹을."

"그러게 말입니다."

헤이 경사가 눈 하나 꿈쩍 않고 거들었다. 경사가 막 자리를 뜨려는 찰나, 닐이 그를 불러 세웠다.

"도브 양이 준 기록 다시 한번 점검해 봐. 예전에 일했던 곳이랑 위치 적어서 준 것 말이야. 일일이 체크해 줘. 한두 가지 확인하고 싶은 게 있으니까. 당장 착수할 수 있겠지?"

닐 경위가 종이에 몇 줄 메모를 적은 다음 헤이 경사에게 건넸다.

헤이 경사가 말했다.

"지금 당장 착수하겠습니다."

서재를 지나가는데 웅얼웅얼하는 소리가 들리기에 닐 경사는 안을 들여다보았다. 그를 찾았다는 마플 양이 뜨개바늘을 열심히 놀리면서 퍼시벌 포티스큐 부인과의 대화에 열을 올리고 있었다. 대화의 중간 부분이 닐 경위의 귀에 들렸다.

"……예전부터 생각했던 거지만 간호사가 되려면 사명감이 있어야 해요. 아주 고귀한 직업이니까요."

닐 경위는 조용히 뒤로 물러났다. 마플 양이 그를 본 게 분명한데, 알은 체하지 않았다.

그녀가 부드럽고 다정한 목소리로 하던 이야기를 계속했다.

"한번은 팔목이 부러진 적이 있는데, 아주 어여쁜 간호사가 돌봐주었답니다. 그런 다음 스패로 부인의 아들을 간호했는데, 그 아들이 아주 괜찮은 해군 장교였어요. 그런데 그게 엄청난 로맨스로 이어져서 둘이 약혼을 했지 뭐예요. 참 낭만적이지요? 둘은 결혼해서 아이 둘을 낳고 행복하게 잘 살았답니다."

마플 양이 감상적으로 한숨을 내쉬었다.

"폐렴이었어요. 폐렴을 어떻게 간호하느냐에 따라 많은 게 달라지잖아요."

제니퍼 포티스큐가 말했다.

"그럼요. 폐렴이 간호의 거의 전부라고 할 수 있죠. 요즘은 M과 B가 획기적인 효과를 보여서 예전처럼 오랜 사투를 벌일 필요가 없게 되었지만요."

"부인도 훌륭한 간호사였을 거예요. 그렇게 로맨스가 시작되지 않았나요? 퍼시벌 포티스큐를 간호하러 이 집에 온 거 아니었어요?"

"예, 맞아요. 그렇게 시작됐죠."

그녀는 이야기를 꺼리는 목소리였지만, 마플 양은 알아차리지 못한 눈치였다.

"그럴 줄 알았어요. 하인들이 쑥덕거리는 소리를 들으면 안 되는 거지만, 나처럼 나이 많은 노인네는 집안사람들 이야기에 관심을 가질 수밖에 없거든요. 내가 무슨 이야기를 하고 있었더라? 아, 맞다. 처음에는 다른 간호사가 있었는데 쫓겨났나 그랬지요? 일을 잘 못해서 말이에요."

"일을 잘 못해서 그런 건 아니었어요. 아버지인가 누가 아파서 제가 대신 간호를 하게 된 거예요."

"그렇군요. 그러다 사랑에 빠진 거로군요. 참 보기 좋네요. 참 보기 좋아요."

"잘 모르겠어요. 가끔은……."

제니퍼 포티스큐가 떨리는 목소리로 말했다.

"가끔은 다시 병동으로 돌아가고 싶을 때가 있거든요."

"그래요, 그래요, 그 심정 이해하지요. 직장 생활에 열심이었으니까요."

"당시에는 별로 그렇지도 않았는데, 지금은 생각해 보면…… 하루하루가 너무 지루해요. 날마다 특별한 일도 없고, 벌은 늘 일 때문에 바쁘고."

마플 양이 고개를 저었다.

"요즘 남자들은 일이 너무 많지요. 돈이 아무리 많아도 시간이 없으니."

"예, 그래서 가끔은 너무 외롭고 지루해요. 여기 내려오지 말걸 그랬다는 생각이 들 때가 많아요. 뭐, 제가 저지른 일이니 누굴 탓하겠어요. 저지르지 말았어야 하는 건데."

"뭘 저지르지 말았어야 했다는 건가요?"

"벌하고 결혼하지 말걸 그랬다는 거죠. 아……."

그녀는 갑자기 한숨을 쉬었다.

"이런 이야기는 이제 그만했으면 좋겠어요."

마플 양은 순순히 요즘 파리에서 유행하는 새로운 치마 이야기를 시작했다.

II

"조금 전에 그냥 자리를 비켜 줘서 고마웠어요."

서재 문을 두드리는 소리에 닐 경위가 대답했더니 마플 양이 이렇게 말을 하면서 안으로 들어왔다.

"확인하고 싶은 게 한두 가지 있었거든요."

마플 양은 나무라는 투로 덧붙였다.

"우리 이야기가 아직 안 끝났잖아요?"

닐 경위가 근사한 미소를 지어 보였다.

"죄송합니다, 마플 양. 좀 전에는 실례가 많았습니다. 의논 좀 하자고 불러 놓고는 저 혼자 떠들다 끝냈죠."

마플 양이 얼른 대답했다.

"아유, 괜찮아요. 그때는 내 속을 솔직히 털어놓을 준비가 아직 안 돼 있었답니다. 아주 확실해지기 전에는, 그러니까 나 혼자 생각에 확실해지기 전에는 함부로 누굴 지목하면 안 되지 않겠어요? 그런데 이제는 확실해졌어요."

"뭐가 확실해졌다는 겁니까?"

"포티스큐 씨를 살해한 범인이 누군지 확실해졌다는 거지요. 경위님한테 들은 마멀레이드 이야기가 결정타였어요. 덕분에 누가, 어떻게 했는지 밝혀졌답니다."

닐 경위가 눈을 깜빡였다.

마플 양은 그의 반응이 무슨 뜻인지 간파했다.

"미안해서 어쩌나. 가끔 내가 이렇게 횡설수설한답니다."

"무슨 말씀이신지 잘 모르겠습니다, 마플 양."

"그럼 처음부터 다시 시작하는 게 좋겠네요. 경위님 시간이 괜찮으면 제 의견을 말씀드리려고요. 아시다시피 제가 램스버텀 양, 크럼프 부인, 그 남편 등 여러 사람들과 이야기를 나누어 보지 않았겠어요? 크럼프 씨는 거짓말쟁이지만, 사실 그건 상관없어요. 거짓말쟁이인 걸 미리 알고만 있으면 이 사람한테 들으나, 저 사람한테 들으나 결론은 똑같거든요. 내가 알고 싶었던 건 걸려 온 전화와 나일론 스타킹, 기타 등등의 정체였답니다."

닐 경위는 다시 한번 눈을 깜빡이면서 어쩌다 이런 상황이 되었는지, 마플 양이 바람직하고 똑똑한 동료일지 모른다고 생각한 이유가 뭔지 고민했다. 하지만 그녀가 아무리 넋 나간 할머니라도 유익한 정보를 입수했을지도 몰랐다. 닐 경위는 지금껏 상대방의 이야기에 귀를 잘 기울였기 때문에 경찰로 성공할 수 있었다. 이번 경우 역시 귀를 기울일 준비가 되어 있었다.

"뭐든 남김없이 말씀해 주십시오, 마플 양. 다만 처음부터 차근차근 시작해 주시겠습니까?"

"예, 물론이지요. 시초는 아무래도 글래디스겠죠. 내가 글래디스 때문에 여길 찾아왔으니까요. 고맙게도 경위님이 그 아이의 소지품을 둘러볼 수 있게 해 주셨죠. 그런데 그 아이의 소지품과 나일론 스타킹과 전화와 이런저런 것들을 종합해 보니 분명한 그림이 그려지지 않겠어요? 포티스큐 씨와 탁신에 대해서 말이에요."

"누가 포티스큐 씨의 마멀레이드에 탁신을 넣었는지 가설을 세우신 건가요?"

"가설을 세운 게 아니라 누가 그랬는지 확실히 알고 있답니다."

닐 경위가 세 번째로 눈을 깜빡였다.

"바로 글래디스였어요."

26장

닐 경위는 마플 양을 멀뚱멀뚱 쳐다보며 천천히 고개를 저었다. 그러다 못 믿겠다는 듯이 물었다.

"그러니까 글래디스 마틴이 의도적으로 렉스 포티스큐를 살해했다는 말씀이신가요? 마플 양, 죄송하지만 저는 못 믿겠습니다."

"아뇨, 그게 아니라 글래디스는 포티스큐 씨를 살해할 생각이 없었어요. 결과적으로는 살해한 셈이 되었지만요! 경위님의 심문이 시작됐을 때 그 아이가 불안해하고 안절부절못했다고 하셨죠? 그리고 죄를 지은 사람처럼 보였다고도 하셨고요."

"예, 하지만 살인죄를 저지른 사람처럼 보이지는 않았습니다."

"예, 그랬겠죠. 말씀드렸다시피 그 아이는 누굴 살해할 생각이 없었으니까요. 하지만 마멀레이드에 탁신을 넣은 건 맞아요. 그게 독극물인 줄 몰랐던 거죠."

"그럼 뭐라고 생각했을까요?"

닐 경위는 여전히 못 믿겠다는 투였다.

"자백약으로 착각하지 않았을까 싶네요. 아가씨들이 오려 놓은 신문기사들을 보면 아주 재미있고 유익하잖아요? 시대는 바뀌어도 내용은 똑같답니다. 뷰티 노하우, 사랑하는 남자를 유혹하는 법. 그리고 마법, 부적, 신기한 사건들. 요즘은 이런 것들이 과학이라는 제목 아래 뭉뚱그려져 있잖아요. 지금은 아무도 마법사를 믿지 않고, 그들이 지팡이 한번 흔들면 누구든 개구리로 변신시킬 수 있다는 것도 안 믿죠. 그런데 어떤 호르몬을 투여하면 주요 조직에 변화가 생겨서 개구리 비슷하게 될 수 있다는 기사가 신문에 실리면 다들 믿잖아요. 글래디스도 자백약에 대한 기사를 읽었으니 그 남자가 자백약이라고 했을 때 당연히 그런 줄 알았겠죠."

"누가 그런 이야기를 했다는 겁니까?"

"앨버트 에번스죠. 물론 그건 본명이 아닐 거예요. 지난여름 행락지에서 글래디스를 만나 구슬리고 사랑을 속삭이면서 부당한 대우를 받았다는 둥, 박해를 당했다는 둥 뭐 그런 이야기를 하지 않았을까 싶어요. 아무튼 요지는 렉스 포티스큐가 자기가 한 짓을 고백하고 죗값을 받아야 한다는 거였겠죠. 확실한 건 아니지만, 장담할 수 있답니다. 그러고 나선 이 집에 취직하도록 부추겼겠죠. 요즘은 일손이 부족해서 원하는 곳에 일자리를 얻기가 아주 쉽거든요. 일손도 매번 바뀌고요. 그런 다음 두 사람은 날짜를 정했을 거예요. '그날을 잊지 마.'라고 적혀 있었던 엽서, 경위님도 기억하지요? 그날을 위해 두 사람은 준비하고 있었던 거랍니다. 글래디스는 그 남자 한테서 받은 독극물을 포티스큐 씨가 아침에 먹을 마멀레이드에 넣었고, 호주머니에 호밀도 넣었지요. 호밀을 넣는 이유는 뭐라고 했는지 모르겠네요. 하지만 애초에 말씀드렸던 것처럼 글래디스 마틴은 남을 '아주' 쉽게 믿는 성격이었답니다. 사실 잘생긴 남자가 제대로 구슬리기만 하면 무슨 말이든 믿었을 거예요."

"말씀 계속하십시오."

닐 경위가 멍하니 이야기했다.

"원래 계획은 앨버트가 그날 회사로 전화를 걸면, 자백약의 약효가 나타나기 시작해서 포티스큐 씨가 모든 걸 자백하고 어쩌고저쩌고 그랬을 거예요. 그런데 포티스큐 씨가 죽었다는 소식을 전해 들은 거예요. 가엾은 글래디스가 어떤 심정이었을지 짐작이 되지 않으세요?"

"그런데 만약 그랬다면 이야기하지 않았을까요?"

닐 경위가 이의를 제기했다.

마플 양이 날카롭게 물었다.

"경위님이 심문을 시작했을 때 그 아이의 첫마디가 뭐였죠?"

"'저는 안 그랬어요.'라고 했습니다."

"그것 보세요."

마플 양이 의기양양하게 말했다.

"그 아이는 원래 그런 식이었어요. 장식품을 깨도 늘 이렇게 말했죠. '저는 안 그랬어요, 마플 양. 어쩌다 그게 깨졌는지 모르겠어요.'

그런 아이들은 딱하게도 어쩔 수 없답니다. 무슨 짓을 저지르면 너무 당황해서 무조건 딱 잡아떼는 거예요. 아무것도 모르고 누군가를 살해해서 잔뜩 긴장한 아가씨가 설마 자백할 거라고 생각하시는 건 아니겠죠? 자백하면 그게 오히려 비정상인 거예요."

"예, 그럴 것 같습니다."

닐 경위는 글래디스와 만났을 때의 기억을 더듬어 보았다. 그녀는 불안해했고, 당황했고, 죄를 지은 사람처럼 보였고, 눈을 흘끔거렸다. 이 모든 게 별 의미 없는 행동일 수도 있었고, 엄청난 의미를 내포한 것일 수도 있었다. 그걸 보고 올바른 결론을 내리지 못한 게 닐의 잘못은 아니었다.

마플 양이 하던 이야기를 계속했다.

"아까도 말씀드렸던 것처럼 처음에는 딱 잡아떼자고 생각했겠죠. 그러다 혼란스러워하면서 머릿속으로 상황을 정리해 보려고 했을 거예요. 그 약이 얼마나 독한지 앨버트가 몰랐던 걸까? 아니면 실수로 너무 많이 준 걸까? 이런 식으로 두 사람을 위한 변명을 고민했겠죠. 그러면서 연락을 기다렸는데, 아니나 다를까 앨버트가 연락을 주었지요. 전화로요."

"확실합니까?"

닐이 날카롭게 물었다.

마플 양은 고개를 저었다.

"아뇨, 솔직히 추측이랍니다. 하지만 그날 이상한 전화가 여러 번 있었다고 해요. 벨이 울려서 크럼프나 크럼프 부인이 받으면 끊기는 전화가요. 그게 바로 그 사람 전화였던 거예요. 글래디스가 받을 때까지 전화를 걸고, 만날 약속을 잡은 거죠."

"그렇군요. 죽던 날, 그 남자를 만나기로 되어 있었다는 말씀이로군요."

마플 양이 동의하듯 고개를 끄덕였다.

"예, 그랬던 것 같아요. 크럼프 부인이 장담한 게 한 가지 있었답니다. 그 아이가 최고급 나일론 스타킹과 비싼 구두를 신고 있었다는 거죠. 누굴 만날 예정이었던 거예요. 그런데 밖에서 만난 게 아니라 그 남자가 이 집으로 찾아왔지요. 그래서 그날 하루 종일 밖을 살피고, 허둥거리고, 차 심부름도 늦었던 거랍니다. 그러다 두 번째 쟁반을 현관까지 들고 갔을 때 옆문으로 가는 길에서 그 남자가 자기를 부르고 있는 걸 보았을 거예요. 글래디스는 쟁반을 내려놓고 남자를 만나러 밖으로 나갔죠."

"그러다 목 졸려 죽었군요."

마플 양이 입술을 오므렸다.

"순식간에 벌어진 일이었을 거예요. 하지만 그 남자는 위험을 감수할 수 없었겠죠. 글래디스는 죽을 수밖에 없었던 거예요. 가엾고 어리석고 순진한 것. 그런 다음 그 남자는 글래디스의 코를 빨래집게로 집었어요!"

엄청난 분노로 인해 노부인의 목소리가 떨렸다.

"자장가 노랫말에 맞추기 위해서 말이죠. 호밀, 지빠귀, 보물 창고, 빵과 꿀, 그리고 빨래집게……. 하녀의 코를 물었다는 작은 새와 가장 가까운 게 그거라서…….”

"그런 다음 결국에는 브로드무어 정신 병원에 입원해 버릴 테니 우리는 범인을 처형할 수도 없겠죠. 정신병자라서요!"

닐이 느릿느릿 말했다.

"처형하는 데는 아무 문제 없을 거예요. 그리고 이 남자는 절대 정신병자가 아니랍니다!"

닐 경위가 노부인을 뚫어져라 쳐다보았다.

"가설 잘 들었습니다. 예…… 예……. 확실히 알고 있다고 말씀하셨지만, 사실은 가설에 불과하죠. 행락지에서 글래디스라는 아가씨를 꼬여서 이용한 앨버트 에번스라는 남자가 이번 사건의 범인이라는 말씀이죠? 이 앨버트 에번스는 그 옛날 지빠귀 광산의 복수를 바라고요. 그럼 매켄지 부인의 아들, 돈 매켄지가 됭케르크에서 전사하지 않았다는 말씀입니까? 아직 살아 있고, 이번 사건의 배후라고요?"

그런데 놀랍게도 마플 양은 고개를 세차게 저었다.

"아니에요! 그게 아니죠! 그런 뜻이 아니에요. 이 지빠귀 광산 어쩌고는 완벽한 날조였어요. 서재와 파이에 얽힌 지빠귀 이야기를 듣고 범인이 그걸 이용한 거랍니다. 서재와 파이에 있던 지빠귀는 진짜였죠. 그 옛날 일을 기억하고, 복수를 원하는 사람이 넣은 거예요. 하지만 그 사람의 목적은 포티스큐 씨를 협박하거나 심기를 건드리는 게 전부였어요. 기회를 기다리면서 칼을 갈고 있다 복수를 해야 한다고 교육시킨들 아이들이 그렇게 될까요? 아이들도 '생각'이 있는걸요. 하지만 아버지가 사기를 당했고 죽도록 버림당했을지도 모른다면, 그 자식이 그런 짓을 저지른 사람에게 몹쓸 장난을 칠 수는 있겠죠. 그래서 그런 사건이 벌어졌던 거랍니다. 범인은 그걸 이용했고요."

"범인이라……. 마플 양, 이제 범인이 누군지 알려 주십시오. 대체 누굽니까?"

"들어도 별로 놀라지 않으실 거예요. 범인이 누구인지, 아니 좀 더 정확히 말하면 누구라고 생각하는지 내가 공개하자마자 깨달으실 테니까요. 이런 살인 사건을 저지를 만한 사람이라는 걸 말이죠. 범인은 정신병과 거리가 멉니다. 영리하고, 아주 비양심적인 사람이지요. 범행을 저지른 이유는 돈 때문이었죠. 아마 상당한 액수가 걸려 있었을 거예요."

"퍼시벌 포티스큐인가요?"

닐 경위는 애원조로 이렇게 묻자마자 정답이 아니라는 걸 알아차렸다. 마플 양이 묘사한 인물은 퍼시벌 포티스큐와 닮은 구석이 전혀 없었다.

"아유, 아니죠. 퍼시벌이 아니라 랜스죠."

27장

I

"말도 안 돼."

닐 경위는 의자에 기대, 홀린 듯한 눈으로 마플 양을 쳐다보았다. 마플 양도 이야기했던 것처럼 그는 놀라지 않았다. 말도 안 된다고 한 것은 그럴 리 없다는 뜻이 아니라 불가능한 일이라는 뜻이었다. 랜스 포티스큐는 마플 양의 묘사와 정확히 일치했다. 마플 양이 제대로 짚었다. 하지만 닐 경위는 어떻게 랜스가 정답일 수 있는지 아직도 파악되지 않았다.

마플 양은 몸을 앞으로 숙이고, 간단한 산수 문제를 어린아이한테 설명하는 사람처럼 조용하고 설득력 있는 목소리로 그녀의 가설을 간략하게 서술했다.

"랜스는 원래 그런 인간이었어요. 그러니까 원래부터 악당이었답니다. 철두철미한 악당이었는데, 그게 랜스의 경우에는 매력으로 작용했어요. 특히 여자들한테 그랬죠. 그는 똑똑하고 모험을 두려워하지 않는답니다. 그런데 항상 위험한 일을 시도해도 특유의 매력 때문에 사람들은 나쁜 쪽이 아니라 좋은 쪽으로만 해석했죠. 그는 지난여름에 아버지를 만나러 집으로 찾아왔어요. 그런데 렉스 씨가 편지를 보냈다든지 불렀다는 이야기는 전혀 못 믿겠네요. 확실한 증거가 있으면 모르겠지만."

그녀는 미심쩍은 듯 하던 이야기를 멈추었다.

닐은 고개를 저었다.

"포티스큐 씨가 편지를 보냈다는 증거는 없습니다. 랜스가 여길 찾아온 다음 아버지한테 보냈다는 편지는 있죠. 하지만 도착한 날, 렉스 씨의 서재에 있는 서류 사이에 얼마든지 슬쩍 넣을 수 있었을 겁니다."

"참 교활하기도 하지."

마플 양이 고개를 끄덕이며 말했다.

"아무튼 여기로 날아와서 아버지와 화해를 시도했지만, 포티스큐 씨가 들은 척도 하지 않았겠죠. 아시다시피 랜스는 얼마 전에 결혼을 해서 얼마 안 되는 수입으로 살고 있었는데, 여러 부정한 경로로 거두고 있었을 게 분명한 그 수입으로는 부족하지 않았겠어요? 그는 팻을 끔찍이 사랑했고(참 매력적이고 사랑스러운 아가씨죠.) 둘이서 어엿하고 안정적인 보금자리를 꾸미고 싶었죠. 떳떳하게 말이에요. 그런데 자기가 생각하기에 그러자면 돈이 필요했던 거예요. 이 집에 찾아왔을 때 랜스는 그 지빠귀 이야기를 들었을 거예요. 아니면 아버지나 새어머니가 이야기를 꺼냈을 수도 있고요. 그 소식을 듣고 랜스는 매켄지의 딸이 이 집에 있다는 결론을 내렸고, 그녀를 희생양으로 삼으면 완벽하겠다고 생각했죠. 아버지가 뜻대로 되지 않으니까 살인밖에는 방법이 없겠다는 잔인한 판단을 내린 거랍니다. 아버지가…… 음, 그러니까 상태가 안 좋다는 걸 알아차리고, 아버지가 죽을 때쯤이면 회사가 이미 파산하지 않을까 걱정도 됐겠죠."

"그는 렉스 씨의 상태에 대해서 이미 알고 있었습니다."

"아, 그럼 여러 부분이 명확해지네요. 아버지 이름이 렉스라는 우연의 일치에 지빠귀 사건이 더해지면서 자장가 생각을 하게 되었을 거예요. 사건을 정신병자의 소행으로 보이도록 만들고, 복수를 하겠다는 매켄지 집안의 오래전 협박과 결부하면 되겠다는 생각 말이에요. 그런 다음 새어머니까지 처치하면 회사에서 10만 파운드가 나가는 걸 막을 수 있었죠. 그런데 범행을 저지르려면 세 번째 인물, 즉 '정원에서 빨래를 너는 하녀'가 필요했어요. 여기에 생각이 미쳤을 때 사악한 계획이 떠오르지 않았을까 싶어요. 발설하기 전에 입을 막을 수 있는 순진한 공범을 만들면 되겠다는 생각 말이죠. 공범을 끌어들이면 첫 번째 살인 때 완벽한 알리바이도 만들 수 있지 않겠어요? 나머지는 식은 죽 먹기였죠. 랜스는 5시 조금 전에 이 집에 도착했죠. 그때 글래디스는 두 번째 쟁반을 들고 현관을 지나가고 있었고요. 그는 옆문으로 갔을 때 그녀를 보고 불러냈어요. 그녀를 목 졸라 죽이고 시신을 빨랫줄이 있는 곳까지 옮기는 데 삼사 분이면 됐을 거예요. 그런 다음 현관 벨을 누르고 집으로 들어가서 가족들과 함께 차를 마셨죠. 차를 마신 다음에는 램스버텀 양을 만나러 갔고요. 램스버텀 양을 만난 후 1층으로 내려와서 응접실로 다시 들어갔을 때, 아델이 혼자 차를 마시고 있는 것을 보고는 소파에 앉아 이야기하면서 슬그머니 청산가리를 넣었겠죠. 어려운 일은 아니었을 거예요. 각설탕처럼 하얗고 작은 알갱이였을 테니까요. 설탕 그릇에서 각설탕을 집은 척하면서 보란 듯이 청산가리를 잔 속으로 떨어뜨렸을지도 모르지요. 웃으면서 '제가 설탕을 왕창 넣었어요.' 했겠죠. 아델은 괜찮다고 하면서 잘 저어서 마셨을 거예요. 그렇게 간단하고 대담하게 범행을 저질렀을 거예요. 랜스는 아주 대담한 친구지요."

닐 경위가 느릿느릿 말했다.

"그런 방법이 있었겠군요……. 예, 맞습니다. 그런데…… 그런데 그걸로 얻는 이득이 무엇인지 모르겠습니다. 포티스큐 씨가 죽지 않았으면 회사가 조만간 파산할 정도였는데, 3건의 살인을 계획할 만큼 랜스의 몫이 컸을까요? 제가 보기에는 아닌 것 같은데요. 아무리 생각해도 아닌 것 같습니다."

마플 양도 솔직히 인정했다.

"그게 좀 어려운 부분이지요. 예, 경위님 말씀이 맞아요. 그게 걸림돌이랍니다. 그런데……."

그녀는 머뭇거리면서 경위를 쳐다보았다.

"그런데…… 제가 금융 쪽으로는 정말 아는 게 없지만…… 지빠귀 광산이 정말 아무짝에도 쓸모없는 곳일까요?"

닐은 곰곰이 생각해 보았다. 여러 조각들이 그의 머릿속에서 완벽하게 들어맞았다. 랜스는 여러 위험한 사업체 내지는 퍼시벌의 손을 떠난 쓸모없는 사업체를 기꺼이 떠맡겠다고 했다. 오늘 런던에서 퍼시벌에게 작별을 고했을 때는 재수 없는 지빠귀 광산을 처분하는 게 좋을 거라고 했다. 광산. 아무짝에도 쓸모없는 광산. 사실은 제법 짭짤한 광산이었을까? 왠지 가능성 없는 추측이기는 했다. 렉스 포티스큐는 이런 부분에서 실수할 인물이 아니었다. 그런데 최근 들어 정밀한 조사가 이루어졌다면? 광산이 어디 있다고 했더라? 랜스가 말하길 서아프리카라고 했다. 하지만 다른 사람, 램스버텀 양 말로는 '동'아프리카라고 했다. 랜스가 일부러 동아프리카가 아니라 서아프리카라고 한 걸까? 램스버텀 양의 나이가 많고 건망증이 있지만, 그녀가 맞고 랜스가 틀렸을지 모른다. 랜스는 동아프리카에 있다 귀국했다. 그럼 최근 소식을 알고 있는 거 아닐까?

갑자기 탁 하는 소리와 함께 퍼즐의 또 한 조각이 맞아떨어졌다. 기차에서 읽은 《타임스》. 탕가니카에서 우라늄층이 발견되었다는 기사. 우라늄층이 발견된 곳이 지빠귀 광산 자리였다면? 그럼 모든 궁금증이 해결된다. 랜스는 그곳에 살았기 때문에 그 사실을 알고 있었고, 그곳에 우라늄이 묻혀 있다면 한몫 건지는 건 시간 문제였다. 그것도 엄청난 한몫이었다! 닐 경위는 한숨을 쉬고 원망하는 눈빛으로 마플 양을 쳐다보았다.

"이걸 저더러 무슨 수로 입증하라는 겁니까?"

마플 양이 기운 내라는 듯 고개를 끄덕였다. 장학금 시험을 앞두고 있는 영리한 조카를 응원하는 이모 같았다.

"할 수 있을 거예요. 경위님은 아주아주 똑똑한 분이니까요. 처음부터 알아봤지요. 이제 범인이 누구인지 알았으니 증거만 찾으면 되지 않겠어요? 예를 들어 그 행락지에 가서 랜스의 사진을 보여 주면 알아보는 사람이 있을 수도 있고요. 그는 앨버트 에번스라는 예명으로 일주일 동안 거기 있었던 이유를 설명하기 난감할 거예요."

맞는 이야기였다. 랜스 포티스큐는 똑똑하고 비양심적이었지만 또 한편으로는 무모했다. 이번에는 시도한 모험이 조금 지나쳤다.

닐은 "잡고야 말겠어!" 하고 혼잣말을 중얼거렸다. 그러다 의구심이 밀려들자 마플 양을 쳐다보았다.

"이게 다 단순한 가정에 불과하다는 거 아시죠?"

"알다마다요……. 하지만 경위님도 확신하시잖아요."

"아마 그럴 겁니다. 그런 부류라면 익히 알고 있으니까요."

노부인은 고개를 끄덕였다.

"맞아요, 중요한 건 그거죠……. 그래서 내가 분명하다고 확신하는 거랍니다."

닐이 장난기 어린 눈빛으로 노부인을 쳐다보았다.

"범죄자라면 훤하니까요?"

"아유…… 아니에요. 팻…… 그 사랑스러운 아가씨 때문에 확신하는 거예요. 그런 아가씨들은 꼭 나쁜 남자하고 결혼을 하거든요.

애초에 랜스한테 관심이 쏠렸던 이유도 그 때문이랍니다……."

"저도 속으로는 분명하다고 생각하지만, 설명이 필요한 부분들이 많네요. 예를 들어 루비 매켄지 건만 해도, 장담하건대……."

마플 양이 말허리를 자르고 나섰다.

"경위님의 짐작이 맞을 거예요. 하지만 엉뚱한 사람을 생각하고 계셨죠. 가서 퍼시벌 부인과 이야기를 나누어 보세요."

II

닐 경위가 말했다.

"포티스큐 부인, 결혼 전의 이름을 여쭈어봐도 될까요?"

"예?"

제니퍼는 숨을 헐떡였다. 깜짝 놀란 얼굴이었다.

"긴장하실 필요 없습니다. 하지만 사실대로 이야기하시는 게 좋을 겁니다. 결혼 전의 이름이 루비 매켄지 맞습니까?"

"저기…… 어쩜 좋아……. 그게…… 루비 매켄지라면 안 될 이유라도 있나요?"

"전혀 없습니다."

닐 경위는 다정한 목소리로 대답하고 이렇게 덧붙였다.

"며칠 전에 파인우드 요양소를 찾아가서 어머님과 이야기를 나누었습니다."

"저한테 화가 많이 나셨어요. 제 얼굴을 보면 펄쩍 뛰시기 때문에 이제는 찾아가서 뵙지도 못해요. 가엾은 엄마. 아빠한테 온 정성을 다하셨는데."

"어머님이 통속극처럼 복수를 해야 한다고 가르치셨나요?"

"예. 절대 잊지 않을 것이며, 언젠가는 그 사람을 죽이고 말겠다고 성경에 대고 맹세하게 했어요. 물론 저는 병원에서 실습을 시작한 뒤로 엄마의 정신 상태가 온전하지 않았다는 걸 알게 됐죠."

"그래도 복수심을 느끼셨을 텐데요."

"당연하죠. 렉스 포티스큐가 실질적으로 우리 아버지를 죽였으니까요! 총으로 쏘거나 칼로 찌르거나 그랬다는 뜻은 아니에요. 하지만 분명히 아버지가 죽도록 내버려 뒀을 거예요. 그게 그거 아닌가요?"

"도덕적으로는 그렇죠."

"복수를 하고 싶었어요. 그래서 친구가 그 사람의 아들을 간호하게 되었을 때 그만두게 만들고, 대타를 자청했죠. 무슨 생각으로 그랬는지 모르겠어요…… 정말 모르겠어요. 경위님, 저는 포티스큐 씨를 죽일 마음은 전혀 없었어요. 간호를 엉망으로 해서 아들을 죽이겠다는 생각을 했을지는 몰라요. 하지만 간호사 일을 하다 보면 그런 짓은 할 수가 없답니다. 벌의 건강을 회복시키려고 얼마나 애를 썼는지 몰라요. 그러다 벌이 저를 좋아하게 돼서 청혼했고, 결혼이 그 어떤 방법보다 훨씬 현명한 복수일 거라는 생각이 들더군요. 포티스큐 씨의 맏아들과 결혼하면 우리 아버지한테 사기 쳐서 번 돈을 빼앗을 수 있을 거 아니에요. 훨씬 현명한 방법이라고 생각했죠."

"예, 맞습니다. 훨씬 현명한 방법이죠. 그럼 책상과 파이에 지빠귀를 놓은 사람이 부인이었습니까?"

퍼시벌 부인이 얼굴을 붉혔다.

"예, 정말 한심한 짓이었죠……. 하지만 포티스큐 씨가 하루는 잘 속는 사람들 이야기를 하면서 예전에 사기 쳤던 일을 떠벌리더라고요. 합법적인 방법으로 그런 사람들을 이용했다고 하면서요. 그래서 좀 섬뜩하게 만들어야겠다 생각했죠. 그랬더니 정말 섬뜩해하더군요! 어찌나 당황하던지."

제니퍼는 걱정스러워하는 말투로 덧붙였다.

"하지만 그게 다였어요! 저는 정말 범인이 아니에요, 경위님. 설마…… 설마 제가 살인을 저질렀을지 모른다고 생각하시는 건 아니겠죠?"

닐 경위가 미소를 지었다.

"예, 아닙니다. 그나저나 최근 들어 도브 양에게 돈을 주신 적 있습니까?"

제니퍼가 입을 떡 벌렸다.

"어떻게 아셨어요?"

"저희는 아는 게 많죠. 상당한 액수였을 것 같은데요."

제니퍼는 속사포처럼 말을 쏟아냈다.

"저를 찾아오더니 경위님이 자기더러 루비 매켄지 아니냐고 했다는 거예요. 그러면서 500파운드를 주면 계속 착각하게 만들겠다고 하더라고요. 제가 루비 매켄지로 밝혀지면 아버님 부부를 살해한 범인으로 지목당할 거라면서요. 퍼시벌한테 말할 수도 없고, 돈을 마련하느라 얼마나 고생했는지 몰라요. 그 사람은 제 정체를 모르거든요. 그래서 다이아몬드가 박힌 약혼 반지랑 아버님한테 받은 정말 예쁜 목걸이를 팔 수밖에 없었어요."

"걱정 마십시오, 부인. 제가 그 돈을 돌려 드릴 수 있을 것 같으니까요."

III

다음 날, 닐 경위는 메리 도브 양과 다시 한번 만났다.

"도브 양, 퍼시벌 포티스큐 부인 앞으로 500파운드짜리 수표를 끊어 주실 수 있을까요?"

그는 메리 도브가 당황하는 모습을 단 한 번만이라도 보고 싶었다.

"그 멍청한 여자가 이야기한 모양이네요?"

"예. 협박은 중범에 해당됩니다, 도브 양."

"그건 협박이 아니잖아요, 경위님. 저를 협박죄로 고발하지는 못하실 것 같은데요. 퍼시벌 부인을 위해서 특별 서비스를 제공한 거예요."

"수표를 끊어 주시면 그렇다고 인정해 드리겠습니다."

메리 도브는 수표첩을 가지고 와서 만년필을 들었다.

"아, 짜증 나. 요즘 돈이 없어서 쩔쩔매고 있는데."

그녀는 한숨을 쉬었다.

"조만간 다른 일자리를 찾아 나설 생각이죠?"

"예. 이 집은 생각하고 너무 달랐어요. 제 입장에서 보면 정말 재수 없는 직장이었죠."

닐 경위도 인정했다.

"예, 난감하셨을 겁니다. 저희가 언제라도 도브 양의 과거 행적을 들출 수 있었으니까요."

다시 한번 냉정을 되찾은 메리 도브가 눈썹을 추켜세웠다.

"경위님, 장담하지만 제 과거는 한 점 부끄럼이 없답니다."

닐 경위가 밝은 목소리로 맞장구를 쳤다.

"예, 맞습니다. 증거가 전혀 없죠. 그런데 희한한 우연의 일치가 있더군요. 도브 양이 아주 훌륭한 자세로 근무했던 세 곳 모두 도브 양이 떠난 지 약 3개월 만에 도둑을 맞았거든요. 도둑은 밍크 코트, 보석, 기타 등등이 어디 있는지 정말 잘 아는 것 같았다더군요. 희한한 우연의 일치 아닙니까?"

"우연의 일치도 생기는 법이잖아요."

"물론입니다. 그렇고말고요. 하지만 너무 자주 생기면 안 되죠. 감히 말씀드리지만, 앞으로 도브 양을 다시 만나는 일이 생길 것 같습니다."

"저는…… 너무 실례되는 말일지 모르겠지만…… 저는 그럴 일이 없었으면 좋겠네요."

28장

I

 마플 양은 여행 가방의 표면을 평평하게 정리하고 양털 숄의 끝자락을 쑤셔 넣은 다음 뚜껑을 닫았다. 그러고는 방 안을 둘러보았다. 빠트린 물건은 없었다. 크럼프가 와서 가방을 들고 나갔다. 마플양은 램스버텀 양에게 작별 인사를 하러 옆방으로 건너갔다.
 "환대해 주셨는데 제가 보답을 못하지 않았나 싶네요. 언젠가는 용서해 주실 날이 있겠죠?"
 "하."
 그뿐이었다. 램스버텀 부인은 늘 그렇듯 페이션스를 하고 있었다.
 "검은색 잭, 빨간색 퀸."
 그녀는 혼잣말로 중얼거리다 마플 양을 날카롭게 곁눈질했다.

"원하던 걸 찾은 모양이로군."

"예."

"그리고 그 경찰 양반한테 모조리 이야기했겠지? 그 양반이 증거를 찾을 수 있답니까?"

"아마 그럴 거예요. 시간이 좀 걸리겠지만요."

"더 이상 아무것도 묻지 않겠어. 영리한 사람, 내가 첫눈에 알아봤지. 마플 양을 원망하지는 않아. 몹쓸 짓은 몹쓸 짓이고, 벌을 받아야 하니까. 이 집안에는 나쁜 피가 흐르고 있거든. 다행스럽게도 우리 쪽에서 대물림된 건 아니지만. 내 동생 엘비라가 바보였지. 그보다 끔찍한 일이 어디 더 있을까?"

램스버텀 양은 카드를 가리키면서 같은 말을 반복했다.

"검은색 잭. 잘생겼지만 속은 시커먼 인간. 그래, 난 그게 두려웠어. 뭐, 악동은 사랑할 수밖에 없는 게 아니겠어? 그 아이는 예전부터 수단이 좋았지. 심지어 나까지 구워삶을 정도였으니까……. 그날 몇 시쯤 이 방에서 나갔는지 거짓말을 했더군. 내가 나서서 바로잡지는 않았지만, 의심스러웠어…… 그 뒤로 계속 의심스러웠지. 하지만 우리 여동생의 아들이니…… 입을 다물 수밖에. 제인 마플, 당신은 의인이야. 정의가 승리해야지. 그런데 그 아이의 안사람은 딱하게 됐군그래."

"그러게 말입니다."

팻 포티스큐는 작별 인사를 하기 위해 현관에서 기다리고 있었다.

"계속 계셨으면 좋겠어요. 보고 싶을 거예요."

"이제 가 봐야지요. 여기서 해야 할 일을 모두 끝냈으니까. 유쾌한 일은 아니었답니다. 하지만 악이 승리하면 안 되는 거 아니겠어요?"

팻은 어리둥절해하는 표정을 지었다.

"무슨 말씀인지 모르겠어요."

"그래요. 하지만 언젠가는 이해할 날이 있을 거예요. 내가 감히 충고 하나만 하자면…… 앞으로 살아 가면서 안 좋은 일이 생기거든…… 행복한 어린 시절을 보냈던 곳으로 돌아가는 게 좋을 거예요. 아일랜드로 돌아가요. 말과 개가 있는 그곳으로."

팻은 고개를 끄덕였다.

"프레디가 죽었을 때 그랬어야 하지 않았나 싶을 때도 있어요. 하지만 그랬더라면…… 랜스를 못 만났겠죠."

그녀는 부드럽게 바뀐 목소리로 이렇게 말했다.

마플 양은 한숨을 내쉬었다.

"저희도 떠날 거예요. 모든 게 정리되는 대로 동아프리카로 돌아갈 거예요. 정말 기뻐요."

"신의 은총이 함께하길 빌게요. 인생을 살아 가려면 많은 용기가 필요한데, 아가씨한테는 그런 용기가 있을 거예요."

마플 양은 팻의 손을 토닥여 준 다음 놓고, 현관을 지나서 기다리고 있던 택시 쪽으로 걸어갔다.

II

마플 양은 그날 저녁 늦게 집에 도착했다.

세인트페이트 고아원을 갓 졸업한 키티가 문을 열어 주고 환한 얼굴로 맞이했다.

"저녁으로 청어를 준비했어요. 마님이 돌아오시니까 정말 좋네요. 집 안 구석구석 아주 깨끗할 거예요. 봄맞이 대청소를 했거든요."

"잘했다, 키티. 나도 집에 오니까 좋구나."

천장 돌림띠에 달린 거미줄 6개가 마플 양의 눈에 띄었다. 이 아이들은 위를 쳐다보는 법이 없다니까! 하지만 그녀는 워낙 너그러운 성격이라 아무 말도 하지 않았다.

"편지들은 현관 테이블에 놓아 두었어요. 데이지미드로 잘못 배달됐던 편지도 1통 있고요. 늘 그렇잖아요. 데인하고 데이지가 워낙 비슷한데다 이번에는 글씨도 엉망이라 제가 봐도 잘 모르겠더라고요. 그 집 식구들이 어디 멀리 가서 집을 비우는 바람에 오늘에서야 이쪽으로 제대로 배달됐어요. 중요한 편지면 어떻게 하느냐고 그러더라고요."

마플 양이 편지들을 집어 들었다. 키티가 말한 편지가 제일 위에 있었다. 얼룩진 괴발개발 글씨를 보는 순간, 마플 양의 머릿속 한구석에서 희미한 기억이 떠올랐다. 그녀는 봉투를 찢었다.

마님,

이런 편지를 보내서 죄송하지만 어떻게 해야 좋을지 모르겠어서요. 저는 정말이지 나쁜 마음이 조금도 없었어요. 신문에서 살인 사건이라고 하는 걸 마님도 보셨겠지만, 저는 안 그랬어요. 정말이에요. 저는 그렇게 몹쓸 짓을 할 사람이 아니잖아요. 그 사람, 그러니까 앨버트도 마찬가지고요. 제가 지금 횡설수설하고 있는데, 우리는 지난여름에 만났고 결혼할 생각이었는데, 버트가 죽은 포티스큐 씨한테 사기를 당해서 빈털터리가 됐어요. 포티스큐 씨는 딱 잡아뗐어요. 포티스큐 씨는 돈이 많고 버트는 가난하니까 사람들은 다 그 사람 말을 믿었죠. 하지만 버트한테 신약을 개발하는 데서 일하는 친구가 있는데, 마님도 신문에서 보셨겠지만 자백약이라는 게 있대요. 그걸 먹으면 좋든 싫든 솔직히 이야기할 수밖에 없대요. 버트가 변호사를 데리고 11월 5일에 포티스큐 씨 회사로 찾아갈 생각이었으니까, 내가 그날 아침에 그 약을 확실히 먹이면 변호사 앞에서 버트 말이 맞다고 인정할 수밖에 없을 거랬어요. 그래서 마멀레이드에 그 약을 넣었는데, 죽었다고 하니까 너무 독한 약이 아니었나 싶어요. 하지만 버트는 그런 짓을 할 사람이 아니니까 버트의 잘못이 아닌데, 그 사람이 일부러 그랬다고 할까 봐 경찰한테 말도 못하겠어요. 아, 어떻게 하면 좋을지 어떻게 말을 해야 될지 모르겠고, 경찰이 이 집에 와 있는 게 너무 끔찍해요. 저를 무섭게 노려보면서 질문을 하는데, 어떻게 하면 좋을지 모르겠고 버트한테서는 소식도 없고요. 마님, 이런 말씀드리기 정말 죄송하지만 여기로 내려와서 저 좀 도와주시면 안 될까요? 그 사람들이 마님 이야기라면 들을 테고, 마님은 저한테 아주 잘해 주셨잖아요.

저는 나쁜 마음을 먹은 적이 없고, 버트도 마찬가지예요. 저희 좀 도와주세요.

글래디스 마틴 드림

추신: 버트와 함께 찍은 사진을 같이 보내요. 행락지에서 어떤 남자가 찍어서 준 거예요. 버트는 저한테 이 사진이 있는 걸 몰라요. 사진 찍는 걸 싫어하거든요. 하지만 마님도 보시면 알겠지만, 정말 잘생기지 않았나요?

마플 양은 입술을 오므리고 사진을 물끄러미 내려다보았다. 사진 속의 두 사람은 서로를 바라보고 있었다. 마플 양의 시선이 홀딱 반해서 입을 살짝 벌리고 있는 글래디스의 가엾은 얼굴에서 옆 사람 얼굴로 넘어갔다. 미소를 짓고 있는 랜스 포티스큐의 까무잡잡하고 잘생긴 얼굴이었다.

이 애처로운 편지의 마지막 구절이 그녀의 머릿속에서 메아리쳤다. '정말 잘생기지 않았나요?'

마플 양의 눈에 눈물이 고였다. 연민의 뒤를 이어 분노가 치밀었다. 잔인한 살인범에 대한 분노였다.

그러다 연민과 분노가 잦아들면서 승리의 기쁨이 용솟음쳤다. 턱뼈 일부분과 이빨 몇 개를 가지고 멸종된 생물을 복원하는 데 성공한 전문가가 느낌 직한 승리의 기쁨이었다.

〈끝〉

옮긴이 | 이은선

연세대학교 중문과와 같은 학교 국제학대학원 동아시아학과를 졸업했다. 편집자와 저작권 담당자로 일했으며, 현재는 전문 번역가로 활동 중이다. 옮긴 책으로는 『탐정 아리스토텔레스』, 『헌책방마을 헤이온와이』, 『화성의 인류학자』, 『통역사』, 『포의 그림자』, 『누들메이커』, 『기적』, 『굿독』, 『몬스터』, 『그대로 두기』, 『워너비 재키』, 『마흔 살 여자가 서른 살 여자에게』, 『딸에게 보낸 편지』, 『노 임팩트 맨』, 『셜록 홈즈 실크 하우스의 비밀』, 『11/22/63』 등이 있다.

애거서 크리스티 전집

주머니 속의 호밀

3판 1쇄 찍음 2024년 9월 25일
3판 3쇄 펴냄 2024년 10월 2일

지은이 | 애거서 크리스티
옮긴이 | 이은선
발행인 | 박근섭
편집인 | 김준혁
펴낸곳 | 황금가지

출판등록 | 2009. 10. 8 (제2009-000273호)
주소 | 06027 서울 강남구 도산대로 1길 62 강남출판문화센터 5층
전화 | 영업부 515-2000 편집부 3446-8774 팩시밀리 515-2007
홈페이지 | www.goldenbough.co.kr

도서 파본 등의 이유로 반송이 필요할 경우에는 구매처에서 교환하시고
출판사 교환이 필요할 경우에는 아래 주소로 반송 사유를 적어 도서와 함께 보내주세요.
06027 서울 강남구 도산대로 1길 62 강남출판문화센터 6층 민음인 마케팅부

ⓒ ㈜민음인, 2024. Printed in Seoul, Korea
ISBN 978-89-8273-774-9 04840
ISBN 978-89-8273-700-8 04840 (set)

㈜민음인은 민음사 출판 그룹의 자회사입니다.
황금가지는 ㈜민음인의 픽션 전문 출간 브랜드입니다.